W0396829

1. Auflage 2017


Covergestaltung: HollandDesign, Bruchköbel
Covermotiv: depositphotos @ Photo_life
Lektorat: klein & schwer, http://lektorat-klein-schwer.de
Korrektorat: Sandra Brengel & Elisabeth Liepold

Social Media Kontakt:
https://www.facebook.com/HowardCaspar
Amazon: https://www.amazon.de/Andrew-Holland/e/B01LVZGQW3

Printed by Create Space

ISBN-13: 978-1977842398
ISBN-10: 1977842399

Andrew Holland

# Sie kamen nie zurück

*Thriller*

ANDREW HOLLANDS

# SIE KAMEN NIE ZURÜCK

Thriller

## Über dieses Buch:

*411 Menschen verschwanden in den letzten 150 Jahren spurlos in den Nationalparks der USA.*

Bei dem vorliegenden Thriller habe ich mich von im Internet kursierenden Geschichten über die Nationalparks der USA inspirieren lassen. Bis heute verschwinden angeblich hunderte Menschen und tauchen gar nicht oder desorientiert wieder auf. Das FBI hält die Akten unter Verschluss. Es gibt unzählige Verschwörungstheorien darüber. Mein Thriller ist natürlich reine Fiktion und entspringt meiner Fantasie.

Wer mehr darüber erfahren möchte, kann sich im Internet gerne schlaumachen. Einfach „verschwundene Menschen in amerikanischen Nationalparks“ in die Suchmaske eingeben.

*Inhalt des Buches*

Eine Gruppe amerikanischer Schüler unternimmt im Jahre 1997 einen Ausflug in den Yosemite Nationalpark in Kalifornien. Emily und Ashley lösen sich von der Gruppe, verschwinden spurlos und tauchen nie wieder auf.

Zwanzig Jahre später geschieht an genau der gleichen Stelle ein ähnlicher Vorfall. FBI Agent Bob Starks Nichte war bei dem Ausflug dabei und bittet ihren Onkel um Hilfe. Sie glaubt, dass sich niemand um die verschwundenen Teenager kümmert. Bob findet

heraus, dass sämtliche Berichte eines früheren Falls unter Verschluss gehalten werden.
Sein letzter Ausweg ist sein Boss beim FBI: Howard Caspar. Howard will von den Verschwörungstheorien des jungen Agenten nichts wissen, stößt aber auf viele Ungereimtheiten und macht sich mit seinem Team auf den Weg nach Kalifornien.
Warum verhalten sich die Parkranger so abweisend dem FBI-Team gegenüber? Verheimlichen sie etwas? Können die zwei verschwundenen Teenager lebend gefunden werden?

**Leserstimmen zur Reihe:**

*»Gut durchdachte Handlung, fesselnd und spannend bis zum Schluss.«*
*»Nervenaufreibend!«*
*»So muss ein Thriller sein!«*

Jedes Buch aus der Howard Caspar Reihe kann unabhängig voneinander gelesen werden. Auch erhältlich:

Wie sehr willst du leben? (1)
Wovon träumst du? (2)
Lass uns spielen! (3)
Heute stirbst du (Sammelband) (1-3)
Im Namen der Tochter (4)
Sie kamen nie zurück (5)

# Über den Autor:

Andrew Holland ist gebürtiger Amerikaner, der vor zwanzig Jahren in Frankfurt am Main seine große Liebe gefunden und geheiratet hat. Er wurde 1970 in der Nähe von Washington geboren und hat als Restaurantleiter gearbeitet, bevor er für die Frau seines Lebens nach Deutschland ausgewandert ist.
In seiner Freizeit denkt er sich gerne Geschichten aus und treibt viel Sport. 2016 trat er das erste Mal für den Iron Man an und kam nach elf Stunden ins Ziel.

Die Idee zu seinem Debütroman „Wie sehr willst du leben?“ hatte er, als er darüber nachdachte, wie sehr man an seinem eigenen Leben hängt. Wäre man bereit, es für ein anderes zu opfern?

Holland hat in diversen Zeitschriften bereits kurze Detektivromane veröffentlicht.
Er lebt glücklich mit seiner Familie in der Nähe der Gebrüder-Grimm-Stadt Hanau.
Alle eBooks und Taschenbücher aus der Howard-Caspar-Reihe erscheinen derzeit exklusiv auf Amazon.

*Für Simone. Danke für Deine Inspiration und Unterstützung.*
*Vielen Dank an die treuen Leserinnen und Leser.*
*Ich wünsche Ihnen gute Unterhaltung mit dem fünften Buch aus der Howard-Caspar-Reihe!*

*Andrew Holland*

*Dienstag, 23. September 1997*

# *Kapitel 1*

*10 Tage später*

Emily Pike sah auf ihr linkes Handgelenk, nur um festzustellen, dass sie keine Uhr mehr bei sich hatte. Er hatte ihnen alles abgenommen. Selbst ihre Kleidung hatte er ihnen vom Leib gerissen. Emily trug ein viel zu großes, aber sauberes, Männerunterhemd. Die Träger rutschten ihr immer wieder von den Schultern. Ihre Knie hatte sie darunter angezogen, doch der wenige Stoff half nicht gegen die unangenehm nasskalte Luft. Emily hatte Hunger und Durst und sie musste ganz dringend pinkeln, aber sie hatte keine Lust unter sich zu machen. Ashley saß ihr gegenüber und starrte finster auf ihren Fußknöchel und den breiten Eisenring, mit dem sie an der Wand befestigt war. Sie befanden sich in einer Höhle. Über ihnen war ein kleines Loch, das etwas Licht hereinließ. Die Wände bestanden aus fester Erde, der Boden war feucht und fühlte sich glitschig an. Der Kerl, der nach ihrer Entführung bei Emily gesessen hatte, benutzte eine Tür, um in dieses Loch zu gelangen. Anscheinend gab es dahinter weitere Räume. Ob da noch mehr Mädchen gefangen gehalten wurden? Emily musste an den

Film »Denn zum Küssen sind sie da« denken. Sie war mit Ashley unerlaubterweise ins Kino gegangen.

Ashley.

Ohnehin war alles ihre Schuld. Hätte sie sich nicht von der Gruppe entfernt, wäre Emily jetzt zu Hause bei ihrer Katze Maddy. Und bei ihrer Mom. Emily spürte, wie ihre Augen brannten. Sie hatte so viel geweint, dass sie eigentlich glaubte, es wäre keine Flüssigkeit mehr übrig, aber sie spürte die heißen Tränen die Wangen runterlaufen.

»Ben hat gesagt, wäre ich nicht, würde sich keiner für dich interessieren«, sagte sie leise und erschrak über ihre eigene Stimme.

»Redest du mit mir? Wie komme ich zu der Ehre, dass sich Madame herablässt, mit ihrer besten Freundin zu sprechen?«

»Du nimmst dich immer viel zu wichtig, Ashley.« Emily zupfte das Hemd über ihre Schienbeine.

»Ja, sicher, Miss Schlauberger, du hast ja gewusst, dass da ein Verrückter im Park rumläuft und Mädchen entführt.« Emily zuckte mit den Schultern und legte ihr Kinn auf die Knie. »Gab einen Grund, warum man uns gesagt hat, wir sollen zusammenbleiben«, sagte sie nur.

Ashley stöhnte genervt. »Und ich bin jetzt schuld daran, dass wir entführt wurden?«

»Ja. Genau das bist du, Ashley. Wer sollte sonst schuld sein? Nick? Oder dieser Adahy? Oder warte, ich weiß. Es ist Ben. Weil er mir was zu rauchen gegeben hat.«

»Du bist echt so ... so langweilig und spießig. Meinst, weil du mal was geraucht hast, wärst du jetzt erwachsen und so ...«

Emily spürte, wie eine ungekannte Wut in ihr aufstieg. Sie war in erster Linie wütend auf sich selbst. Warum war sie nicht selbstbewusst genug? Selbstbewusst, um Ashley zu sagen, dass sie ihre Mom liebte und ihr Lunchpaket ganz toll fand. Selbstbewusst genug, um Ashley zu sagen, sie sollte sich nicht mit Nick einlassen, weil er sie sonst überall Bitch nennen würde. Letzten Endes selbstbewusst genug, um sie davon abzuhalten, sich von der Gruppe zu entfernen.

»Und du bist nur eine Show, Ashley. Du versteckst dich hinter einer Fassade. Willst cool sein, erwachsen, dabei bist du noch ein kleines Mädchen, das viel zu schnell lernen musste, wie böse und gemein die Welt ist.« Emily schluckte. Das war gehässig. Aber diese Worte steckten schon viel zu lange in ihr, wollten herausgeschrien werden. Ashley starrte sie nur an. In ihren Augen schwammen Tränen, die sie wegblinzelte, als wären sie eine unangenehme Krankheit, doch Emily konnte und wollte ihre Worte nicht zurücknehmen. Seit sie gefangen gehalten wurden, war sie so wütend auf Ashley. Gedankenlos und kindisch hatte sie beide in Gefahr gebracht.

Die Tür öffnete sich. Emily rutschte intuitiv

näher an die Wand. Der Kerl war bislang nur einmal bei ihnen gewesen und das war direkt nachdem sie aufgewacht war. Was er wollte und mit ihnen vorhatte, wusste sie nicht. Er konnte alles Mögliche sein. Ein Sexualverbrecher, ein Kannibale, ein Sadist ...

»Mag Spielzeug nicht, wenn traurig aussieht«, sagte er langsam und sah für einen Moment so aus, als würde er sich selbst darüber ärgern, wie schleppend er sich anhörte. Emily spürte die Angst in ihr hochkriechen. Was wollte er? Warum waren sie hier? Sie blinzelte zu Ashley rüber, die genauso erstarrt war wie sie. Der Mann watschelte auf sie zu, wie ein zu großes Pinguinbaby. Seine Oberschenkel waren riesig, sein Hintern sah aus, als könnte man darauf etwas abstellen. Er sah Emily interessiert an. Sie konnte jetzt alles an ihm erkennen, die großen Poren, ein Pickel, der auf dem Kinn zu einer Eiterbeule heranreifte. Die Lidfalte an den Augen, die traurig runterhing und ihm ein müdes Aussehen verpasste.

Emily schüttelte den Kopf, als wolle sie ein Trugbild abschütteln, aber der Kerl blieb zwischen Ashley und ihr stehen, sah lange zu ihr herunter und kam schließlich stöhnend und ächzend auf die Knie, so dass er nur noch ein Fingerbreit weit von ihrem Fuß entfernt war. Sie spürte eine abscheuliche Hitze, die von ihm ausging.

»Sollst essen«, sagte der Kerl und deutete auf den Inhalt auf dem Teller, den sie nicht angerührt hatte. Es klang nicht mehr ganz so schleppend, aber noch immer weit entfernt von jemandem, der normal sprechen konnte. Der Mann zu ihren Füßen war erwachsen, verhielt sich aber wie ein kleiner Junge, der in sein Spielzimmer kam und überlegte, was er spielen sollte. Emily brachte kein Wort raus. Vielleicht, wenn sie nichts sagen ...

»Du. Sollst. Essen«, brüllte er und plötzlich war er ihr ganz nah. Seine Nasenspitze berührte fast ihre, Spucketröpfchen flogen in ihr Gesicht. Emily fing unkontrolliert an zu zittern. Sie konnte nicht essen. Ihre Lippen zitterten, ihre Wangen waren verkrampft und ihr Bauch tat weh. Tränen schossen in ihre Augen, vernebelten ihren Blick. Sie hatte panische Angst. Emily nässte sich ein. Klebrige warme Flüssigkeit sammelte sich unter ihrem Po, zwischen ihren Beinen. Der Geruch von Urin stieg auf.

»Wenn du nicht essen willst, muss ich dir helfen«, sagte der Mann. Was denn? Wollte er sie füttern? Ihr einen Trichter einführen? Was für ein abstruser Gedanke, dachte Emily. Sie wurde verrückt.

»Okaaaay, letzte Warnung«, sagte er und beugte sich mit dem massigen Oberkörper ein Stück zurück. Emily versuchte es ja, aber sie konnte nicht. Es ging nicht. Wie sollte sie jetzt essen? Ihr Mund fühlte sich an, als wäre er verklebt. Hilfe suchend sah sie zu Ashley rüber, die mit angstgeweiteten Augen zu ihr starrte. Ihr Gesicht war tränennass. Emily schaffte es kaum noch richtig zu atmen und als sie den Blick des Mannes sah, fingen ihre Beine unkontrolliert an zu zittern. Er zog etwas aus seinem Hosenbund. Es war groß, sah schwer aus. Ein Messer. Emily erkannte ein Messer. Er nahm es aus der ledernen Scheide und pikte sich mit der Spitze in den Finger. Dann lächelte er zufrieden. »Scharfes Messer«, sagte er. Bei seinen Worten lief ihr ein Schauer über den Rücken. Emily konnte nicht anders als zu schreien.

»Hilfe! Hört uns niemand? Ashley. Bitte, hilf mir, bitte.« Der Kerl beugte sich vor. Er hielt sich umständlich an ihr fest, während er sich auf sie setzte. Emily versuchte, ihn von sich runterzustoßen, aber er war so schrecklich schwer. Er kam ihrem Oberkörper immer näher, legte ihre Hände unter seine dicken Beine und hielt sie fest. Emily drehte den Kopf zur Seite. Das Messer hielt er bedrohlich nah an ihrer Brust. Er rutschte weiter vor und war nun damit kurz vor ihrem Gesicht. Ihre Augen konnten das Messer nicht richtig fokussieren, deshalb sah sie es nur verschwommen.

»Okay, okay. Ich werde essen«, stotterte sie mit tränenerstickter Stimme. »Ich werde essen. Siehst du?« Sie nahm etwas von dem Fleisch und biss ein kleines Stück davon ab. Dabei hob sie angestrengt die Mundwinkel, ihre Lippen zogen sich zurück.

»Du isst doch gar nichts«, sagte er leise. »Dad

hat gesagt, ihr müsst essen, damit ihr nicht kaputt geht. Er hat es mir dauernd gesagt ...«

»Was?« Emily hob die Mundwinkel noch weiter nach oben und schmeckte ihre eigenen Tränen, die von der Oberlippe in ihren Mund tropften. Sie konnte einfach nichts von diesem ekligen Fleisch essen. Es roch etwas sauer und war hart wie Leder.

»Ich will nicht, dass ihr kaputt geht. Ihr müsst noch lange mit mir spielen können, deshalb will ich jetzt, dass du isst. Dad meint es ernst. Es ist ihm wichtig.«

Oh mein Gott! Emily konnte nicht glauben, was der Kerl da faselte, während er gefährlich nah mit dem Messer vor ihrem Gesicht herumfuchtelte. Emily zuckte ein Stück zurück. Aus den Augenwinkeln sah sie Ashley, die sie entsetzt beobachtete.

»Du bist jetzt mein Spielzeug und ich möchte ein Spielzeug, das nicht so schnell kaputt geht. Du siehst nicht gut aus. Du musst essen. Ich helfe dir und mache dir den Mund auf.« Dann spürte Emily die scharfe Messerspitze an ihrem rechten Mundwinkel. Erst tat es überhaupt nicht weh, deshalb traute sie sich, den Kopf zu bewegen, was ein fataler Fehler war. Der brennende Schmerz, der sie durchfuhr, ließ sie sich noch einmal einnässen.

»Dummes Spielzeug. Nun muss ich noch einmal anfangen«, sagte er.

»Nein, bitte. Sie müssen das nicht tun. Beim

nächsten Mal ...« Den Satz konnte sie nicht mehr aussprechen. Wie glühendes Eisen drang die Klinge in ihr Fleisch, bohrte sich bis in ihren Mund und stieß gegen einen Eckzahn. Instinktiv riss Emily den Kopf nach links, so dass sich die scharfe Klinge mit einer geraden Linie bis fast zum unteren Ohrläppchen nach oben fraß. Emily schmeckte ihr eigenes Blut. Ihr Kopf dröhnte, die Ohren schmerzten höllisch. In ihrem Körper wurden alle Abwehrmechanismen in Gang setzen, die es gab und für diese Art Schmerz gab es nur eine Lösung. Bewusstlosigkeit.

*Samstag, 13. September 1997*

# *Kapitel 2*

*10 Tage früher*

Sie hatte so viel Lust auf den heutigen Ausflug, wie auf einen Kontrolltermin beim Frauenarzt, auch wenn der verdammt gut aussah. Wenn er sie mit seinem sexy Lächeln ansah, kribbelte es in Emilys Magengegend. Dennoch mochte sie es nicht, wenn er mit den eiskalten Instrumenten zwischen ihren Beinen hantierte und dabei »Mhm, sieht gut aus«, murmelte.

Sie schob den Gedanken an Doktor Morris beiseite und packte ihre Schminkutensilien, von denen Mom nicht wissen durfte, dass sie die mitnahm, unten in ihren Rucksack. Socken, ein Shirt und Ersatzhose legte sie obenauf.

»Emily!«, rief ihre Mom von unten zu ihr hoch. »Bist du bald fertig? Du musst in fünfzehn Minuten am Bus sein.«

Emily rollte mit den Augen. Es war nur ein bescheuerter Schulausflug in den Yosemite Park. Sie würde abends schon wieder zu Hause sein. Es fuhren zwei Lehrer mit. Sie wäre ständig unter Aufsicht, aber trotzdem sorgte sich ihre Mutter. Sie war ja keine Zehn mehr, sondern feierte im nächsten Monat ihren sechzehnten Geburtstag. Erst gestern hatten sie sich über den Ausflug gestritten. Ihre Mom wollte nicht, dass sie mitfuhr, doch Emily hatte sich schließlich durchsetzen können.

»Jaha, Mom. Ich komme doch.« Seit ihr Vater gestorben war, klammerte sich ihre Mutter wie besessen an Emily. Der Tod kam plötzlich. Ein betrunkener Truckfahrer hatte seinen Wagen auf dem Weg nach Hause frontal gerammt. Der Mann hatte den Unfall überlebt. Emilys Vater war noch am Unfallort gestorben.

Das war fünf Jahre her, dennoch hatte ihre Mutter den Tod nicht überwinden können. Emily hörte sie oft weinen. Sie hatte Mitleid mit ihr, aber sie fühlte sich auch zurückgesetzt. Sein Tod überschattete ihrer beider Leben und manchmal wurde es Emily zu viel.

Ihre beste Freundin Ashley half ihr, sich wie ein normaler Teenager zu fühlen. Sie war zwar extrem aufgedreht, aber sie war die Einzige, die sich ernsthaft für Emily interessierte. Ashley war mit ihren Eltern vor zwei Jahren in den Vorort von San Francisco, Pleasanton, gezogen und besuchte die gleiche Highschool wie Emily.

Emily hörte Schritte auf der Treppe. Kurz darauf streckte ihre Mutter den Kopf ins Zimmer. »Was ist denn los? Kommst du jetzt?«

»Oh Mom. Nun nerv doch nicht. Ich komme ja.«

»Hast du deine Zähne geputzt?«

Emily stöhnte. »Mooooom. Ich bin keine Fünf mehr.«

Ihre Mutter lachte, was selten genug vorkam.

»War Spaß. Komm schon.« Emily schulterte den Rucksack und folgte ihrer Mutter die Treppe nach unten. Auf der untersten Stufe saß ihre Katze Maddy, die müde zu ihr herauf blickte. Emily kniete sich kurz hin, kraulte sie hinter den Ohren und folgte ihrer Mutter nach draußen ins Auto.

Während der Fahrt redete ihre Mutter unaufhörlich auf sie ein.

»Denk dran, dass du darauf hörst, wenn die Lehrer etwas von dir wollen. Melde dich ab, wenn du aufs Klo musst. Trinke ausreichend. Ich habe dir eine Lunchbox vorbereitet. Ach ja, wirf keinen Müll in den Park. Es gibt ausreichend Mülleimer. Füttere keine Tiere. Wenn du eine Schlange siehst, hole einen Parkranger. Ich habe dir etwas Sonnenschutz eingepackt.« Sie blickte in den Himmel. »Auch wenn es nicht danach aussieht, als würde sie heute rauskommen.«

»Sie ist hinter den Wolken. Ja, ich weiß, Mom.«

»Sei nicht so genervt, Fräulein. Wenn du einmal Mutter bist ...«

»... wirst du genau dasselbe tun«, beendete Emily den Satz. Sie hatte ihn schon so oft gehört.

»Hey, ich hab dich lieb«, sagte ihre Mutter, als sie den Wagen endlich auf dem Schulparkplatz abstellte. Obwohl es Samstag war, war der Rasen rund um die Schule voll mit Schülern und Eltern. Einige Lehrer mit Klemmbrett standen bereits am Bus.

»Ja, ich dich auch.« Emily entdeckte Ashley, die alleine an einem Baum stand und sich suchend umblickte.

»Mom, da ist Ashley. Vermutlich haben ihre Eltern wieder mal keine Zeit. Ich verschwinde dann mal.«

»Bekomme ich noch einen Kuss?«

Emily verdrehte genervt die Augen, beugte sich aber zu ihrer Mutter und gab ihr einen Kuss auf die Wange.

»Pass auf dich auf, ja?« In den Augen ihrer Mutter glitzerten Tränen.

»Mom. Ich bin nur einen Tag weg. Nicht über Nacht und auf keiner Party oder so. Wie du siehst«, Emily machte eine ausschweifende Handbewegung zu den Schülern, Eltern und Lehrern, »bin ich außerdem nicht alleine.«

Die Mundwinkel ihrer Mutter verzogen sich gequält nach oben. »Das sehe ich. Ich mache mir trotzdem Sorgen.«

»Ja, Mom. Ich weiß«, murmelte Emily, öffnete die Tür, nahm ihren Rucksack und stieg aus. Sie drehte sich nicht noch einmal um, sondern lief zu Ashley, die sich vom Baum abstieß und sie angrinste.

»Ich dachte schon, du kommst nie aus dem Auto raus.«

»Du weißt ja, wie sie ist.«

»Jap, eine alte, verbitterte Glucke.« Ashley lachte. Emilys Magen zog sich zusammen bei den

Worten. Sie hätte Ashley gerne gesagt, dass ihre Mutter besser war, als die von Ashley. Die hatte ihre Tochter immerhin mit ihrem Vater sitzen lassen. Emily verbiss sich ihre Meinung und tat so, als fände sie die Aussage besonders witzig.

»Oh oh«, machte Ashley und Emily drehte sich um. Ihre Mutter kam über den Rasen zu ihr.

»Du hast deinen Proviant im Wagen vergessen«, sagte sie, als sie bei ihnen ankam und hob einen Beutel hoch. Dann blickte sie an Emily vorbei zu Ashley. »Hallo Ashley.«

»Hallo Ma'am.«

Emily griff nach der Stofftasche. »Danke, Mom.« Ihre Mutter stand verloren vor ihr, wandte sich dann aber schließlich um und ging zurück zum Parkplatz.

»Sie hat dir echt eine Lunchbox gemacht? Oh Mann.«

Emily biss sich auf die Lippe. Seit dem Tod ihres Vaters hatten sie nicht so viel Geld zur Verfügung, als dass sie sich einen völlig überteuerten Burger mit Softdrink im Park hätte leisten können. Emily schielte in den Beutel. Ein Karton Milch, zwei Flaschen Wasser, ein Apfel, eine Banane und eine Box, in der sicherlich ein Brot war. Außerdem Sonnenmilch und ein Schokoriegel.

»Guckt sie her?«, fragte Emily. Ashley nickte. »Ich schmeiß den Beutel weg, bevor wir in den Bus steigen.« Ashley erweckte den Eindruck, als wäre es ein riesiger Spaß, aber für Emily würde das bedeuten, dass sie heute nichts zu essen und zu trinken bekäme. Sie wollte aber vor ihrer Freundin cool aussehen und nicht wie ein kleines Schulmädchen, das Pausenbrote von ihrer Mama eingepackt bekommt.

»Hast du Nick schon gesehen?«, fragte Ashley und schaute sich suchend um.

»Hallo? Ich bin gerade erst gekommen. Wie soll ich ihn gesehen haben?« Emily grinste und blickte sich ebenfalls um. Mehrere Jungs standen in der Nähe des Busses, darunter auch Nick, Ashleys Schwarm.

»Sieht er nicht verdammt nochmal sexy aus?«

»Mhm.« Emily konnte ihm nicht viel abgewinnen. Vielleicht wirkte er cool auf ihre Freundin. Für Emily war er einfach nur ein Junge aus ihrer Schule.

Er trug seine Haare etwas länger. So lang, dass sie ihm über die Augen fielen und er sie unentwegt aus dem Gesicht strich. Im Gegensatz zu den anderen Jungs, deren Stirnen mit großen Pickeln übersät waren, hatte er eine beneidenswert glatte und reine Haut. Er war sportlich, Kapitän der Basketballmannschaft und hatte keine feste Freundin. Er knutschte aber mit jeder rum und lästerte anschließend mit seinen Jungs über sie.

»Willst du in echt zu den Bitches gehören, die er regelmäßig bumst?« Eigentlich mochte Emily diese Ausdrucksweise nicht, aber um Ashley zu gefallen, sprang sie über ihren Schatten.

»Ich werde ihm einen blasen, Baby. Und ich schlucke es sogar runter. Ich wette, das machen die ach so feinen Cheerleader nicht.« Sie lachte, hakte sich bei Emily unter und gemeinsam gingen sie zum Bus. Dabei stieß Emilys Hüftknochen gegen Ashleys Rundungen.

»Deine Mom steht immer noch auf dem Parkplatz«, sagte Ashley, als sie in die Reihe vor den Bus traten.

Emily zuckte mit den Schultern. »Ich kann den Beutel ja im Bus vergessen.«

»Oder wir teilen uns den Inhalt während der Fahrt.« Den Satz ließ Ashley beiläufig fallen, aber er bedeutete Emily ziemlich viel, denn er sagte aus, dass Ashley sie keineswegs spießig fand. Dankbar lächelte Emily sie an. »Das können wir auch machen.«

Nachdem Miss Walker ihre Namen auf einer Liste abgehakt hatte, bestiegen sie den Bus und zwängten sich durch den schmalen Gang, möglichst nach hinten. Die hinterste Reihe war bereits von einigen Mädchen belagert, also wählten sie die Zweierreihe davor. Ashley und Emily wurden von den Mädchen wie üblich übersehen. Emily kannte es nicht anders. Sie hatte nie wirklich gute Freundinnen. Erst als Ashley in die Klasse gekommen war, änderte sich das. Normalerweise schließt sich eine Sexbombe nicht der unbeliebtesten Mitschülerin an, aber Ashley tat es.

Sie hatte schon einen richtig großen Busen und eine Figur, um die sie jedes Pin-up-Girl beneidet hätte. Dennoch hatte sie sich von Anfang an entschieden, Emily als Freundin auszuwählen. Sie beide gegen den Rest der Klasse, hatte Ashley irgendwann gesagt. Und sie blieb dieser Aussage treu. Möglicherweise lag es daran, dass sie beide Außenseiter waren.

»Magst du ans Fenster?«, fragte sie Emily.

»Mir egal.«

»Dann geh du ans Fenster.« Emily zwängte sich an Ashley vorbei und setzte sich. Ihren Rucksack stellte sie zwischen ihre Beine, den Beutel legte sie darauf. Ihre Mutter war noch immer nicht losgefahren. Emily konnte sie aus der Entfernung nicht richtig erkennen, da sie hinter dem Steuer saß, aber sie winkte trotzdem einmal in ihre Richtung und wandte sich dann Ashley zu, die sich mittlerweile auch gesetzt hatte.

Langsam drängten weitere Schüler in den Bus. Sie lachten und es wurde laut. Ashleys Interesse galt Nick und sein Interesse galt ihr.

Miss Walker, Lehrerin für Literatur und Amerikanische Geschichte, und ihr Sportlehrer Mister Monzini standen vorne im Bus und unterhielten sich über den Lärm hinweg. Schließlich schlossen sich die Türen hinten und vorne und Miss Walker klopfte gegen das Mikro und sagte: »Test – Eins – Zwo – Test – Test. Könnt ihr mich hören?«

Es wurde ruhiger. Emilys Mitschüler setzten sich, es wurde etwas leiser, aber die Gespräche hielten weitestgehend an.

»Guten Morgen. Wir fahren jetzt gleich los. Die Fahrt wird ungefähr vier dauern. Wir machen eine zehnminütige Toilettenpause nach zwei Stunden. Wem schlecht wird: An den vorderen Sitzen im Netz findet ihr Tüten. Bitte bleibt während der Fahrt auf euren Plätzen. Wenn wir am Park ankommen, melden wir uns nochmal. Allseits gute Fahrt.« Miss Walker schaltete das Mikro ab und setzte sich neben Mister Monzini. Der Bus fuhr an und es wurde wieder laut gesprochen und gelacht. Ashley tauschte den Platz mit Nicks Freund, der mit seinen breiten Schultern gegen Emilys stieß, so dass sie näher an das Fenster rutschte. Seine Beine waren so massig, dass seine Knie ihre berührten.

»Was läuft?«, fragte er. Emily war sich sicher, dass ihn die Antwort kein bisschen interessierte.

»Nichts«, murmelte sie.

»Sagst nicht viel, was? Bist eine von den Schlauen, oder?« Emily hatte sich nie zu den besonders intelligenten Schülern gezählt. Sie war ganz gut in Geschichte und Literatur, aber eben nur ganz gut, weil sie sich nie meldete.

»Weshalb muss man dann schlau sein, wenn man nicht viel sagt?«, fragte sie schließlich doch zurück.

Er zuckte mit den Schultern. »Weiß nich,

dachte ich halt. Du bist Emily, oder?«

»Ja. Und du Ben?«

»Jop. Bin in Nicks Team. Eigentlich würde ich lieber Football spielen, aber meine Noten sind nicht gut genug. Naja, und ich bin auch nicht richtig gut. Trotzdem würde ich gerne spielen.«

»Ja, mhm.« Sie fand Ben ziemlich langweilig und im Gegensatz zu Nick wirkte er auch nicht besonders sportlich auf sie. Er war breit und groß und sicher eher langsam und träge als sportlich und flink.

»Und was machst du so?«, fragte er.

»Was meinst du?«

»Naja, machst du Sport oder liest du gerne oder zeichnest du?« Sport? Emily war die unsportlichste Person der Schule. Wenn sie einmal einen Ball fangen sollte, würde sie das direkt in ihren Kalender eintragen. Lesen fand sie doof und sie war froh, dass sie ein Haus malen konnte.

»Eher nichts von dem.«

Ben war überrascht. »Wie nichts? Du hast kein Hobby? Die meisten Mädchen lieben doch lesen und sich schminken und so einen Kram.«

»Ich jedenfalls nicht«, verteidigte sie sich und wandte sich demonstrativ zum Fenster, damit er ihr nicht mehr auf die Nerven ging. Weit gefehlt. Ben quatschte weiter mit ihr.

»Was magst 'n so für Musik?«

»Earth, Wind and Fire.«

»Was?«

»Ich mag gerne die Musik von Earth, Wind andFire«, antwortete Emily genervt und seufzte. »Hör mal, willst du das wirklich wissen? Oder hat Ashley dir gesagt, dass du nett zu mir sein sollst?« Mittlerweile hatte sie sich wieder ihm zugewandt.

»Wieso sollte sie?«

»Damit ich nicht sauer bin, wenn sie die ganze Fahrt bei Nick abhängt.«

Ben sah zu den beiden hinüber, so als müsse er sich selbst davon überzeugen.

»So ein Blödsinn«, sagte er schließlich. »Kann ja wohl sein, dass ich dich kennenlernen will.«

Emily zupfte an ihrem Sweatshirt. »Und wenn es das nicht sein kann?«

Ben war verwirrt. »Ist aber so.« Seine Wangen färbten sich rot und betreten senkte er den Blick.

»In echt jetzt?«

»Ja, wieso denn nicht?«, murmelte er.

»Weil ich mich nicht unbedingt kennenlernen wollen würde.« Emily schlug sich die Hand vor den Mund. Hatte sie das wirklich laut gesagt?

»Weshalb nicht?« Eigentlich hatte Emily vorgehabt, ihn zu ignorieren und zu warten, bis Ashley zurückkam. Aber jetzt schien Ben tatsächlich gar nicht so doof zu sein, wie sie immer vermutet hatte. Scheinbar interessierte sich doch jemand außer Ashley für sie.

»Weiß nicht. Ich finde mich selbst eben nicht so spannend. Du dich etwa?«

Er lächelte und plötzlich fand sie ihn ganz

niedlich. »Ich hab noch nie darüber nachgedacht, wie ich mich selbst finde. Also so richtig, meine ich.« Er überlegte einen Moment. »Naja, ich wäre gerne etwas schlanker und schneller und hätte gerne bessere Noten in Mathematik.«

»Jungs müssen sich darüber auch nicht wirklich so viele Gedanken machen, glaube ich.«

Er lachte. »Das denkst du. Wir wollen auch gut aussehen, cool sein, wie manch anderer, selbstbewusst und Mädchen ansprechen.«

»Du hast ja gerade eine angesprochen«, flüsterte Emily und hoffte, er würde nicht sagen: »Ja, so eine wie dich meinte ich auch nicht«, aber er sagte: »Ich habe dich schon die ganzen letzten Wochen beobachtet, mich aber nie getraut. Ashley lässt dich ja nicht aus den Augen und außerdem ist sie eine Zicke. Das weiß jeder.«

»Ashley ist keine Zicke«, brauste sie auf.

»Ja, für dich nicht. Man darf ja nicht mal hinter dir stehen, ohne dass sie aufpasst, dass dir keiner zu nahe kommt.« Das war Emily noch nie aufgefallen.

»Sie ist meine Freundin. Natürlich passt sie auf mich auf, aber sie schirmt mich doch nicht ab.«

Ben lachte. »Wenn du wüsstest. Ohne dich wäre Ashley ganz alleine.« Emily hatte es immer andersherum empfunden.

»Das glaube ich so nicht«, sagte sie deshalb.

»Jedenfalls finde ich es nett, dass du dich um

sie kümmerst. Aber du kannst ihr echt mal sagen, dass du etwas Freiraum brauchst.«

Freiraum? Wovon redete Ben da? Emily war froh, dass es Ashley gab. Sonst wollte ja niemand was mit ihr zu tun haben. Außerdem kümmerte sich doch Ashley um Emily und nicht umgekehrt. Emily beugte sich an Ben vorbei, um zu Nick und Ashley rübersehen zu können. Sie küssten sich im Moment heimlich hinter den vorderen Sitzen. Nick strich ihr mit seiner Hand durch die Haare.

»Die können es kaum erwarten«, sagte Ben.

Emily zog sich wieder auf ihren Sitz zurück, um Ben nicht so nahe sein zu müssen. Sie hatte jedenfalls nicht vor, mit Ben rumzuknutschen.

»Mhm, kann sein«, sagte sie und fragte sich, wann Ashley ihm wohl einen blasen wollte. Während der Pinkelpause?

Der Bus hatte sich mittlerweile auf die Interstate eingeordnet und schlich langsam auf der rechten Spur hinter einigen LKWs her. Auf der rechten Seite konnte Emily sich lediglich flaches Land mit ein paar Bäumen darauf und hier und da eine Lagerhalle anschauen. Es wurde langweilig und sie fragte sich, ob Ashley jetzt die ganze Fahrt über neben Nick sitzen wollte.

»Scheint sie nicht zu interessieren, dass du niemanden zum Reden hast. Wo sie doch sonst ständig an dir dranhängt«, sagte Ben plötzlich, so als hätte er ihre Gedanken erraten.

Emily zuckte mit den Schultern. »Sie weiß,

dass es mir nicht wichtig ist.« Das stimmte nicht. Es war ihr wichtig und sie spürte die Enttäuschung wie einen Stich in ihrer Magengegend.

»Komisch, dass du dann so traurig aussiehst.« Wieso konnte Ben sie nicht einfach in Ruhe lassen?

»Ich sehe immer so aus«, zischte sie. Ben lachte und Emily stöhnte genervt und fummelte über sich am Lüftungsschacht, erreichte den Schalter aber nicht, ohne Ben zu berühren. Zuckend wich sie zurück. Ihr nackter Unterarm hatte seinen Handrücken gestreift. Das Gefühl, das sie überkommen hatte, war mit nichts zu vergleichen und dieser Umstand verwirrte sie über alle Maße.

»Soll ich die Klima ausschalten?«, fragte Ben mit einem belustigten Unterton in der Stimme. »Wäre nett«, murmelte Emily und gab sich Mühe, ihren heftigen Herzschlag wieder unter Kontrolle zu bringen. Sie erlaubte sich Ben kurz zu betrachten, während er, ohne sich zu strecken, den Schalter für die Lüftung betätigte. Er war ziemlich groß und bislang hatte Emily ihn eher als zu dick gesehen. Jetzt konnte sie seine Muskeln am Oberarm erkennen, die sich wie Wellen unter der Haut bewegten. Sein Haar kräuselte sich im Nacken und als er sich auf die Lippen biss, musste sie sich zum Fenster drehen.

Der Bus fuhr bereits eine ganze Weile und

Emily zählte die Büsche, die an ihnen vorbeizogen, zwei Farmen, davon eine mit einer Schafherde und eine mit Rindern.

Der Himmel war noch immer dicht bewölkt. Wenn sie Pech hatten, würde es sogar anfangen zu regnen.

Plötzlich ertönte ein Knacken durch die Lautsprecher im Bus.

»So, Ladys and Gentlemen. Wir werden gleich eine Pinkelpause machen. Ihr habt genau fünfzehn Minuten Zeit. Wer nicht pünktlich kommt, kriegt eine Verwarnung.« Miss Walker klang fröhlich, aber Emily wusste, dass sie es absolut ernst meinte mit der Verwarnung. Ashley war immer noch schwer mit Nick beschäftigt. Emily konnte die Zungen der beiden erkennen. Innerlich schüttelte es sie.

»Hast du dich noch nie mit 'nem Kerl geknutscht?«, fragte Ben.

»Ich ... wieso ... wie kommst du darauf? Was geht dich das überhaupt an?«

»Man wird ja wohl fragen dürfen.«

Emily antwortete ihm nicht, sondern zuckte dann mit den Schultern. »Egal. Und um auf deine Frage zurückzukommen: Ja, hab ich.« Eigentlich zählte Thomas nicht, weil sie da noch ein kleines Mädchen gewesen war und der Kuss eher kurz und feucht war.

»Du hast dich eben etwas geekelt.« Ben lächelte. Ihr war überhaupt nicht zum lächeln zumute. Ehrlich gesagt hoffte sie darauf, dass Ashley nach der Pause wieder zu ihr kommen würde.

»Und wenn schon«, sagte sie knapp.

»Schon gut, ich wollte dich nicht ärgern.« Der Bus hielt auf einem großen Busparkplatz. Etwa zweihundert Meter entfernt entdeckte sie ein Haus. Auf einem Schild stand: »Barbies Trucker Paradise.« Wundervoll, dachte sie. *Barbies Trucker Paradise* war jedenfalls gut besucht, denn der Autoparkplatz davor war voll. Menschen gingen hin und her, betraten das Restaurant oder umrundeten es, wohl, um auf die Toilette zu gehen.

Es kam Bewegung in den Bus. Die anderen Schüler standen auf, streckten sich und zwängten sich durch den Gang zum hinteren Ausgang, der sich wenige Augenblicke vorher zischend geöffnet hatte.

Emily blieb sitzen. Sie musste nicht, außerdem mochte sie kein Gedrängel und erst recht keine öffentlichen Toiletten. Meistens hielt sie es so lange ein, bis es nicht mehr ging. Ben stand auf. »Keine frische Luft?«

»Nö. Ich bleib hier.«

»Wie du meinst. Ich muss jedenfalls mal für kleine Jungs und einen durchziehen.«

»Du rauchst?«, fragte Emily, ehrlich schockiert.

»Nur ein bisschen Pott ab und zu.« Er grinste

schief. »Auch welchen?«

»Du spinnst wohl«, sagte sie entrüstet.

»Würde dich aber mal entspannen«, sagte er und reihte sich in die Gruppe Schüler ein, die nach draußen drängten.

»Wenn du erwischt wirst, wirst du suspendiert.«

Er drehte den Kopf zu ihr. »Werde ich aber nicht.« Ben sprang aus dem Bus. Ashley und Nick waren nicht mehr da. Schnell wandte sie sich zum Fenster und suchte zwischen den anderen nach ihnen. Aber auch da waren sie nicht. An einem Zaun nahm sie eine Bewegung wahr. Nick hob Ashley darüber und kletterte flink nach. Dann verschwanden sie hinter den Bäumen.

»Möchtest du nicht etwas frische Luft schnappen, Emily?«, fragte plötzlich Miss Walker. Erschrocken drehte sich Emily um.

»Oh nein. Ich muss nicht. Danke.«

»Frische Luft und Bewegung tun gut. Na komm.«

Als ob Emily mit dem Bus wegfahren würde, wenn man sie allein ließe. Genervt stand sie auf und folgte ihrer Lehrerin nach draußen. Die ließ sie dann stehen und ging voraus zu den Toiletten. Die Türen des Busses schlossen sich und der Busfahrer stellte sich davor, um eine Zigarette zu rauchen.

»Na toll. Jetzt darf ich fünfzehn Minuten hier rumstehen«, sagte sie leise zu sich selbst. Sie kickte mit der Fußspitze gegen eine Root Beer Dose, die klappernd über den asphaltierten Boden flog.

»Hey Emily.«

Emily drehte sich zur Seite. Es war Ben, der an einem Container für Bauabfälle stand. Zwischen seinen Fingern hielt er eine Zigarette.

»Was willst du?«, zischte sie.

»Das Leben ist zu kurz, um immer traurig zu sein. Komm schon her. Du musst ja nicht dran ziehen.«

Warum nicht? Sie musste ja wirklich nicht daran ziehen und eigentlich war er ja doch recht attraktiv.

Als sie bei ihm ankam, roch es stark nach etwas Süßem.

»Du bist bestimmt schon stoned«, sagte sie.

»Gar nicht. Naja, ein wenig vielleicht.« Er zog sie hinter den Container und rauchte an seinem Joint. Den Rauch blies er ihr ins Gesicht.

»Pfui, du Arschloch.«

»Sei doch nicht so langweilig«, sagte er langsam und lachte.

»Ich bin nicht langweilig, nur weil ich keine Drogen nehmen will.«

»Pah, wie vernünftig. Ich sag doch: langweilig.«

»Du bist echt bescheuert, Ben.« Und dann wollte sich Emily plötzlich etwas trauen, selbst auf die Gefahr hin, erwischt zu werden und von der Schule zu fliegen. Sie wollte mal etwas ausprobieren, was sie sich sonst nicht trauen würde. Also griff sie nach dem Joint, der sich zwischen ihren Fingern heiß anfühlte, hielt ihn an die Lippen und zog einmal daran. Den Rauch behielt sie im Mund, weil sie nicht wusste, wohin damit.

»Du musst ihn auch einatmen.«

»Wie denn?« Rauch quoll aus ihrem Mund. Es fühlte sich eklig an, ihre Zunge wurde taub und ihre Lippen kribbelten. Ihr wurde schlecht.

»Wie man atmet, weißt du aber schon, oder?« Er lachte, nahm ihr den Joint aus der Hand und führte es ihr vor. Die Spitze des Joints verschwand mit einem leichten zischenden Geräusch und verwandelte sich in rote Glut. Genüsslich atmete er ein und blies kurz darauf eine Dampfwolke wieder aus.

»Jetzt du.«

Emily nahm den Joint umständlich zwischen die Finger und hielt ihn sich an die Lippen. Dann zog sie erneut daran und zwang sich, einzuatmen. Der beißende Rauch brannte in ihrer Kehle. Sie krümmte sich hustend nach vorne und hielt ihm den Joint entgegen. Der Hals kratzte. Emily spürte ein leichtes Schwindelgefühl in ihrem Kopf und einen seltsamen Druck auf ihrer Brust, aber mehr war es auch nicht.

»Oh Gott, ist das eklig«, sagte sie immer noch hustend.

»Der erste Zug ist immer der schlimmste.

Nimm noch einen.«

Emily zwang sich noch einmal daran zu ziehen, aber auch beim zweiten Mal änderte sich nichts daran, dass sie es eklig fand, nur das Schwindelgefühl wurde stärker und der Druck auf der Brust heftiger. Ben nahm ihr grinsend den Joint aus der Hand und rauchte ihn auf.

»Dauert ein bisschen bis du was merkst.«

»Ich merke schon was. Mein Hals brennt wie Hölle und mir ist schlecht. Ich geh zurück zum Bus.«

»Warte. Noch nicht.« Er griff sie am Arm, aber sie schüttelte ihn ab. »Lass mich los.«

Ben hob beschwichtigend die Hände. »Schon gut. Hier, nimm das.« Er gab ihr einen Kaugummi. Emily nahm den Kaugummi, packte ihn aus und steckte sich den Streifen in den Mund. Die Pfefferminze brannte auf ihrer Zunge, tat aber gut, um den pelzigen Geschmack zu überdecken.

»Also. Das war eklig und das werde ich bestimmt nicht wiederholen.« Emily trat hinter dem Container raus und ging zum Bus zurück. Der Busfahrer stand immer noch davor und rauchte eine Zigarette.

»Kann ich bitte wieder rein? Mir geht es nicht so gut.«

Er musterte sie, nickte und öffnete die hintere Tür.

Auf ihrem Platz wühlte Emily in der Stofftasche und trank die Flasche Wasser leer.

Dann ließ sie den Kopf gegen das Fenster sinken und schloss die Augen. Ihr war so schlecht, dass sie Angst hatte, sich zu übergeben.

Jemand rüttelte an ihrer Schulter. »Bist du etwa eingeschlafen?« Emily öffnete die Augen. Es war Ashley, die jetzt wieder neben ihr saß. Der Bus füllte sich. Sie musste wirklich eingeschlafen sein.

»Mhm«, machte sie. Der Druck in der Brust war noch immer da. Und sie hatte Hunger.

»Ich sag dir, der hat vielleicht einen Apparat«, sagte Ashley leise.

»Wer? Für was denn?«

Ashley starrte sie an. »Willst du mich verarschen? Nick natürlich. Und ich meine seinen Schwanz.«

Emily spürte plötzlich, wie der Druck etwas nachließ und sie lachen musste. Es war wie ein Zwang und sie konnte nicht mehr aufhören. Apparat. Und Emily hatte gedacht, Ashley meinte ein Gerät, irgendetwas, womit man etwas reparieren konnte. Aus dem Lachen wurde ein Glucksen, das sie versuchte, zu unterdrücken.

»Hast du was geraucht oder so?«, fragte Ashley.

»Na komm, das war doch witzig«, kicherte Emily. »Apparat.« Schon lachte sie wieder.

»Ich glaub's nicht. Du hast echt was geraucht.«

»Nur zweimal gezogen.« Emily lachte wieder.

»Wer?«

»Wer was?«

»Wer hat dir denn einen Joint gegeben? Ben? Wenn das Ben war, kriegt er es mit mir zu tun.«

Emily kicherte wieder. Der Bus fuhr an, Miss Walker sagte irgendwas, aber sie hatte keine Lust zuzuhören.

»Ist doch egal. Wie war's denn?«

Ashley fuhr sich mit dem Handrücken über den Mund. »Erste Sahne«, sagte sie und lachte.

»Igitt«, machte Emily.

»Ich glaub, so geil hat er's noch nie besorgt bekommen.« Ashley klang stolz.

»Und du?«

»Was und ich?«

»Was hat er bei dir gemacht?«

Ashley schien nicht zu wissen, was sie meinte. »Wieso bei mir? Ich hab ihm doch einen geblasen.« Emily wollte nicht weiter nachhaken, sondern holte die Brotdose aus der Tasche. Ihre Mutter hatte zwei Brote geschmiert und mit Wurst, Salat, Gurken und Tomaten belegt. Ihr Magen knurrte. Am liebsten hätte sie die beiden Brote alleine gegessen, aber sie bot Ashley eins an, die zugriff und beherzt hineinbiss.

»Und seid ihr jetzt zusammen oder so?« Emily wunderte sich, dass Ashley wieder bei ihr saß. Sie blickte zu Nick und Ben rüber, die über irgendetwas lachten. Bestimmt über mich, dachte sie.

Ashley kaute fertig. »Zusammen? Bist du doof? Ich will doch nicht mit dem zusammen sein.«

»Ach so«, machte sie.

»Ne, mal ehrlich. Was will ich denn mit dem? Der ist total hohl.«

»Ach so«, sagte Emily wieder.

»Außerdem hat er mir seinen Schwanz so tief in den Rachen gesteckt, dass ich fast gekotzt hätte.«

»Ach so«, wiederholte Emily.

»Sag doch mal was anderes.« Ashley lachte. Auch Emily bekam wieder einen Lachanfall. Sie lachten zusammen so laut, dass die anderen zu ihnen starrten.

»Mal im Ernst. Wer hat dir einen Joint gegeben?«

»Es war Ben«, sagte Emily mit fester Stimme.

»Der hat auch nicht alle Latten am Zaun. Du verträgst das Zeug gar nicht. Schau dich mal an.« Emily wollte sagen, dass sie endlich mal aus sich rausgekommen war, aber sie schwieg. Drogen während eines Schulausflugs zu konsumieren, war ziemlich dumm von ihr gewesen. Dennoch fühlte sich ein kleiner Teil von ihr gelöst und ungezwungen.

Sie hatte immer noch Hunger und teilte den Schokoriegel auf.

»Denk dran, das gibt fiese Fettdepots und du jammerst dann wieder rum, wenn deine Beine zu dick sind«, sagte Ashley tadelnd. Emilys Beine waren dünn, so wie der Rest von ihr. Sie war mit einem schnellen Stoffwechsel gesegnet und jammerte eigentlich nur, wenn Ashley damit anfing. Sie sollte sich besser fühlen.

»Ich hab so Hunger«, sagte sie mit vollem Mund. Die Schokolade klebte an ihren Zähnen.

»Ich nehme nur ein kleines Stück. Sonst kriege ich Pickel.« Ashley stöhnte. »Hoffentlich sind wir bald da. Ich kann nicht mehr sitzen.«

»Es ist bestimmt nicht mehr weit«, sagte Emily.

»Gott sei Dank.«

Tatsächlich verging die restliche Fahrt ziemlich schnell. Emily trank noch ausreichend und legte den Beutel unter den Sitz vor ihr. Jetzt musste sie doch pinkeln und als sie endlich ankamen und zehn Minuten Zeit bekamen, um aufs Klo zu gehen, rannte sie auch schon los zu dem Häuschen, in dem sich die Toiletten befanden. Sie brauchte nicht lange und ging zurück zu ihrer Gruppe.

Das Visitor Center war voll mit Besuchern. Emily stand mit ihren Mitschülern in der Nähe und wartete auf die Lehrer. Langsam kam die Sonne durch die Wolken und es wurde wärmer. Emily schnürte ihre leichte Windjacke um die Taille. Ashley unterhielt sich angeregt mit Nick und kam dann mit einem wütenden

Gesichtsausdruck zu ihr.

»Dieser Vollidiot«, schimpfte sie.

»Was war denn?«

»Er wollte, dass wir zusammen durch den Park gehen. Händchenhaltend. Kannst du dir das vorstellen? So als wären wir ein Paar. Da hab ich ihm erstmal klargemacht, dass ich ihm nur einen geblasen habe und ihn nicht heiraten will.«

Emily wettete, dass es andersrum gewesen war. Skeptisch blickte sie zu Nick rüber, der mit Ben lachte.

»Was für ein Arsch«, sagte sie und hakte sich unter. »Umso lustiger wird es für uns.«

»Moment mal«, machte Ashley plötzlich und sah interessiert zu den Lehrern, bei denen ein Parkranger stand. Er war Indianermischling, vermutete Emily, denn niemand, den sie kannte, trug seine Haare so lang. Sie waren schwarz und gingen weit bis über die Schultern. Sie glänzten in der Sonne. Er war hübsch, so um die zwanzig, sportlich und groß.

»Wow, das ist ja mal ein Prachtexemplar.« Emily hasste es, wenn Ashley von Jungs redete als wären sie Fische oder ein besonders hübsches Tier.

»Naja, der ist doch viel zu alt.«

Ashley lachte. »Na und? Ich finde, wir passen perfekt zusammen. Oh Gott, schau dir mal die Lippen an.«

»Ja, super.«

Dann kamen die Lehrer mit dem Parkranger auf die Gruppe zu. Ashleys Finger krallten sich in Emilys Arm.

»Wir können gleich losgehen. Zunächst möchte ich euch aber unseren Führer vorstellen. Das ist Adahy Merch. Wenn ihr Fragen habt und etwas zu den hier wachsenden Pflanzen wissen möchtet, könnt ihr euch jederzeit an ihn wenden.« Adahy lächelte in die Runde.

»Er hat ein Grübchen. Und er hat mich viel länger angesehen, als die anderen«, flüsterte Ashley. Emily rollte mit den Augen. Er hatte keineswegs zu irgendjemand bestimmten gesehen.

»Wichtigste Regel hier im Park: Nichts in den Wald oder auf die Wege werfen. Bitte nehmt euren Müll in euren Rucksäcken mit zum nächsten Mülleimer, dies ist besonders wichtig, wegen der Bären. Trinkt kein Wasser aus dem Fluss. Bitte verpackt eure mitgebrachten Lebensmittel in einer Plastikdose. Das gleiche gilt für parfümierte Cremes. Die meisten Unfälle hier im Park passieren aus Leichtsinn, deshalb bleibt immer auf den Wegen und immer in der Gruppe. Wenn ihr auf die Toilette müsst, geht ihr bitte zu zweit und meldet euch vorher ab, damit wir auf euch warten. Alle paar Meilen gibt es Toiletten. Keine Alleingänge. Ist das klar?« Adahy hatte eine klare und freundliche Stimme. Die anderen Schülerinnen und Schüler inklusive Emily nickten. Ashley starrte ihn einfach nur an.

»Okay, dann wollen wir mal hören, was wir heute vorhaben«, sagte Miss Walker und gab das Wort zurück an Adahy, der sich räusperte.

»Wir werden nur ein Prozent des gesamten Nationalparks erkunden können, das Yosemite Valley. Hier gibt es gute Wanderwege und die meisten Attraktionen, wenn man so will. Wir konzentrieren uns auf das Tal, das wir über den Tunnel View erreichen. Dort gibt es die meisten Highlights zu sehen. Ihr bekommt gleich eine Broschüre ausgeteilt. Lunch gibt es in einer der Lodges. Es gibt Sandwiches und Getränke, die der Park sponsert.« Gott sei Dank. Sie würden etwas zu essen bekommen. Emily hatte schon wieder Hunger.

»Noch einmal für jeden. Alle paar Meilen sind Toilettenhäuschen. Bitte verlasst die Wanderwege nicht, um im Wald euer Geschäft zu verrichten. Es gibt hier giftige Schlangen, die sich zwar fernhalten, aber sicher ist sicher.« Emily hasste es sowieso im Freien zu pinkeln, also war das keine Option für sie.

»Nach dem Lunch wandern wir weiter und sind gegen sieben Uhr wieder hier am Eingang«, sagte er schließlich und nickte den Lehrern zu. Mister Monzini ergriff das Wort. »Ihr habt es gehört. Nur zu zweit von der Gruppe entfernen, wenn ihr aufs Klo müsst, und vorher Bescheid sagen. Ich habe keine Lust auf eine Rettungsaktion heute Abend. Um halb acht fährt der Bus zurück nach Hause. Gegen elf sind wir wieder an der Schule. Ich freue mich auf einen tollen Tag.« Ein paar klatschten. Emily nicht. Sie gingen den Lehrern hinterher. Emily nahm die Broschüre entgegen, packte sie in den Rucksack und schulterte ihn. Dann folgte sie den anderen.

»Ich muss unbedingt an den Ranger rankommen, Emily«, sagte Ashley.

»Mann, Ashley, der arbeitet. Der hat jetzt keine Zeit für dich.«

»Trotzdem.« Emily hasste das Wort. Es sagte für sie nichts aus. Es war so ein Ashley-Wort. Ashley ging schneller und zog Emily mit sich. Mittlerweile waren sie hinter den Lehrern und dem Parkranger und schlossen schließlich zu ihm auf.

»Hi«, sagte der Ranger und rückte ein wenig ab, weil Ashley ihm viel zu nah gekommen war. Emily war das zutiefst peinlich, aber ihre Freundin ließ ihren Arm nicht los.

»Oh, Hallo«, machte Ashley, so als hätte sie gar nicht gemerkt, dass sie neben ihm ging. Wie plump, dachte Emily.

»Ich habe gehört, hier leben noch ganz viele Indianer.«

»Das ist richtig. Man schätzt sie auf bis zu zehntausend.«

»Echt? So viele? Wo wohnen die denn?«

*Oh Mann!*, ging es Emily durch den Kopf. Das klang gerade so, als wären Indianer Aussätzige, jedenfalls empfand es Emily so. Sie wollte gar nicht wissen, was der Ranger jetzt dachte.

»Rund um das Gebiet hier verteilt. Zumeist in Reservaten«, antwortete er knapp. Ihm schien die Unterhaltung nicht zu gefallen.

»Reservaten, mhm. Das ist echt traurig.« Emily zog an ihrem Ärmel und zischte in ihr Ohr: »Hör endlich auf damit. Du bist echt peinlich.«

»Wieso? Lass mich doch.« An den Ranger gewandt sagte sie: »Wie ist das so, in einem Reservat? Fühlt man sich da eingesperrt?«

Emily stöhnte innerlich und wäre am liebsten im Erdboden versunken.

»Ich lebe in keinem Reservat. Ich wohne hier im Valley mit den anderen Parkrangern in einem Apartment.« Der Ranger war genervt, das konnte Emily hören. Schließlich stieg er auf einen Stein und bat alle, stehenzubleiben.

»Wir werden gleich den ersten Trecking Pfad beschreiten. Es gibt viel zu sehen, aber bitte bleibt auf den Wegen. Der Nationalpark steht unter Naturschutz. Bitte pflückt keine Blumen oder nehmt irgendetwas von hier mit. Später könnt ihr euch Andenken im Shop kaufen. Bitte füttert keine Tiere. Zuwiderhandlungen sind strafbar. Wenn ihr Fragen habt, sprecht mich ruhig an.«

Dann hüpfte er leichtfüßig von dem Stein und ging neben den Lehrern her. Emily empfand das als klare Abweisung.

»Siehst du, du hast ihn geärgert mit deiner dämlichen Fragerei«, sagte sie.

»Und wenn schon. So toll ist er auch wieder nicht. Er müffelt ein bisschen.« Das stimmte nicht und war eine der typischen Aussagen ihrer Freundin, wenn jemand sie nicht mochte

»Ich hab eh keine Lust mehr auf diesen blöden Ausflug. Mich interessiert die Natur nicht die Bohne. Bin ja kein Öko.«

»Jetzt sind wir halt hier », sagte Emily, die langsam mehr als genervt war. Sie wurde sogar richtig wütend, denn Emily hingegen war sehr interessiert an diesem Ausflug. Sie kannte bislang nur die atemberaubenden Fotos oder Berichte über den Nationalpark aus dem Fernsehen.

»Es ist voll Kindergarten. Ich komme mir vor wie ein Kleinkind. Geht nur zu zweit, entfernt euch nicht von der Gruppe«, äffte sie die Lehrerin nach. »Komm, wir gehen querfeldein«, sagte sie plötzlich und blickte Emily mit funkelnden Augen an.

»Spinnst du jetzt?«

»Wieso denn? Trau dich doch mal was.«

»Vorhin hast du was anderes gesagt.«

»Damit habe ich auch keine Drogen gemeint. Na komm schon. Ist bestimmt lustig.«

»Du spinnst echt. Wir kriegen Ärger dafür. Außerdem gibt es Schlangen und Bären. Pumas nicht zu vergessen. Hast du nicht aufgepasst, was der Ranger gesagt hat?«

»Ärger ist cool und spannend. Ich habe keine Lust, wie ein Depp mit allen zu laufen. Außerdem muss ich mal.«

Ashley war absichtlich langsamer gegangen, damit die anderen an ihnen vorbeizogen, denn die überholten sie schon.

»Wir sollen auf die Toiletten gehen.«

»Wir sollen dies, wir sollen das. Kommst du mit oder bleibst du hier?« Ashley warf einen Blick zu den Bäumen am Wegrand.

»Ich gehe mit, weil wir nicht alleine los sollen. Dennoch müssen wir den Lehrern Bescheid sagen.«

Ashley hatte sich von ihrem Arm gelöst und ging zu den Bäumen. Kurz darauf war sie im Dickicht verschwunden.

»Mann, Ashley«, stöhnte Emily. Sie drehte sich zu den anderen um und folgte Ashley schließlich. Vor ihr erstreckte sich ein dichter Wald aus Tannen, Büschen und Laubbäumen. Ashley war wie von ihnen verschluckt. Emily ging weiter, kletterte über einen Baumstamm, spürte das Unterholz unter ihren Schuhen. Es knackste. Sie bekam Angst. Was, wenn sie auf eine Schlange trat und am Ende gebissen wurde? Sie waren noch nicht weit vom Weg abgekommen, aber würde man sie hören, wenn sie nach Hilfe rief? Könnte sie dann überhaupt noch rufen? Sie hatte gelesen, dass ein Biss sehr schnell zu Lähmungen führte.

»Ashley«, zischte sie leise, bückte sich und ging unter einem tiefhängenden Ast hindurch. Mit ausgestreckten Armen kämpfte sie sich durch die

Büsche. Ashley blieb weiter verschwunden.

»Verdammt, Ashley. Das ist nicht lustig«, rief sie etwas lauter. Der Zweig eines Busches zerkratzte ihr den Arm. Die Wunde brannte und fing an zu jucken. Die Jacke, die sie sich um die Taille gebunden hatte, verhedderte sich in den Zweigen.

»Verflucht, was ist das hier?« Sie löste die Jacke von den winzigen Dornen und zog sie sich über, um ihre Arme zu schützen.

»Ashley. Wenn du nicht sofort antwortest, dann bist du für mich gestorben. Hörst du?« Emily kämpfte sich weiter durch den Wald. Mittlerweile drangen keine menschlichen Stimmen mehr zu ihr durch. Nur Vogelgezwitscher und Grillenzirpen. Ab und an ein Rascheln im Unterholz. Dann hörte Emily einen Schrei. Ihr Herz setzte einen Moment aus. »Oh scheiße! Ich hab's gewusst. Verdammt. Wir hätten nicht so weit gehen sollen.« Emily rannte durch die Büsche, ohne Rücksicht darauf, dass die Zweige sich in ihrem Zopf verfingen oder die Jacke immer wieder irgendwo hängenblieb.

»Wo bist du? Verdammt!«

»Buhhhhh!« Emily machte einen Satz und fiel auf den Hintern. Vor ihr stand Ashley, die laut lachte und ihr die Hand hinhielt.

»Sag mal, drehst du jetzt völlig ab?« Emily schlug Ashleys Hand weg und rappelte sich mühsam auf.

»Ach komm schon. Das war doch lustig«,

sagte Ashley und kicherte. »Du hättest mal dein Gesicht sehen sollen.«

»Du bist eine dämliche Kuh, echt. Ich gehe wieder zu den anderen.« Emily zupfte sich kleine Äste aus dem Zopf, drehte sich um und stapfte zurück.

»Jetzt warte doch mal. Sorry, dass ich dich erschreckt habe.« Emily antwortete nicht, sondern versuchte sich zu erinnern, aus welcher Richtung sie gekommen war.

»Was tut ihr hier?«

Emily schnappte nach Luft. Ein Ranger stand vor ihr. Breit und groß. Er war auch ein Indianer, allerdings viel älter als der junge Ranger, der die Klasse über den Wanderweg führte. Seine Brauen hatte er wütend zusammengezogen.

»Wir mussten mal und es gab nirgends ein Klo«, sagte Ashley und klimperte ihn mit großen Augen an.

»Ich begleite euch zu eurer Gruppe. Habt ihr Bescheid gesagt?« Er wirkte ziemlich wütend und musterte die beiden Mädchen.

»Warum sollten wir?«, sagte Ashley herausfordernd.

Dann fiel Emily etwas auf. Etwas stimmte hier nicht.

»Weil hier draußen Gefahren lauern«, sagte der Ranger und kam näher.

Emily wollte einen Schritt zurück machen, aber da stand Ashley. Der Ranger war jetzt direkt vor ihr und hob die Hand. Ein Gegenstand befand sich darin, aber Emily konnte nicht erkennen, was es war. Mit einer schnellen Bewegung kam er ihrem Gesicht nahe und sie schnappte erschrocken nach Luft. Etwas süßes verklebte ihre Nase und Mund. Verschwommen konnte sie beobachten, dass der Ranger lächelte. Schließlich fiel ihr ein, was nicht stimmte. Er hatte sie zu ihrer Gruppe begleiten wollen. Woher hatte er gewusst, dass sie mit einer Klasse hier waren? Sie murmelte etwas, doch aus ihrem Mund kam nur ein Stöhnen. Ihre Knie wurden weich. Wie von weit entfernt schrie Ashley. Emily verlor die Kontrolle über ihren Körper. Sie sackte auf den Boden und schloss die Augen.

Träge drehte sich Emily zur Seite. Ihre Wange berührte etwas Kaltes. Es war feucht und es roch wie Erde. Modrig. Langsam öffnete sie die Augen und blinzelte verwirrt. Es war dunkel um sie herum. Sie blinzelte erneut, wollte sich über die Augen reiben, aber der Arm schmerzte und fühlte sich schwer an. Irgendwo klapperte etwas. Emily bekam Panik. Sie atmete schnell und setzte sich auf, was Schwindel verursachte. Über ihr war ein schwacher Lichtschein zu erkennen, aber nicht genug, um zu wissen, wo sie war und ob sie alleine oder Ashley in der Nähe war.

»Ashley«, krächzte sie. Sie räusperte sich.

»Ashley«, rief sie mit etwas klarerer Stimme. Plötzlich berührte sie etwas im Gesicht. Sie zuckte zusammen, rutschte mit dem Po über den Boden und wedelte mit den Armen. Ihre Augen gewöhnten sich etwas an die Dunkelheit und sie bemerkte vor sich jemanden. Panisch schrie sie, rutschte noch weiter nach hinten und erkannte schemenhaft eine Gestalt vor sich.

»Endlich ist mein Spielzeug da«, sagte eine männliche Stimme. Sie klang kindlich, verwaschen, so als würde sie nicht oft etwas sagen.

Aber sie jagte ihr Angst ein. So große Angst, dass sie sich einnässte.

*August 2017*

# *Kapitel 3*

*20 Jahre später*

Die Sonne hat ihren Höhepunkt erreicht. Seit Wochen ist es so heiß, dass Elisabeth Pike nur aus dem Haus geht, wenn es sich wirklich nicht vermeiden lässt. Die Klimaanlage bläst eiskalte Luft in das Wohnzimmer. Müde blickt sie zu der Uhr, die auf dem Kaminsims steht und zwölf Uhr mittags anzeigt. Elisabeth liegt auf dem Sofa. In ihrer unmittelbaren Reichweite befindet sich die Fernbedienung, auf dem Tisch neben ihr stehen eine Flasche Cola und ein Röhrchen mit ihren Tabletten. Der Fernseher läuft leise im Hintergrund. Maddy springt auf ihren Bauch, wühlt in der Decke herum, dreht sich ein paar Mal und rollt sich schließlich ein. Mechanisch streichelt Elisabeth über das weiche Fell. Die Katze schnurrt. Es ist die dritte Maddy, die in dieses Haus eingezogen ist. Die dritte Katze, seit ihre Tochter Emily spurlos verschwunden ist. Zwanzig Jahre voller Hoffnung, dass sie durch die Tür kommt und ihr sagt, sie sei von zu Hause abgehauen, weil sie es nicht mehr ausgehalten hat. Und sich jetzt nach ihrer Mutter sehnt. Hoffnung auf einen Brief, einen Anruf. Völlig egal, wenn sie nur die Nachricht bekäme, dass Emily nicht tot ist.

Laut Polizei ist sie ertrunken. Damals bei dem

Schulausflug im Yosemite Park. Nach wochenlanger Suche wurden die Ermittlungen eingestellt. Der Fluss hätte an jenen Tagen sehr hoch gestanden und sei extrem gefährlich, hatte es geheißen.

»Vielleicht ist ihre Tochter einfach nur abgehauen? Mit ihrer Freundin«, hatte man ihr gesagt, denn eine Leiche wurde nie gefunden. Elisabeth hatte mit dem Kopf geschüttelt. Nein, Emily würde sie nicht im Stich lassen. Nicht, nachdem ihr Vater gestorben war. Das hätte ihre Tochter nicht übers Herz gebracht.

Anfangs hatte Elisabeth selbst die Eltern, Lehrer und Mitschüler befragt. Sie war sogar in den Park gefahren, hatte ihre Tochter auf eigene Faust gesucht, Plakate aufgehängt, mit den Rangern gesprochen. Mit den Jahren wurde aus der Hoffnung Verzweiflung und sie stürzte in eine tiefe Depression, die sie mit Tabletten bekämpfte. Aber die Tabletten sorgten nicht dafür, dass Emily wieder nach Hause kam.

Sie hätte sich längst umgebracht, wäre da nicht ein kleiner Funken Hoffnung, dass Emily noch lebt.

Elisabeth setzt sich auf, reibt sich über die Brust, atmet langsam ein und aus, so wie sie es in der Therapie gelernt hat, um sich zu beruhigen. Aber der bittere Schmerz bleibt, frisst sich durch ihre Eingeweide, die Gedanken und ist bald so unerträglich, dass sie das Röhrchen öffnet und sich eine Tablette rausschüttelt. Sie nimmt die Tablette in den Mund, spült mit Cola nach und legt sich wieder hin. Maddy ist von der Couch gesprungen.

Es dauert nicht lange, denkt sie, nicht lange, und ich bin eingehüllt von weicher, warmer Watte, die meinen Verstand benebelt.

*»Zwei weibliche Teenager werden seit drei Tagen vermisst. Sie waren mit ihrer Klasse auf einem Ausflug im Yosemite Park. Bislang fehlt jede Spur von ihnen. Parkranger sind ohne Unterbrechung auf der Suche ...«*

# Kapitel 4

»Bist du so weit?« Howard sieht hinauf in den Himmel. Er ist dicht bewölkt, dahinter verbirgt sich irgendwo die Sonne, die es nicht einmal im August schafft, sich durchzusetzen. Es ist warm, die schwüle Luft weht ihm ins Gesicht. Kathlyn steht am Eingang des Krankenhauses und lächelt ihn an. Ihre Haare sind schon etwas nachgewachsen, aber dennoch traut sie sich nicht ohne Kopfbedeckung in die Öffentlichkeit. Es ist eine New Yorkers Baseballcap in dunkelblau. Die Buchstaben NY sind mit weißem Garn auf den Stoff gestickt.

Kathlyn ist blass und hat stark abgenommen, aber sie strahlt so viel Energie und Lebensfreude aus, dass Howard sich freut, sie zu sehen und zurücklächelt. Der Angriff durch Alice ist schon einige Wochen her, und nachdem Kathlyn in ein künstliches Koma versetzt worden war, hatte sie noch lange im Krankenhaus bleiben müssen.

Zum Glück ist Alice tot, denkt Howard und erinnert sich an den letzten Kampf mit ihr inmitten des Nationalparks. Ihr Tod bedeutet, er kann sein Leben neu ausrichten, wieder durchstarten, frei sein. Aber er weiß auch, dass er durch Alice angreifbar geworden ist. Es könnte durchaus sein, dass künftige Psychopathen ihr diese Spielchen nachmachen wollen, einfach um ihn und seine Liebsten zu treffen.

»Hey, was geht dir durch den Kopf?«, fragt Kathlyn und legt ihre Arme um seine Taille.

»Nichts.« Er küsst sie sanft auf die Lippen und löst sich von ihr. »Wir sollten gehen. Ich will nicht mehr länger als notwendig in der Nähe des Krankenhauses sein.« In den letzten Wochen ist es fast zu seinem zweiten Zuhause geworden. Er ist froh, dass er keinen einzelnen Stein, auf den das Gebäude erbaut worden ist, so schnell wieder sehen muss.

Kathlyn bemerkt jemanden hinter ihm und lächelt. »Hey, da sind ja deine Eltern.« Howard stöhnt genervt und dreht sich um. Sein Vater kommt mit großen Schritten auf ihn zu, wie immer legt er ein hohes Tempo vor. Howards Mutter folgt ihrem Mann mit gehetztem Gesichtsausdruck.

»Willkommen zurück unter den Lebenden, meine Liebe.« Howard unterdrückt ein Stöhnen. Sein Vater hatte schon immer einen Hang zum Dramatischen. Wilbur legt seine Hände auf Kathlyns Schultern und küsst sie links und rechts auf die Wange.

»Danke sehr, Wilbur. Es ist wirklich lieb von euch, dass ihr gekommen seid, aber wir wollten gerade ...«

»Papperlapapp«, mischt sich Elisabeth, seine Mutter, atemlos ein, »ihr kommt jetzt erstmal mit zu uns. Ich habe einen Braten gemacht. Du musst ja halb verhungert sein. Sieh dich mal an. Ganz dünn bist du geworden.« Howard rollt mit den Augen. Es ist ja nicht so, dass sie sich erst gestern gesehen hätten.

»Wie könnte ich zu einem Braten nein sagen?«

»Mom, wir wollten nach Hause«, sagt Howard.

Kathlyn ist überrascht. »Warum denn? Ich lasse mich gerne bekochen.«

Seine Mutter hakt sich bei Kathlyn unter. »Dann ist es ja abgemacht. Fährst du mit uns, Kathlyn? Nicht dass Howard auf dumme Gedanken kommt und uns nicht folgt.« Sie wirft Howard einen bösen Blick zu. Kathlyn formt mit ihren Lippen ein »Was ist los?« Aber Howard zuckt mit den Schultern.

Während seine Mutter mit Kathlyn im Schlepptau über den Parkplatz geht, bleibt sein Vater noch stehen. »Erzähl deiner Mutter bitte nicht, was mit Kathlyn passiert ist. Du weißt ja, wie sehr sie sich immer sorgt.«

»Nein, das werde ich nicht tun.«

»Alles klar bei euch?« Sein Vater hatte schon immer einen Blick dafür gehabt, wenn Howard etwas umtreibt.

»Ja, sicher. Ich wäre nur gerne mit Kathlyn alleine gewesen.«

Sein Vater klopft ihm auf die Schulter und grinst. »Das werdet ihr. Aber mach deiner Mutter die Freude, ja?«

»Ja, Dad.«

»Bis gleich.« Wilbur dreht sich um und lässt Howard stehen.

»Na dann, los. Bringt ja alles nichts.« Howard nimmt Kathlyns Sporttasche auf, schultert sie und geht zu seinem Wagen.

Zwanzig Minuten später fährt er am Haus seiner Eltern vor. Den Wagen stellt er hinter dem Buick seines Vaters ab. Hier hat er seine Kindheit verbracht, kletterte heimlich durch das Fenster im ersten Stock, um sich mit seinen Freunden zu treffen, gab einem Mädchen auf seinem Bett den ersten Kuss und spielte mit seinem Vater Basketball. Der Korb hängt immer noch an der Garagenwand und erinnert ihn daran, dass es nie einen Enkel geben wird, der mit seinem Grandpa Bälle durch den Korb werfen kann.

Seufzend steigt er aus und betritt das Haus über die vordere Veranda. Es ist ein modernes Südstaaten Haus, das nicht so recht nach Washington passen will. Seine Eltern hatten die Südstaaten immer geliebt, konnten aber aus beruflichen Gründen nie dort hinziehen. Deshalb hat Wilbur dieses Haus gebaut. Noch immer strahlt es Zuversicht und Gemütlichkeit aus.

Elisabeth steht mit Kathlyn in der Küche. Sie lachen. Geschirr klappert, im Fernsehen läuft Baseball. Wilbur sitzt auf einem Sessel im Wohnzimmer. Es duftet nach deftigem Essen, wie es nur Mütter kochen.

»Das riecht fantastisch«, sagt er und setzt sich seinem Vater gegenüber.

»Du kennst ja deine Mutter. Sie hat gestern schon angefangen und seitdem kämpft mein Magen gegen diese leckeren Gerüche an, die durchs Haus wehen.«

Howard lacht. »Oh ja, das kenne ich.«

»Essen ist gleich fertig«, ruft seine Mutter aus der Küche.

»Hoffentlich. Ich kann nämlich für nichts mehr garantieren«, ruft sein Vater zurück.

Kathlyn kommt mit Tellern in das Wohnzimmer.

»Warte, ich helfe dir. Setz dich bitte. Du solltest dich noch schonen«, sagt Howard, springt auf und nimmt Kathlyn die Teller ab. Er verteilt sie auf dem Tisch, während sie sich hinsetzt. »Mir geht es schon wieder gut, ehrlich. Ich möchte mich nützlich machen.«

»Keine Widerrede, Schatz.« Howard legt das Besteck neben die Teller.

»Das Maisbrot deiner Mom ist gigantisch«, sagt sie mit vollem Mund.

»Warum darf sie naschen und ich nicht?«, beschwert sich sein Vater. Howard hat plötzlich das Gefühl, die komplette Szenerie von weitem zu beobachten. Es kommt ihm so unwirklich vor, so fernab von jeglicher Gefahr. Gefahr, die draußen auf ihn wartet. Mit Serienmördern, die Frauen Köpfe abhacken und ihre Brüste verspeisen. Von Vätern, die ihre Kinder missbrauchen. Von

Müttern, die mit einer Nadel im Arm neben einem neugeborenen Baby liegen. Von Schmutz, Gewalt, Sadismus. Von Kathlyn, die gefesselt in einem Verschlag gefangen gehalten wird ...

»Howard?«

»Was?«

»Wo bist du nur mit deinen Gedanken? Kannst du bitte aus der Garage die Getränke holen? Kathlyn darf keinen Alkohol trinken, sie bekommt Wasser. Aber du und dein Dad wollen sicherlich ein Bier.« Elisabeth steht mit gerunzelter Stirn vor ihm, um die Taille hat sie eine weiße spitzenbesetzte Schürze gebunden.

Howard springt auf und geht in die Garage. Wie soll er bloß all die Abscheulichkeiten aus seinem Kopf bekommen und ein normales Leben führen, wenn ihm seine Familie schon zu viel wird?

Howard nimmt zwei Flaschen Bier und Wasser aus dem Kühlschrank und geht zurück ins Haus. Kathlyn und sein Vater sitzen bereits am Tisch, seine Mutter trägt den Braten auf einem Servierteller rein. Wilbur springt auf, nimmt den Servierteller und beginnt den Braten zu zerlegen.

»Hilfst du mir noch mit den Kartoffeln, Howard?«, fragt sie und stellt den Teller mittig auf den Tisch. Howard stellt die Bierflaschen und das Wasser ab und folgt seiner Mutter in die Küche.

»Könntest du mal etwas glücklicher aussehen?« Howard presst den Kiefer aufeinander, dass es knackt.

»Ich meine es ernst, Howard. Deine Freundin hat einen schweren Unfall überlebt und sitzt mit uns zusammen, damit wir gemeinsam essen können und du ziehst ein Gesicht, als wünschtest du dir, ihr wärt nicht hier.«

»Mom, bitte. Ich bin gerne bei euch.« Elisabeth ist ein Herzmensch. Sie lässt sich ausschließlich von ihrem Bauchgefühl leiten. Wilbur hingegen ist immer schon Kopfmensch gewesen, manchmal genervt von seiner Frau, aber die Liebe der beiden zueinander ist beispiellos. Howard liebt seine Eltern über alles und er ist froh, dass er eine so liebenswerte Familie hat.

»Dann benimm dich bitte auch so«, tadelt sie ihn. »Keine Frau möchte einen Mann an ihrer Seite, der griesgrämig guckt. Zeig ihr, dass du froh bist, sie noch zu haben.«

»Mom, ich bin keine zwanzig mehr.«

Elisabeth legt eine Hand auf seine Schulter. Sie muss sich dafür strecken, da sie wesentlich kleiner ist als ihr Sohn.

»Wir wissen alle, was dir Laura bedeutet hat. Aber es ist kein Verbrechen, sein Herz noch einmal zu vergeben. Kathlyn ist bezaubernd und sie liebt dich.«

»Und ich liebe sie«, murmelt Howard. Er kann mit seiner Mutter nicht darüber sprechen. Er kann mit niemandem darüber sprechen, außer mit Kathlyn. Für den Moment muss er die idyllische Vorstadtfamilie mitspielen, also lächelt er.

»Vielleicht brauche ich noch einen Moment, um zu realisieren, dass alles gut wird, Mom. Ich werde mir deine Kritik zu Herzen nehmen, okay? Wo sind die Kartoffeln?«

Sie lächelt, zieht die Hand zurück und deutet auf eine Schale, in der die dampfenden Kartoffeln liegen, die sie mit Petersilie bestreut hat.

Howard nimmt die Schale, bückt sich zu ihr und küsst sie auf die Wange. Dann geht er ins Wohnzimmer, stellt die Schale ab und setzt sich neben Kathlyn. Unter dem Tisch, legt er seine Hand auf ihr Bein.

»Hast einen Anschiss gekriegt, was?«, flüstert sie. Howard grinst. »Jo.«

»Geschieht dir recht.«

Howard lächelt. Kathlyn hat Recht, seine Mutter hat Recht, gleichzeitig hat er furchtbare Angst. Angst, dass sich alles wiederholen könnte. Als er sich für diesen Job entschieden hat, hatte er am allerwenigsten darüber nachgedacht, dass seine Liebsten in Gefahr sein könnten.

»Ich liebe dich«, flüstert er ihr zu und gibt ihr einen Kuss auf die warmen Lippen.

Nach dem Abwasch sitzen sie noch im Wohnzimmer. Elisabeth hat Tee gemacht, für Howard einen Espresso. Er kann dieses Schauspiel nicht mehr länger aufrechterhalten und entschuldigt sich, dass er wirklich müde sei. Kathlyn stimmt ihm glücklicherweise zu und sie verabschieden sich.

Im Wagen will Kathlyn wissen, was ihn bedrückt.

»Was ist mit dir? Du hast doch irgendwas. Ist es Alice?« Howard hat ihr im Krankenhaus, natürlich, als es ihr besser ging, die ganze Geschichte erzählt. Kathlyn reagierte geschockt, wie erwartet, aber war dann auch erleichtert, dass die Sache endlich ein Ende hatte.

»Alice ist tot«, sagt er, startet den Motor und fährt den Wagen rückwärts auf die Straße.

»Das weiß ich«, sagt Kathlyn sanft.

»Hör zu. Ich liebe dich über alles, Kathlyn. Aber ich bin wirklich müde und froh, wenn wir zu Hause sind. Wir reden ein anderes Mal.«

Aus den Augenwinkeln kann er erkennen, dass sie ihn lange ansieht, dann legt sie die Hand auf sein Bein und drückt es leicht.

»Okay.«

Am nächsten Tag läuft Howard ausgerechnet Stephen in die Arme, der ihn in sein Büro bittet.

»Wie geht es Kathlyn?«, fragt Stephen, nachdem sie sich gesetzt haben.

Kathlyn ist noch eine Weile krankgeschrieben und er ist ganz froh, dass sie zu Hause in Sicherheit ist. Während sie im Krankenhaus war, hat er eine Sicherheitsfirma beauftragt, um ihre Wohnung und die darin befindliche IT sicher zu machen. Dort kann ihr nichts passieren.

»Du kennst sie ja. Sie ist unheimlich zäh und wird schneller gesund als uns allen lieb ist.«

Stephen runzelt die Stirn. »Klingt so, als würdest du nicht wollen, dass sie weiter mit dir zusammenarbeitet.«

»Hör zu, Stephen. Kathlyn und ich sind ein Paar. Ich liebe sie. Ich möchte mir eine Zukunft mit ihr aufbauen, aber der Job ist hart und wir sind angreifbar ...«

Stephen hebt die Hand, um ihn zu unterbrechen. »Ich weiß längst, dass ihr ein Paar seid. Dachtest du, du könntest es vor mir verheimlichen?«

Howard lächelt und schüttelt den Kopf. »Du hast Recht. Ich bin wohl ziemlich blind in letzter Zeit.«

»Genau. Darum geht es. Die Innere hat morgen Nachmittag einen Termin mit dir. Es geht um die Festplatte und Alice' Tod.«

»Die ermitteln gegen mich? Kann ich ihnen nicht verdenken, dennoch bin ich beunruhigt.«

»Das ist nun mal Vorschrift. Sie haben dich in Ruhe gelassen, wegen Kathlyn, aber um die Akte zu schließen, brauchen sie deine Aussage.«

»Ist ja gut. Ich kenne die Vorschriften. Wann genau geht es los?«

»Ich schick dir einen Kalendereintrag per Mail.« Stephen mustert ihn. »Sonst ist alles okay?«

»Ja. Waren harte Wochen. Aber jetzt ist alles in Ordnung.«

»Gut.«

Howard steht auf und verlässt mit einem kurzen

Gruß Stephens Büro. Auf dem Gang kommt ihm Rick entgegen.

»Wie geht es Kathlyn?«

»Sie ist zu Hause. Ihr geht es gut. Sie ist noch etwas wackelig. Heute Morgen hatte sie mit dem Kreislauf zu kämpfen, aber sie nimmt Tabletten, um den zu stabilisieren.«

»Und dir?«, fragt Rick, während sie zu ihrem gemeinsamen Büro gehen.

»Morgen Nachmittag habe ich den Termin mit der Inneren.« Eigentlich belastet ihn dieser Termin nicht weiter, aber er hat im Moment keine Lust mit Rick zu reden.

»Das sitzt du mit der linken Arschbacke ab. Ich war schon da. Habe dich entlastet, wegen der Festplatte und ihnen gesagt, dass Alice ohne deinen Einsatz jetzt noch auf freiem Fuß und vermutlich über alle Berge wäre.«

»Danke. Hättest du nicht machen müssen. Das hätte ich denen schon selbst gesagt.«

»Du vergisst, dass ich in den Fall involviert war und sie jeden dazu befragen.«

Sie sind im Büro angekommen. »Stimmt auch wieder.« In den letzten Wochen war Howard tatsächlich nicht mehr belastbar. Das hatte man an den fehlenden Fällen gemerkt. Offensichtlich hat Stephen viele Anfragen an Kollegen weitergeleitet. Als er jetzt ins Büro kommt, begrüßt ihn sein Team herzlich.

Es liegt nicht viel an. Sie haben viel Papierkram zu erledigen, Mails zu beantworten und müssen an einer Telefonkonferenz mit Oklahoma teilnehmen. Howard nimmt es sich raus, früher zu gehen und kauft auf dem Weg nach Hause Zutaten für Bolognese ein.

»Ich wollte mich entschuldigen, dass ich dein Essen so schlecht gemacht habe. Natürlich hat es viel besser geschmeckt als bei Laura. Sie konnte nämlich nicht kochen«, sagt er, als er die Tüten auf der Arbeitsfläche in der Küche abstellt.

Kathlyn schlägt ihm spielerisch mit der Faust gegen die Brust. »Und ich war schon ganz verzweifelt. Wenn ich nämlich etwas gut kann, ist es echte italienische Bolognese zu kochen. Aber du hättest du nicht einkaufen gehen müssen, ich habe schon etwas zu essen vorbereitet. Während des Essens erzählst du mir, was los ist.« Howard räumt die Sachen in den Kühlschrank.

»Kommt die Psychiaterin in dir durch?«

»Setz dich, wir reden gleich.«

Howard packt seine Waffe in den kleinen Tresor im Wohnzimmer, legt das Handy und seine Schlüssel ab und hilft ihr in der Küche. Kathlyn hat einen Salat mit Thunfisch gemacht. Dazu gibt es Risotto.

Während sie den Tisch decken, fängt Howard an zu reden. »Ich habe Probleme damit, dich in Gefahr zu bringen, Kathlyn. In so kurzer Zeit habe ich zweimal um dich bangen müssen.«

Kathlyn bringt eine Schale mit Risotto ins Wohnzimmer und stellt sie auf den Tisch. Howard platziert den Brotkorb und die Salatschüssel in der Mitte. Dann setzen sie sich und er füllt die Teller.

»Ist eben mein Job. Ist ja auch dein Job.«

»Ich bin fast selbst gestorben, als ich dachte, du wärst tot. Ich kann das nicht noch einmal durchstehen.«

Kathlyn mustert ihn und nimmt sich anschließend ein Stück Brot aus dem Korb. »Ich habe den Job angenommen, weil ich etwas verändern will, Menschen beschützen und retten. Ich will die Verbrecher fangen, verstehst du? An erster Front sein. Ich werde auch ohne dich immer in Gefahr sein. Ich kann überfahren werden, die Treppe runterfallen, jemand raubt die Bank aus, in der ich gerade Geld hole.« Sie zerrupft das Brot mit ihren Fingern.

»Nicht so sehr wie mit mir«, sagt er leise. Er schiebt das Risotto von sich.

»Das heißt, du hast dich schon entschieden? Für ein einsames Leben?«

»Nein, ich habe mich noch nicht entschieden. Ich liebe dich, Kathlyn. Aber ich habe sehr große Angst um dich. Ich will dich nicht verlieren.«

# *Kapitel 5*

Beth hat einen schrecklichen Geschmack im Mund. Sie will Speichel sammeln, um ihre Mundhöhle zu befeuchten, aber da ist nichts. Sie ist völlig ausgetrocknet. Ihr Kopf dröhnt als sie die Augen öffnet und versucht sich zu orientieren. Sie liegt mit dem Kopf auf modriger, feuchter Erde. Die Wand vor ihr sieht aus, als wäre sie aus Lehm. Es stinkt nach verdorbenem Fleisch und nach menschlichen Ausscheidungen. Beth hebt den Kopf und setzt sich mühsam auf. Aus einem Loch über ihr dringt Tageslicht ein, und als sie sich umsieht, fängt sie an zu schreien. Ihr Herz schlägt so heftig, dass sie das Gefühl hat, es würde gleich aus ihrer Brust springen, wenn sie sich nicht beruhigt. In einer Ecke sitzt eine alte, abgemagerte Frau, die wie sie, laut kreischt. Nur klingt das Geräusch, das die Frau macht, wie von einem Tier. Sie trägt ein schmutziges, geripptes Männerunterhemd, ist am Fuß mit einem Ring an der Wand angekettet. Das Haar ist verfilzt und als sie die Zähne bleckt, erkennt Beth schwarze Stummel in ihrem Mund. Die Augen scheinen hell aus dem vor Dreck verkrusteten Gesicht. Unter dem Hemd, das die Frau über ihre Knie gezogen hat, ist die Frau nackt. Zumindest trägt sie keinen BH. Die Beine sind so dünn, dass Beth sich fragt, von was sich das Wesen vor ihr ernährt.

»Oh mein Gott. Oh mein Gott«, wimmert sie. Sie will aufstehen und wegrennen, doch auch ihr Fuß ist mit einer Kette in der Wand verankert. Die Frau starrt sie an, wiederholt ihre Worte leise und unverständlich. Dann entdeckt Beth Jilliane, die ihr gegenüber auf dem Boden liegt und aussieht, als würde sie schlafen. Die Fußfessel lässt ihr genug Spielraum, dass sie zu ihr kriechen kann. Immer wieder rüttelt sie an Jillianes Bein, aber ihre Freundin wacht nicht auf. Die Frau fängt an zu wimmern. Die Töne, die aus ihrem Mund kommen, klingen ein bisschen wie die Affen im Zoo.

»Bitte, tu mir nichts. Bitte«, fleht die Frau. Dann ist sie still, rückt ein Stück in Beths Richtung, die panisch an die Wand rutscht. Der Boden ist an manchen Stellen glitschig und jetzt weiß sie, worin sie sitzt. In menschlichen Exkrementen. Beth muss würgen, aber ihr Magen krampft sich schmerzhaft zusammen. Es kommt nichts raus. Die Frau hebt ihren dürren Arm.

»Welches Jahr haben wir?«, knurrt sie wie ein Tier.

»2017!«, antwortet Beth mit zittriger Stimme und die Frau fängt an zu schluchzen.

»Spielzeug«, sagt sie plötzlich leise. Aber laut genug, dass Beth es hören kann.

# *Kapitel 6*

Schweigend räumt Howard den Tisch ab. Kathlyn steht auf und setzt sich auf die Couch. Sie schaltet den Fernseher ein, während er die Reste in den Mülleimer wirft und die Geschirrspülmaschine einräumt. Was die Frau in den Nachrichten erzählt, bekommt er nur teilweise mit. Er holt eine Flasche Wein aus dem Kühlschrank und schenkt sich ein Glas ein. Kathlyn bekommt ein Glas Wasser.

Er stellt die Getränke auf dem Tisch ab und setzt sich neben sie. Howard verfolgt interessiert den nächsten Beitrag.

*»Zwei weibliche Teeanger, Bethany Zimmermann und Jilliane Anders sind am Dienstag bei einem Ausflug in den Yosemite Nationalpark nicht zu ihrer Gruppe zurückgekehrt. Jilliane Anders ist fünfzehn Jahre alt«*, ein Foto wird eingeblendet von einem hübschen, blonden Mädchen mit hellen Augen, *»Bethany Zimmermann ist gerade sechzehn geworden.«* Auch von dem Mädchen wird ein Foto gezeigt. Sie hat dunkle Haare und sieht etwas traurig aus. *»Die Parkranger arbeiten mit der Polizei zusammen und suchen mit Spürhunden nach den beiden vermissten Mädchen. Der Fluss hat Hochwasser. Die Vermutung liegt nahe, dass die Mädchen möglicherweise ertrunken sind.*

*Zum momentanen Zeitpunkt geht die Polizei nicht von einem Verbrechen aus.«*

Kathlyn schaltet den Fernseher aus.

»Lass uns reden, Howard.«

»Muss es mir leid tun, weil ich dich beschützen will und es nicht kann?«, greift er vor.

»Wie vorhin schon erwähnt, ich könnte überfahren werden oder von einer Leiter fallen und mir das Genick brechen.«

»Ich beschleunige deinen Tod, Kathlyn.«

»Liebst du mich?«, fragt sie plötzlich.

»Ja. Ja, ich liebe dich. Bevor das passiert ist, konnte ich mir eine Zukunft mit dir vorstellen. Dass wir beide eine zweite Chance bekommen.«

Kathlyn ergreift seine Hand. »Lass es uns versuchen. Wir haben es verdient.«

Howard antwortet nicht.

»Wir können immer noch eine Zukunft haben. Andere FBI Agenten haben auch Familie.«

»Ich habe Angst«, flüstert er und drückt ihre Hand.

»Ich weiß, Darling. Ich weiß es doch. Angst zu haben ist okay. Aber du darfst dich nicht von ihr lähmen lassen. Du musst handeln. Niemand kennt die Zukunft. Bitte lass uns jetzt leben.«

»Du hast vermutlich Recht«, sagt er.

»Ich habe nicht nur vermutlich Recht. Ich habe Recht«, lacht sie und küsst ihn sanft.

Am nächsten Morgen sitzt er an seinem Schreibtisch, als Bob zu ihm kommt und ihm etwas über zwei vermisste Teenager im Yosemite Park erzählt.

»Das ist nicht unser Fall, Bob. Wir suchen unsere Fälle nicht selbst aus.«

»Ich weiß, Sir.«

»Hatte Rick dir nicht gesagt, dass du nicht so förmlich sein musst?« Howard muss schmunzeln. Er mag Bob und hat den jungen Agenten gerne in seinem Team.

»Ja, Sir. Ich meine, Verzeihung.« Howard lacht. »Schon gut. Also, was ist mit den Mädchen?« Vielleicht lenkt ihn die Unterhaltung etwas von seinen eigenen Sorgen ab.

»Meine Schwester lebt mit ihrem Mann und ihrer Tochter in Kalifornien. Meine Nichte Cecilia war bei diesem Ausflug dabei. Der, bei dem die Mädchen verschwanden. Ich weiß nicht, ob Sie das mitbekommen haben ... ob du das mitbekommen hast«, beeilt er sich zu sagen.

»Waren sie Freundinnen? Das ist natürlich sehr schlimm, wenn deine Nichte nicht weiß, was mit ihnen passiert ist«, sagt er mitfühlend.

»Naja. Ja. Sie kannten sich natürlich. Cecilia sagt, die Polizei kümmere sich nicht richtig.«

»Das kann ein Teenager beurteilen?«, will Howard belustigt wissen.

»Sie haben die Hundestaffeln schon abgezogen. Alle glauben, die Mädchen wären ertrunken und dann hat sie gegoogelt ...«

»Ach nein«, sagt Howard sarkastisch, »jetzt googelt man schon, wie die Polizei ihre Arbeit zu machen hat?«

Bob tritt verlegen von einem Bein aufs andere. »Nein. Naja, doch. Sie hat jedenfalls etwas Seltsames entdeckt.«

»Lass mich raten: UFOs?« Howard grinst.

»Ganz ehrlich, Sir. Würde ich wegen UFOs zu Ihnen kommen?«

»Howard«, berichtigt er ihn. »Und um deine Frage zu beantworten: ehrlich gesagt, nicht.«

Bob räuspert sich. »Howard. Ja. Also vor zwanzig Jahren passierte an der gleichen Stelle etwas Ähnliches. Der Fall Ashley und Emily.«

»Aha. Der Fall Ashley und Emily«, wiederholt Howard und hat keine Ahnung, wovon Bob da spricht.

»Ich weiß, das klingt jetzt nicht unbedingt nach etwas Handfestem. Jedenfalls wurden die Mädchen nie gefunden. Es hieß, sie seien ertrunken. Genau wie jetzt auch.«

Howard überlegt einen Moment. »Schön. Aber was hat das mit den neuen Vermissten zu tun?«

Bob strafft die Schultern.

»In den letzten einhundertzwanzig Jahren verschwanden vierhundertelf Menschen spurlos in diesem Nationalpark und das FBI führt über keine einzige der verschollenen Personen eine Akte.«

»Du glaubst echt an den Verschwörungsscheiß

aus dem Internet?«

»Naja, ein bisschen davon schon. Ich meine auf die Theorien, was mit den Menschen passiert ist, muss man nicht viel geben. Aber seltsam ist es ja wohl, dass so viele Menschen verschwinden und das FBI einfach keine Akten zu ihnen führt.«

»Man kann nicht einfach vierhundertelf Menschen verschwinden lassen, Bob.«

»Ich bitte Sie nur darum, dass Sie es sich ansehen, mehr nicht. Vermutlich haben Sie andere Zugriffsrechte als ich.«

»Howard.«

»Was?« Bob ist verwirrt, wie immer, wenn Howard ihn darauf hinweist, dass er nicht förmlich zu sein braucht. »Ja, sorry, Howard. Bitte sieh es dir mal an.«

»Gut. Ich gucke mal.«

Howard blickt auf die Uhr. »Ich muss los. Habe jetzt meine Anhörung. Wünsch mir Glück.«

Bob ist erleichtert, macht aber direkt ein besorgtes Gesicht.

»Natürlich. Viel Glück.«

# Kapitel 7

»Sie suchen nach uns, Jilliane. Sie werden uns finden.« Beth laufen Tränen aus den Augen.

»Ach ja? Und was ist mit dieser ... Frau?«, fragt Jilliane zurück, die immer wieder an der Fußkette zerrt.

»Bin Mädchen, wie ihr.«

Jilliane ignoriert sie und rümpft angeekelt die Nase.

»Woher zum Teufel soll ich das wissen? Vielleicht ist das seine Mutter und er hat sie hier unten eingesperrt.«

»Wurde entführt. Bin Spielzeug. Meine Freundin ist tot. Niemand sucht nach uns«, sagt das Wesen. Es klingt so schrecklich, dass Beth Gänsehaut bekommt.

»Halt die Klappe!«, schimpft Jilliane. »Ich muss nachdenken.«

»Was du ja bekanntermaßen nicht drauf hast«, murmelt Beth, den Blick nicht von der Frau abwendend, so als würde sie gleich auf sie springen und irgendetwas Verrücktes mit ihnen anstellen.

»Du bist so eine Bitch.« Jilliane wird wütend, lässt dann aber die Schultern hängen und fängt an zu weinen. Sie hat sich am Fußknöchel verletzt. Blut läuft daran hinab.

Die Frau wimmert wieder und reißt an ihrer Kette.

»Will nach Hause. Bitte. Ich will heim«, jammert sie.

Plötzlich hört Beth Schritte. Dumpfe, laute Schritte und ein Keuchen.

»Sei still«, flüstert Beth. Sie starrt voller Panik auf die Tür, die schief in der Wand sitzt. Beth vermutet, dass sie in einer Höhle gefangen gehalten werden. Ein Schlüssel wird ins Schloss gesteckt, ein Riegel schiebt sich laut knarrend zur Seite. Die Tür geht auf. Ein Mann erscheint, dessen Gesicht Beth nicht richtig erkennen kann. Er ist klein und sehr füllig.

»Spielzeug«, sagt er langsam.

# Kapitel 8

Die Mädchen haben Angst vor mir. Aber ich bin doch ein guter Mensch, ein guter Junge. Das weiß ich. Dad sagt es mir immer wieder. Also muss es stimmen.

»Du hast etwas Gutes in deinem Leben verdient, Caden, mein Junge.« Das sagte Dad, als er mir neue Spielsachen mitgebracht hat. Die alten haben lange gehalten, bis eines kaputt gegangen ist. Es lag einfach auf der Erde. Das andere hat geweint und geschrien, aber bei dem viel Schöneren kam kein Ton raus. Ich habe es gehauen. Auf den Kopf. Aber es blieb einfach liegen. Dad hat es weggeschmissen. Ich war so traurig, denn ich mochte das Spielzeug. Es war hübsch anzusehen, nicht wie das andere, das noch funktioniert. Dad hat gesagt, es würde auch nicht mehr lange halten und er würde mir etwas Neues besorgen. Ich habe lange gewartet, war böse auf das Spielzeug, das noch in Ordnung ist. Lieber wäre es mir gewesen, wenn es statt dem Schönen kaputtgegangen wäre. Es ist schmutzig und riecht nicht mehr gut. Ich könnte es saubermachen, aber das ist mir zu anstrengend. Vielleicht sollte ich Dad fragen, ob er es waschen kann.

Die neuen Spielsachen haben Angst vor mir. Eines davon hat sich am Fuß verletzt.

»Kaputt«, sage ich und deute auf das Blut. Es

kriecht in die Ecke und heult. Es wird schon bald auch mit mir spielen wollen. Da bin ich ganz sicher. Ich bin nämlich ein guter Junge. Das sagt Dad immer.

»Lass sie in Ruhe, hast du mich verstanden?«, sagt mein altes Spielzeug.

»Du stinkst«, sage ich zu ihm und kichere. »Ich mag dich nicht mehr. Du bist alt und gar nicht mehr schön.« Es zuckt zurück.

Ich habe sowieso keine Lust zu spielen. Erst will ich mir die Neuen ansehen, anfassen und daran riechen. Das mache ich ein anderes Mal. Ich werde später wiederkommen. Vielleicht sollte ich etwas zu trinken mitbringen. Ich vergesse es immer. Dad hat mich andauernd gewarnt.

»Bring ihnen genug zu trinken und zu essen.« Ich hatte es oft vergessen. Deswegen ist mir das eine Spielzeug kaputtgegangen, glaube ich. Es war irgendwann ganz heiß, das fand ich schön. Aber ich darf nicht immer alles vergessen.

Wütend auf mich selbst schließe ich die Tür hinter mir, krieche durch das enge Loch in meine Höhle und klettere an die Oberfläche. Es ist warm heute. Als ich den Kopf rausstrecke, spüre ich den weichen Wind auf meinem Gesicht. Es fällt mir schwer, aus der Erde zu klettern. Dad sagt immer, dass ich schwere Knochen habe. Es gibt Tage, da fällt es mir leicht, durch die Öffnung zu kommen. An anderen aber muss ich den Bauch einziehen, damit ich nicht steckenbleibe. Keuchend bleibe ich auf dem Rasen sitzen. Schweiß läuft mir über das Gesicht, unter den Armen kitzelt es.

»Dahaaad«, rufe ich und stehe auf. Ich halte zwischen den Bäumen nach ihm Ausschau. Dad ist oft nicht da. Aber ich habe ihn heute schon gesehen. Auf der Suche nach ihm bewege ich mich auf die Bäume und Sträucher zu.

»Dad. Wo bist du?« Ich achte auf die Striche auf den Stämmen. Ich kann mir nicht gut merken, wie weit ich gehen darf. Deshalb hat Dad weiße Markierungen auf die Bäume gemalt.

»Sie sind miteinander verbunden. Stell dir vor, sie würden sich an den Händen halten. Du darfst sie nicht durchbrechen, mein Junge. Sonst können sie dich nicht mehr beschützen, wenn ich nicht da bin.« Ich lächele. Dad liebt mich und passt auf mich auf, aber wenn er nicht da ist, müssen die Baumfreunde das tun.

»Da draußen ist es gefährlich.«

»Aber du bist doch auch dort. Habe Angst um Dad«, sagte ich, weil ich nicht wollte, dass ihm etwas passiert.

»Sie tun mir nichts. Die bösen Monster.« Ich will immer wissen, warum er keine Angst vor ihnen hat. Aber Dad sagt es mir einfach nicht. Es ist sein Geheimnis. Seins und das von ihnen.

»Hallo Baum«, sage ich zu dem großen Laubbaum. Mir ist, als würden sich die Blätter an seinen Ästen bewegen und mir etwas zurufen. Ich entferne mich von meiner Höhle. Dad ist nicht da, er antwortet mir nicht. Muss er heute arbeiten? Aber Dad geht nicht, ohne mir hallo zu sagen. Er muss irgendwo sein. Vielleicht will Dad ein Spiel mit mir spielen …

Über mir kreisen große Vögel am Himmel. Ich höre ihre Schreie, obwohl sie so weit weg sind. Dann stolpere ich und falle hin. Mühsam versuche ich mich wieder aufzurappeln und greife in etwas Weiches. Als ich hinsehe, sehe ich Dad auf dem Boden liegen.

»Hey Dad, das ist lustig. Ich hätte dich nie gefunden. Hab die ganze Zeit Vögel beobachtet.« Ich schubse ihn, aber er bewegt sich nicht. Er liegt auf dem Bauch. Sein Gesicht ist im Unterholz vergraben.

»Dad, du kannst jetzt aufhören mit dem Spiel. Ich hab dich ja gefunden, jetzt bist du dran mit Suchen.« Ich versuche ihn zu bewegen, aber Dad ist zu schwer für mich.

Ich bleibe sitzen, verschränke die Arme vor der Brust.

»Dad. Mag nicht spielen.« Ich schubse ihn nochmal. Dad hat mich noch nie so geärgert. Er hat mich einmal erschreckt und ich habe mich nass gemacht und stundenlang geweint. Seitdem tut er so etwas nicht mehr.

»Sollst aufstehen. Nicht schlafen.« Ich rüttele fester an seiner Schulter. Sein Kopf wackelt und ich schaue ihn mir genauer an. Seine Augen sind offen. Dad schläft nicht. Der Mund steht etwas auf. Ich tippe ihn mit dem Zeigefinger an.

»Daddy«, schreie ich jetzt. Ich rappele mich auf, setze mich auf seinen Rücken und springe darauf herum. Aber er bewegt sich immer noch nicht. Er sieht aus wie ein totes Tier. Wie die Rehe, die ich mit ihm erlegt habe. Oder wie ein Hase. Langsam begreife ich, dass Dad nicht mehr lebt. Der Tod hat ihn geholt. Ich lege meinen Finger an seinen Hals, so wie er es mir bei Tieren gezeigt hat. Die Haut fühlt sich kühl an, ich spüre aber nichts. Ich drücke fester, aber da ist nichts. Noch ein letztes Mal rüttele ich ihn, aber es ist wie es ist: Dad ist tot. Ich weiß, was tot sein bedeutet. Dass etwas Lebendiges nicht mehr da ist, dass es nie wieder mit den Augen zwinkern kann, dass es keine Luft zum Atmen braucht. Ich habe dem Tod schon viele Male in die Augen gesehen. Das erste Mal, an das ich mich zurückerinnern kann, war bei einem Reh. Ich war ganz ruhig, wie Dad mir befohlen hat. Dann ertönte ein lauter Knall und ich sah zu, wie das Tier zur Seite fiel. Von weitem beobachtete ich Dad, wie er dem Reh das Messer in den Bauch rammte. Ich hörte es blöken und spürte, wie mir Tränen über das Gesicht liefen. Als Dad mit ihm auf den Schultern zu mir kam, sagte er mir, dass es für uns da sei. Dass wir es zum Überleben brauchen.

»Es ist unsere Nahrung, verstehst du, Junge. Sei nicht traurig. Das Reh hat für uns gelebt.«

Aber jetzt ist Dad tot. Er hat auch für mich

gelebt. Ich kann nichts mehr mit ihm anfangen. Das ist total unfair.

»Das ist nicht fair!«, brülle ich in den Himmel. Wind fährt durch die Bäume, Wolken schweben über mich hinweg, die Vögel fliegen weiter. Alles tut so, als wäre nichts passiert. Dabei ist mein Dad gestorben.

Ich sitze neben meinem Dad, hoffe noch immer, dass er einfach nur Spaß gemacht hat. Aber er wacht nicht auf und ich kann ihn nicht einfach hier liegen lassen. Er muss bei Mom liegen. Ich weiß, wo er sie begraben hat. Auch wenn ich sie nie kennengelernt habe, an ihrem und meinem Geburtstag besuchten wir die Stelle. Dad sagte ein Gebet in einer mir fremden Sprache auf, dann knieten wir uns hin und legten Blumen auf das Gras. An den Baum hat mein Dad ein Stück Holz genagelt. Ihr Name steht darauf, hat er mir erzählt. Ich kann nicht lesen.

»Wenn man etwas nicht braucht, muss man es auch nicht lernen«, hat Dad immer gesagt. Erst jetzt wird mir bewusst, dass er niemals mehr etwas sagen wird. Ich weine. Es fühlt sich seltsam an. Meine Brust wird eng und schmerzt. Ich schlage mich selbst. Ich will das nicht fühlen. Doch ich kann es nicht abstellen. Ich klinge wie mein Spielzeug. Was sollte ich machen, wenn sie alle kaputtgehen? Wer bringt mir dann neues?

Die Sonne ist untergangen und die Bäume ragen

bedrohlich in den Himmel. Ich weiß, ich muss Dad zu Mom bringen und dort in der Erde verbuddeln, aber ich streichle Dad noch einmal über die Haare.

»Hab dich lieb, Dad.« Dann stehe ich seufzend auf und sehe mich um. Mom liegt bei dem Baum mit Holzstück daran. Es ist nicht weit, aber Dad ist bestimmt schwer. Aber ich bin stark. Wenn Dad etwas Schweres tragen musste, hat er immer mich gerufen.

»Du bist ein starker Junge, Caden. Das ist viel wichtiger, als etwas im Kopf zu haben. Du kannst für dich selbst sorgen. Das ist viel wert.«

Ich gehe in die Knie, lege meine Arme unter seinen Oberkörper und Unterbauch und stehe langsam auf. Er ist wirklich verflucht schwer. Für einen Moment hab ich das Gefühl, ich knicke ein, aber ich schaffe es, meine Beine durchzudrücken und gerade zu stehen. Jetzt ist es nicht mehr so schlimm. Ich drehe mich mit ihm im Arm um und gehe geradeaus. Dad halte ich fest umklammert. Nach ein paar Schritten, trete ich in ein Loch, verliere das Gleichgewicht und falle hin. Dad liegt schwer auf mir. Aus seinem Mund kommt ein ächzendes Geräusch. Ich erschrecke mich so sehr, dass ich ihn von mir schiebe und ein paar Meter auf dem Hosenboden nach hinten rutsche.

»Das ist nicht witzig, Dad«, schreie ich. Dad liegt auf der Seite und starrt mich an. »Okay, du kannst ja nichts dafür«, murmele ich. »Schließlich bist du tot.« Ich krieche zu ihm zurück, schiebe ihn zurecht und positioniere meine Arme wieder so wie vorhin. So hat Dad gut gehalten. Diesmal fällt es mir leichter aufzustehen. Jetzt, wo ich weiß, wie schwer er ist. Ich gehe vorsichtig geradeaus und bei dem Baum, an dem meine Mom begraben ist, lasse ich ihn fallen, weil ich nicht mehr kann. Meine Arme zittern und fühlen sich schwer an. Schweiß läuft mir von der Stirn, meine Haare kleben am Nacken, obwohl es gar nicht so heiß ist. Mir fällt ein, dass Dad sie mir nie wieder schneiden wird. Erneut überkommt mich das grässliche Gefühl in der Brust. Ich klopfe mit der Faust darauf und es hört langsam auf. Dann gehe ich zum Schuppen, den mein Dad mit Büschen und Gräsern getarnt hat.

»Damit die Monster uns nicht bestehlen«, hatte er gesagt, als er mit Nägeln die Bretter zusammenbaute.

Ich nehme mir eine Schaufel aus dem Schuppen und gehe zurück zu dem Baum.

»Denk daran, wenn du ein Tier nicht essen kannst, musst du es ganz tief in der Erde vergraben, sonst lockst du womöglich andere, größere und gefährlichere Tiere an«, höre ich ihn in meinem Kopf sagen.

»Ja, ich weiß, Dad«, sage ich zu dem leblosen Körper, so als hätte mein Dad wirklich zu mir gesprochen.

Ich grabe ein tiefes und breites Loch in die Erde, wofür ich sehr lange brauche. Es ist ziemlich dunkel und um mich herum erwachen die Tiere der Nacht. Eulen, Grillen und andere kleine Tiere, die durch das Unterholz huschen. Mücken schwirren um meinen schweißnassen Körper, aber die kühle Luft trocknet mich schnell.

Als das Loch fertig ausgehoben ist, steht der Mond am Himmel und taucht die Umgebung in silbriges Licht. Ich stelle den Spaten an den Baum und rolle Dad in das Loch. Es macht ein dumpfes Geräusch, als er unten aufkommt. Dann schaufele ich die Erde über ihn. Langsam verschwindet Dad mehr und mehr. Als ich fertig bin, wische ich mir mit meinem Hemd über das Gesicht, stelle die Schaufel zurück in den Schuppen und setze mich vor das Grab. Ich sage die Worte nach, die Dad immer zu Mom gesagt hat. Allerdings stimmen sie vermutlich nicht. Es sind nur die Laute, die ich mir merken konnte. Erst nach einer ganzen Weile stehe ich auf und krieche zurück in meine Höhle. Ich nehme mir etwas getrocknetes Fleisch aus unserem Vorrat und setze mich an den Tisch, den Dad mitgebracht hat. Dazu trinke ich aus Dads Flasche. Es ist Alkohol. Dad hat ihn mitgebracht. Ich bin sicher, er hätte nichts dagegen, dass ich davon nehme. Jetzt wo er nicht mehr da ist, kann ihn ja sonst niemand mehr trinken außer mir. Ich leere die halbe Flasche und merke, wie der Schmerz in der Brust nachlässt. Ich fühle mich leicht, mir ist etwas schwindelig. Beim Aufstehen stoße ich mit meinem Knie gegen den Tisch. Aber ich spüre den Schmerz nicht, sondern krieche durch einen Gang, durch den ich gerade so passe, in die nächste Höhle. Es dauert lange bis ich da bin. Die nächste Höhle ist so hoch wie ich und ziemlich eng, aber dort ist die Tür, die Dad gebaut hat. Als ich die Tür öffne, kommen mir panische Schreie entgegen.

»Bin traurig«, sage ich zu meinem Spielzeug. »Will jetzt spielen und wieder glücklich sein.«

# Kapitel 9

»Laut der uns vorliegenden Berichte und Aussagen Ihrer Kollegen, Agent Caspar, entscheiden wir, dass Ihre Handlungen keine Konsequenzen haben.« Howard bemüht sich, sich möglichst unbeteiligt zu geben, aber er kommt nicht umhin, doch zu lächeln.

»Dennoch möchten wir eine Bedingung daran anknüpfen. Wir erwarten, dass Sie die nächsten Wochen bei einem psychologischen Berater vorsprechen, den wir auswählen.« Howards Lächeln friert augenblicklich ein.

»Was hat das zu bedeuten?«, fragt er das dreiköpfige Komitee, in dem auch Stephen sitzt. Sein Chef sieht ihm fest in die Augen.

»Nun, Agent Caspar. So wie ich es eben gesagt habe.« Die Frau, die gesprochen hat, kennt Howard nicht einmal. Sie steht der Revision vor, das kann er an ihrem Badge erkennen, das an einer feinen Kette um ihren Hals hängt. *Special Agent Erika Harding, Executive Chief of Revision.* Erika Harding trägt ihr dunkelblondes Haar zu einem festen Knoten am Kopf, ihre Bluse ist bis zum Kinn hochgeknöpft und sie hat eine weite, dunkelblaue Stoffhose an. Sie sitzt kerzengerade auf ihrem Stuhl, die Unterarme liegen auf dem Tisch, dazwischen ein Stapel Papiere ordentlich aufgeschichtet. Sie ist dezent geschminkt und ihre strengen Gesichtszüge würden gut zu der Direktorin einer Eliteschule passen. Stephen schüttelt leicht den Kopf. Howard schluckt den Ärger runter und fragt betont freundlich: »Dürfte ich wenigstens erfahren, weshalb ich einen Psychiater benötigen soll? Ich finde, mit mir ist alles in Ordnung.«

Erika sieht ihn schmallippig an. »Agent Caspar. Sie bekleiden einen der höchsten Ränge innerhalb des FBI. Außerdem leiten sie ein Team mit sehr fähigen Mitarbeitern. Wir können es uns nicht erlauben, dass Sie irgendwann die Kontrolle über sich verlieren. Verstehen Sie uns da bitte nicht falsch. Es ist nicht so, als würden wir glauben, sie könnten Ihren Job nicht mehr korrekt ausüben. Aber wir müssen gleichwohl präventiv arbeiten, damit solche Vorfälle in Zukunft nicht mehr vorkommen.«

»Vielen Dank, dass Sie sich so viele Gedanken um meine Zukunft machen«, murmelt Howard sarkastisch. Erika zieht eine Augenbraue hoch.

»Wenn Sie keine Fragen mehr haben, Agent Caspar, würde ich die Anhörung nun gerne beenden.«

Howard zuckt mit den Schultern. »Klar doch.«

Erika räuspert sich, nimmt die Unterlagen und steht auf. »Danke Ihnen. Sie bekommen die Kontaktdaten des Beraters per E-Mail. Melden Sie sich dort am besten noch heute und vereinbaren Sie mit ihm das erste Gespräch.« Neben der Frau steht ein Bär von einem Mann auf. Es ist Daniel Jackson. Er hat im letzten Jahr Stephen bei dem »Missing Twins« Fall zu Howards Hütte begleitet. Schon damals hatte Howard den Eindruck, dass er zu ihm gehalten hat. Nach dem heutigen Termin weiß er das mit Sicherheit, denn diese vertrocknete Büroziege kann sich nicht mal vorstellen, was Howard über die Jahre alles gesehen hat. Sie weiß nicht, dass man auch als Agent des FBI ab und zu am Rand des Gesetzes arbeiten muss. Daniel und Stephen müssen ein gutes Wort für ihn eingelegt haben.

Howard schluckt einen Kommentar runter, steht ebenfalls auf, nickt den Teilnehmern zu und verlässt den Raum.

»Das war deine Idee, nicht wahr?«, fragt er Stephen, der direkt nach ihm aus dem Besprechungszimmer kommt.

»Ich habe dich die letzte Zeit öfter gesehen und kann mir ein Urteil erlauben, Howard. Es wäre fahrlässig von mir, hätte ich etwas anderes behauptet, als man mich gefragt hat. Glaub mir, ein paar Gespräche mit einem Psychologen sind noch das harmloseste, verglichen mit dem, was sie dir hätten aufbrummen können.« Sie betreten gemeinsam den Fahrstuhl.

»Mag sein. Meiner Psyche geht es gut, Alice ist tot und alles ist wieder in Ordnung.«

»Ist es das?« Stephen sieht ihm prüfend ins Gesicht. Für einen Moment verhält er sich wie ein guter alter Freund, der ihm einen Ratschlag erteilen möchte. Howard kennt seinen Vorgesetzen schon eine halbe Ewigkeit. Stephen hat vor mehr als zehn Jahren dafür gesorgt, dass Howard überhaupt zum FBI kam. Privat sind sie sich allerdings nie nähergekommen. Howard weiß, dass Stephen verheiratet ist und zwei Kinder hat, die ebenfalls verheiratet sind. Eine Tochter und einen Sohn. Das war es. Mehr weiß Howard nicht über seinen Boss. Stephen trennt Job und Privatleben. Das war im Police Department anders gewesen. Es wurde gegrillt, gefeiert, jeder kannte die Kinder, die Frauen, selbst die Geliebten seiner Kollegen.

Sie verlassen den Fahrstuhl ein Stockwerk weiter oben und bleiben im Flur stehen.

»Es wird nicht schaden, mit jemanden darüber zu sprechen«, lenkt Howard ein.

Stephen ist zufrieden. »Das freut mich, Howard. Ich möchte dich ungern verlieren und ich bin sehr froh, dass Kathlyn an deiner Seite ist.« Howard ist darüber erstaunt. In all den Jahren, in denen er Stephen kennt, ist es das erste Mal, dass er sich für sein Privatleben interessiert.

Als er im Büro ankommt, wollen seine Kollegen erwartungsvoll wissen, wie es gelaufen ist. Rick lehnt sich mit einem Grinsen an einen Drehstuhl und hat die Arme vor der Brust verschränkt.

»Was soll ich sagen? Keine weiteren

Konsequenzen, quasi Freispruch«, witzelt er.

»Glückwunsch, Mann«, sagt Rick.

»Danke für deine Unterstützung.«

»Das war nicht ich alleine. Thomas und Bob haben tatkräftig für dich gesprochen. Wir stehen alle hinter dir und wissen, was du durchgemacht hast.« Howard nickt den anderen Kollegen zu. »Danke Leute. Ganz ungeschoren bin ich allerdings nicht davongekommen. Sie schicken mich zu einem Psychiater.«

»Hast du denen nicht gesagt, dass du eine zu Hause hast?«, fragt Rick belustigt.

Howard geht zu seinem Schreibtisch und setzt sich. Mit seiner Zugangskarte entsperrt er das Gerät.

»Witzig, Rick.«

»Ja, so bin ich.«

Thomas hat sich zwischenzeitlich wieder hinter seine Monitore geklemmt, Rick geht zu seinem Tisch und Bob kommt zu ihm und flüstert: »Haben Sie schon reingesehen?«

Howard muss grinsen. »Ich glaube, wir können vergessen, dass wir das Förmliche aus dir rausbekommen, was?« Er streicht sich durch die Haare. »Nein, ich habe noch nicht nachgesehen.«

Bob scheint etwas enttäuscht, zuckt dann aber mit den Schultern. »Schon okay. Sie haben ja auch ... ich meine du hast ja auch genug um die Ohren.« Hat er im Moment nicht, da sein Leben jetzt erst beginnt. Ein kleines Fenster öffnet sich auf seinem

Bildschirm und erregt seine Aufmerksamkeit.

*Termin mit Doktor Jackson vereinbaren*

Darunter steht eine Telefonnummer. Es ist eine interne Durchwahl des FBI.

»Ich werde mich drum kümmern, Bob«, verspricht er und macht sich gedanklich eine Notiz.

Abends fährt Howard mit gemischten Gefühlen nach Hause. Der Termin mit dem Psychiater ist gleich am Morgen. Doktor Jackson klang freundlich, aber reserviert am Telefon. Howard hofft, dass sich die Sitzungen bald erledigt haben würden.

In den letzten Wochen haben er und sein Team die Nacharbeiten der letzten Monate durchgeführt. Berichte wurden geschrieben, Beweismaterial archiviert und abgelegt. Eine Arbeit, die Howard hasst, aber sein muss.

Weltweit hat die Bekämpfung des immer weiter ausbreitenden Terrorismus oberste Priorität. Nachdem Selbstmordattentate aktuell nicht mehr perfide genug zu sein scheinen, fahren IS-Anhänger stattdessen unschuldige Passanten zu Tode und lassen sich kurz danach erschießen, damit ihre Familien abgesichert sind. Der Deal, den die Attentäter mit dem IS eingehen. Töte dich selbst und deine Familie bekommt Geld. Alles im Namen des Glaubens. Was der Glaube bei manchen Menschen bewirken kann, hatte er an Alice gesehen. Howards Team wurde, kurz nachdem Alice gestorben ist, eine CD geliefert, auf der sie sehr ausführliches Material, unter anderem eine Audiodatei, gefunden haben. Alice hat mit Doktor Hanks ein langes Gespräch geführt. Howards Team hat durch die Aufnahme erfahren, warum Alice so geworden ist und dass ihre Weltanschauung komplett verdreht war. Sie hatte versucht, ihren Psychiater, der sie als Kind behandelt hat, auf ihre Seite zu ziehen und ihn nach ihren Geständnissen getötet. Weiterhin fanden sie auf der CD eine Nummer eines Grabes auf dem zentralen Nationalfriedhof Arlington in Virginia, dem Friedhof, auf dem auch John F. Kennedy beigesetzt wurde. Die Exhumierung förderte unter dem Sarg eines gewissen Albert Wilkens, einem Veteran, der ehrenhaft entlassen wurde, eine Leiche zutage: Doktor Hanks.

Alice hat für den Fall, dass sie die Jagd nicht überlebt, vorgesorgt. Jemand wie sie ist ihm noch nicht untergekommen. Einerseits eine totale Psychopathin, andererseits wollte sie die Welt wissen lassen, was sie getan hat. Es kam einer Reue gleich, dass sie das Material zur Verfügung gestellt hatte.

Er steigt die Stufen nach oben zu Kathlyns Wohnung und riecht bereits den intensiven Duft frischer Bolognese. Für einen Moment krampft sich alles in ihm zusammen. Er erinnert sich noch an die Pilze, die Alice in die Bolognese gemischt hatte. Ihm war es ziemlich mies gegangen und für mehrere Stunden war er außer Gefecht gewesen.

Das ist vorbei. Alice ist tot.

Seufzend öffnet er die Tür und betritt das Wohnzimmer. Kathlyn hat Kerzen angezündet, auf dem Tisch liegt eine karierte Tischdecke, Weingläser, Teller und Besteck stehen darauf. Kathlyn trägt ein Hemd von ihm, ihre Beine sind nackt. Sie huscht durch die Küche, dreht sich um und lächelt ihn an.

»So gut gelaunt?«, fragt er und nimmt sie in den Arm, um ihr einen Kuss zu geben.

»Mir geht es richtig gut. Setz dich. Bin gleich fertig. Wie war deine Anhörung?«

»Du hättest auf mich warten können, ich hätte dir geholfen. Und zur Anhörung: ziemlich gut. Die Untersuchung ist beendet, alles gut. Ich muss zu einem Psychiater.« Kathlyn löst sich aus seiner Umarmung.

»Warum das denn?«

»Sie haben Angst, dass ich Amok laufen könnte, wenn ich die Ereignisse nicht aufarbeite.« Howard winkt ab. »Nicht schlimm. Ich bekomme das hin.« Er setzt sich an den Tisch und füllt die

Gläser mit Wein.

Kathlyn nimmt die Teller mit in die Küche. »Wenn es für dich okay ist, dann ist es ja gut«, sagt sie zweifelnd.

»Ist schon okay. Vielleicht ist es ganz gut, darüber zu reden. Mit jemandem, der die Hintergründe nicht kennt, meine ich natürlich.« Er zwinkert ihr lächelnd zu.

Mit zwei dampfenden Tellern kehrt Kathlyn zurück. Der Duft frischer Kräuter weht ihm ins Gesicht. Jetzt erst spürt er, was er für einen Hunger hat.

Für einen Moment ist alles wie es sein soll. Nur der bunte Schal um Kathlyns Kopf erinnert noch an ihre Verletzung. Sie hat ihre Wimpern getuscht und die Lippen mit einem zartrosa Ton geschminkt. Ihr Gesicht ist nicht mehr so blass und fahl. Sie ist wunderschön. Sie sitzen hier, trinken Wein, genießen das gute Essen. Es fühlt sich richtig an.

»Die Bolognese schmeckt fantastisch«, sagt er, nachdem er den Mund geleert hat und nimmt einen Schluck Wein.

»Das brauchst du nicht extra so betonen, Howard. Ich kann mich noch erinnern, dass du gesagt hast, ich könnte nicht kochen.« Sie grinst ihn verschmitzt an und tupft sich mit einer Serviette den Mund ab.

»Ich meine es ernst.«

»Ich weiß«, sagt sie, dann wird ihr Blick ernst

und sie schiebt den Teller ein Stück von sich. »Ich muss mit dir reden.«

Oh nein. Wenn Frauen sagen »Ich muss mit dir reden«, bedeutet das meistens eine weitreichende Information. Klar, sie hat ja nicht umsonst die Wohnung mit Kerzen geschmückt, ein tolles Essen gekocht, Wein auf den Tisch gestellt. Was kommt jetzt?

Howard räuspert sich und wischt sich ebenfalls mit einer Serviette den Mund ab.

Kathlyn weiß nicht, wie sie anfangen soll. Sie trinkt noch einen großen Schluck, spielt mit dem Glas und versteckt dann ihre Hände unter dem Tisch.

»Du weißt ja noch, wer Marcy ist, nicht wahr?«

»Wie könnte ich das kleine Mädchen vergessen?« Seine Ex-Kollegin Linda hat das Mädchen aufgenommen, als der Kinderpornoring von Alice gesprengt wurde. Fünf Jahre hat Alice stillgehalten, doch dann hat sie Linda getötet und das kleine Mädchen als Geisel gehalten. Als ob das arme Kind nicht schon genug mitgemacht hätte. Dann wurde Kathlyn entführt und von Alice auf brutalste Weise gefoltert. Mit einem Hammer hat sie Kathlyn den Schädel eingeschlagen, weshalb sie ins künstliche Koma versetzt werden musste. Die Erinnerung an diese Nacht schnürt ihm wieder die Brust zu. Ein Gefühl, das er nur allzu gut kennt. Marcy wurde gerettet, ihr ist nichts passiert.

»Ich habe Stephen gefragt, was aus dem Mädchen geworden ist.«

»Wann?«

»Als ich noch im Krankenhaus war und es mir langsam besser ging.«

Wieso hat Stephen ihm nichts davon gesagt?

Kathlyn sieht ihm forschend in die Augen. »Ich habe ihn gebeten, dir nichts davon zu sagen«, sagt sie, als hätte sie seinen Gedanken erraten, »denn ich muss mit dir darüber sprechen.«

»Ich verstehe nicht, was du mir sagen willst.«

»Er hat mir gesagt, dass sie in ein Heim gebracht wurde und dort psychologische Betreuung bekommt. Das hat er mir versichert, aber ich wollte mich selbst davon überzeugen.«

»Du hast deine Wohnung verlassen?« Howard ist es mulmig zumute.

Kathlyn lächelt. »Ja, ich habe mir erlaubt, meine Wohnung zu verlassen, stell dir vor, ich bin nicht gefangen hier.«

»Ja, schon gut«, brummt er.

»Ich war bei ihr. Gestern.«

»Und?« Howard versteht noch immer nicht, worauf sie hinauswill. Es ist leichter Verbrecher zu durchschauen als seine eigene Freundin.

»Es geht ihr nicht gut, Howard«, flüstert sie, räuspert sich und sagt dann lauter: »Sie will keine Pflegefamilie. Sie hat Angst. Angst, dass ihr etwas Ähnliches noch einmal passieren könnte. Dieses arme Mädchen steht kurz davor durchzudrehen.

Ich kann das nicht zulassen. Ich habe Stephen um ihren Fall gebeten.«

»Kathlyn, du bist keine psychologische Beraterin mehr, sondern FBI Agentin.« Eigentlich perfekt, denkt er. Wenn Sie keine Lust mehr auf ihren Job hat, ist sie aus der Schusslinie. Insgeheim bewundert Howard Kathlyn für ihre Stärke. Immerhin hatte sie als kleines Mädchen selbst mit Misstrauen und Gewalt zu tun.

»Ich weiß. Nun ja. Da kommen wir auch schon zum nächsten Thema.«

»Was meinst du damit?« Ein ungutes Gefühl breitet sich in seiner Brust aus.

»Ich möchte Marcy gerne adoptieren.«

Howard springt auf und wirft dabei das Weinglas vom Tisch. »Wie bitte?«

Kathlyn Stimme klingt fest und so als hätte sie die Entscheidung längst gefällt. »Ich möchte Marcy adoptieren«, wiederholt sie.

»Ja, ich habe dich schon verstanden. Ich meine, wie kommst du darauf? Du kannst doch nicht einfach ein Mädchen adoptieren. Wie soll das gehen? Du bist beim FBI. Wir ... äh ...«

»Das hat Stephen auch gesagt. Er meinte, ich müsste meinen Job beim FBI aufgeben und ...«

Ungläubig starrt Howard sie an. Er kann nicht glauben, was sie da sagt. Auf der einen Seite ist er froh, weil sie dann nicht mehr in der Schusslinie ist, auf der anderen Seite ist er dadurch wesentlich angreifbarer, denn mit einem Kind im Haus könnte die Motivation eines gestörten Serienkillers steigen. Dann zuckt er zusammen. Kathlyn hat ihm noch nicht alles gesagt.

»Wir müssen verheiratet sein«, platzt sie raus.

# Kapitel 10

Beth drückt ihren Rücken gegen die feuchte Erde. Die Gerüche machen ihr längst nichts mehr aus. Viel mehr Angst hat sie vor diesem Mann, der sich wie ein kleiner Junge benimmt. Seine Augäpfel huschen hin und her, so als könnte er nichts fixieren. Der Mund ist leicht geöffnet. Sabber läuft ihm über das Kinn. Die Haare sehen aus, als hätte er sie selbst mit einem Messer geschnitten und würde sie nie waschen. Sie sind verfilzt, Blätter hängen darin. Sie kann Erdklumpen darin entdecken.

Er schubst die Frau unsanft zur Seite. Scheinbar bleibt sie wegen ihrer schlechten körperlichen Verfassung auf der Seite liegen und wimmert leise vor sich hin. Dann geht er unbeholfen auf Jilliane zu, die ihn mit großen Augen anstarrt.

»Lass mich. Bitte. Nimm die Frau da. Bitte nicht mich«, bettelt sie. Der Mann grunzt. Sie tritt ihn, aber es sieht so aus, als würde es ihm nichts ausmachen. Er kommt ihr näher, setzt sich auf ihre Beine und riecht an ihr. Jilliane kreischt auf, zappelt unter ihm, krallt ihre Finger in seine dicken Arme.

»Nicht wehtun. Will spielen. Will dir etwas zeigen. Ist gut. Tut mir gut«, brabbelt er. Beth ist wie gelähmt. Zur Erleichterung darüber, dass er sie verschont hat, mischt sich Angst. Wird er danach zu ihr kommen? Das alles erscheint ihr unwirklich.

»Geh weg, bitte geh runter von mir.« Der Mann beugt sich zu ihrem Gesicht, leckt ihr über die Lippen. Jilliane dreht den Kopf zur Seite, versucht sich aufzubäumen, aber der Mann drückt sie mit seinen Händen nach unten. Er scheint sich dabei überhaupt nicht anstrengen zu müssen. Jilliane sieht aus wie eine Puppe, so einfach tut er ihr Gewalt an.

Jilliane zappelt noch mehr und der Mann schlägt ihr mitten ins Gesicht. Beth hält erschrocken den Atem an. Das Geräusch von splitternden Knochen, verursacht ihr eine Gänsehaut. Jilliane schreit. Noch nie in ihrem Leben hat Beth jemanden so schreien hören. Nicht einmal, als ihre Mom sich mit heißem Wasser verbrüht hat.

»Sei ruhig! Sei endlich ruhig!«, brüllt der Mann und für Beth bestätigt sich ihr Eindruck, dass er geistig zurückgeblieben sein muss. Noch einmal kracht seine Faust in ihr Gesicht. Blut sprudelt aus Jillianes Nase und verteilt sich über ihrem Gesicht. Ihr Kopf bleibt seitlich liegen. Genau in Beths Richtung. Die Augen sind geschlossen. Ihr Mund ist blutverschmiert. Dann starrt Beth zu dem Mann, dessen Hose bis kurz unter den riesigen Arsch runtergezogen ist. Sie kann seinen winzigen Penis in seinen Händen entdecken. Er reibt hektisch darüber. Beth beobachtet, wie er größer wird und sie schließt die Augen, zwingt sich, sie nicht mehr zu öffnen. Sie hält sich die Ohren zu, denn der Mann macht so abscheuliche Geräusche, wie sie sie noch niemals zuvor gehört hat.

Nach einer Weile berührt sie jemand an der Wange. Beth reißt die Augen auf und zuckt zurück. Es ist die Frau.

»Er ist weg.«

»Oh mein Gott, Jilliane«, flüstert Beth.

»Sie ist bewusstlos. Sie wird erst wenn sie aufwacht, verstehen, was passiert ist.« Plötzlich spricht die Frau ganz normal mit ihr. Aber noch etwas anderes fällt Beth auf. An dem Gesicht der Frau. Ihr Mund.

»Oh Gott, was ...«

»Er wollte, dass ich esse. Das hat er mir nach einer Woche angetan, damit mehr in meinen Mund hinein passt.«

An einem ihrer Mundwinkel befindet sich eine wulstige Narbe, die bis fast zum Ohr hinaufreicht. Dadurch wirkt der Mund, als würde er spöttisch lächeln. Beth schüttelt sich.

»Wer bist du? Wer ist er?«

»Mein Name ist Emily. Und dieses Monster ist Caden.« Emily senkt den Blick. Sie kratzt an ihrem Knöchel, an dem die Fußspange reibt. Die Haut ist wund und muss schrecklich brennen.

»Emily«, flüstert Beth. »Ich bin Beth und das ist

Jilliane. Ich bin mir sicher, dass man nach uns sucht. Man wird uns finden und dann sind wir gerettet.«

Emily hebt den Blick, ihre Augen füllen sich mit Tränen. Es sieht schrecklich aus, denn die Narben auf dem Gesicht sorgen dafür, dass der Mund mitlächelt. Ihre Körperhaltung strahlt Hoffnungslosigkeit aus.

»Niemand sucht uns. Betet, dass ihr sterbt, wie meine Freundin Ashley.«

# *Kapitel 11*

»Das soll jetzt ein Heiratsantrag werden? Deshalb die Kerzen? Das nette Essen?« Howard merkt, dass er viel zu wütend klingt, aber er kann sich nicht beherrschen. Vor nicht einmal einem Tag hat er ihr noch gesagt, dass er sich nicht mehr gewachsen fühlt, eine enge Beziehung zu führen und sie will ein Kind adoptieren. Sie hat ihn überrumpelt, denn sie muss gestern ja bereits darüber nachgedacht haben, nicht erst heute. Er will sich nicht in sein Leben hineinreden, sich in die Ecke drängen lassen. Er liebt Kathlyn, aber er ist kurz davor, ihr die Meinung zu sagen, wäre sie nicht erst gestern aus dem Krankenhaus gekommen.

Kathlyn sitzt immer noch auf dem Stuhl. »Ich weiß, es klingt seltsam, zumal wir gestern noch eine Unterhaltung geführt haben, die uns beinahe in eine komplett andere Richtung gedrängt hat.« Verdammt! Sie kennt ihn offensichtlich viel besser, als er gedacht hat.

»So ist es«, sagt er und verschränkt die Arme vor der Brust.

»Ich habe die ganze Zeit nur an das Mädchen denken können, Howard. Ich habe so schreckliche Angst, dass sie nicht richtig behandelt wird, dass sie in eine Familie kommt, die ihr nicht gerecht werden kann, verstehst du?«

»Denkst du, ich würde dich nicht verstehen, Kathlyn? Schätzt du mich so hartherzig ein? Ich glaube kaum, dass sie Marcy in eine nicht vorher komplett durchgeprüfte Familie geben. Stephen wird seine Finger darauf halten, glaub mir.«

Sie spielt nervös mit ihren Fingern. »Ich finde, man kann sich da nicht sicher sein. Ich habe etliche solcher Kinder betreut, Howard.«

Howard seufzt. Eigentlich ist es sinnfrei, ihr das zu erklären. Sie hat ihre Entscheidung längst gefällt.

»Glaube mir doch, wenn ich dir versichere, dass Stephen alles dafür tun wird, dass es Marcy gut gehen wird. Was spricht dagegen, sie trotzdem zu betreuen?«

Kathlyn runzelt die Stirn. »Du willst also nicht?«, flüstert sie.

»Dieser Schritt muss wohl überdacht werden«, weicht er ihr aus. »Wir legen uns immerhin kein neues Fernsehgerät zu. Marcy aufzuziehen bedeutet Verantwortung.«

»Du stehst nicht so auf Verpflichtungen, was?«

»Jetzt verdreh mir nicht die Worte im Mund, Kathlyn. Das passt nicht zu dir. Lass uns darüber noch einmal gründlich nachdenken. Immerhin willst du deinen Job aufgeben. Dich um ein Kind kümmern, das schreckliche Dinge durchgemacht hat.«

»Alice wollte diese Chance nicht. Du weißt, was aus ihr geworden ist.« Das ist unfair, will er sagen.

Zumal Alice ein komplett anderer Fall war. Mit Marcy keineswegs zu vergleichen.

»Gibst du mir bitte ein paar Tage, um darüber nachzudenken?«

»Natürlich. Ich habe dich überrumpelt mit einer Idee, die mir schon eine Weile durch den Kopf geistert. Vielleicht müssen wir ja nicht heiraten. Vielleicht geht es auch so. Mit unseren Beziehungen, die wir durch unseren Job haben. Mit meiner Erfahrung als psychologische Betreuerin.«

Howard hebt die Hände. »Es geht mir doch überhaupt nicht ums Heiraten. Gib mir einfach ein paar Tage Zeit, okay?«

Kathlyn senkt den Blick. »Tut mir leid, Howard. Dieses Mädchen hat etwas an sich, was es zu beschützen gilt. Wir können nicht alle retten, uns nicht um jedes Kind kümmern. Manchmal sind wir auch zu spät da, wie bei Alice. Aber wenn wir die Möglichkeit haben, etwas zu tun, finde ich, sollten wir es machen. Unser Leben ist zu kurz, um nur an uns zu denken.«

Howard seufzt, geht zu ihr und kniet sich hin. »Kathlyn. Ich bewundere deine Stärke, deinen Mut und deine Selbstlosigkeit. Ich bin nicht komplett dagegen.« Er nimmt ihre Hände in seine und sucht ihren Blick.

»Gut.«

»Dann sollten wir die Küche sauber machen und uns mit einem Glas Wein auf die Couch setzen«, schlägt er vor. Kathlyn küsst ihn kurz, steht dann auf und geht in die Küche.

Während sie das Geschirr spült und er abtrocknet, kann er keinen einzigen Gedanken festhalten. Es sind zu viele Dinge, die ihm durch den Kopf gehen. Mit einer Familie wäre er noch angreifbarer. Er will Marcy nicht ein drittes Mal in Gefahr bringen. Kathlyn ohnehin nicht. Er kann Alice hören, wie sie ihn verhöhnt, ihn aus dem Grab auslacht. »Du wirst niemals zur Ruhe kommen, Howard. Selbst jetzt, da ich tot bin, fürchtest du dich immer noch vor Menschen wie mir.«

Nach dem Abwasch ist Kathlyn mit ihrem Kopf auf seinem Schoß eingeschlafen. Sie haben über unverfängliche Dinge gesprochen. Die Zukunft, die Vergangenheit außen vor gelassen. Howards Kopf kommt nicht zur Ruhe. Es sind so viele Gedanken, die sich immer noch nicht nacheinander festhalten lassen. Wie Blitze schießen sie durch sein Gehirn, halten ihn wach. Er streichelt Kathlyns Schläfe, schält sich langsam unter ihr von der Couch und geht in ihr Büro. Seine Sachen stehen immer noch in Kisten verpackt auf dem Boden. Mit schwarzem Filzstift steht darauf: *Büro und Sonstiges*. Kathlyn hat einen wunderschönen alten Sekretär aus Rotkirsche. Der große Apple Monitor ist Stilbruch, ebenso das MacBook, das ordentlich auf der

Schreibtischplatte steht. Im Zimmer verteilt stehen mehrere Pflanzen und ein gemütlicher Sessel, in dem sie ab und zu liest. Howard schiebt ihren Mac zur Seite und stellt sein Notebook auf den Tisch. Dann öffnet er den Deckel und wartet auf die Anmeldemaske. Sein Blick schweift über den Sekretär. Es stehen keine Bilderrahmen mit Fotos darauf, wie er es von seinen Eltern gewohnt ist. Es zeigt ihm, wie einsam Kathlyn ist.

Seufzend gibt er das Passwort von seinem Token ein und öffnet zunächst einen Browser. Er tippt *Verschwundene Menschen + Nationalpark* ein.

*Missing 411*

*David Paulides*

*Massives Verschwinden von Menschen im Yosemite Nationalpark*

*Hundertzwanzig Jahre – Das Mysterium Yosemite Park*

*Entführung durch Aliens im Yosemite Park*

Howard rollt mit den Augen. Ihm war klar, dass es sich nur um Panikmache handelt. Er wird sich Bob morgen im Büro vorknöpfen. Dann hält er inne.

*Ashley und Emily immer noch vermisst. Die verzweifelte Suche einer Mutter.*

Howard klickt auf den Link und liest den Artikel.

*Elisabeth Pike streift durch das Yosemite Valley, auf der Suche nach ihrer fünfzehnjährigen Tochter Emily, die seit dem 13. September 1997 zusammen mit der gleichaltrigen Ashley Parker als vermisst gilt. Das ist nun zwei Monate her. Die offizielle Suche nach den beiden Mädchen ist längst aufgegeben. Laut Polizeibericht sollen die beiden Teenager ertrunken sein.*

*»Eine Mutter spürt, wenn ihr Kind noch lebt«, erzählt Pike uns unter Tränen. »Sie ist noch irgendwo da draußen und braucht mich.«*

*Eine weitere Theorie, die besagt, dass die beiden Mädchen ausgerissen sind, will Pike nicht akzeptieren. So streift sie Tag und Nacht durch die Wälder des Parks auf der Suche nach ihrer Tochter.*

Howard liest den Bericht nicht weiter, sondern öffnet die Maske des FBI Servers. Er gibt Emily Pike ein. Keine Akte. Verwundert runzelt er die Stirn, prüft noch einmal nach, ob er den Namen richtig eingegeben hat. Kein Ergebnis. So als hätte das Mädchen nie existiert. Er tippt Elisabeth Pike ein. Es kommt eine Akte.

*Hausverbot National Park Service Yosemite Park*

*wegen unbefugten Zutritts und Wilderei.*

Ein Bericht ist hinterlegt. Howard klickt den Link an.

*Elisabeth Pike wurde in einem Waldstück des Valley aufgegriffen. Sie war desorientiert und schien eine Gefahr für sich selbst und andere zu sein. Per Krankentransport wurde sie in ein nahegelegenes Krankenhaus gebracht.*

Howard darf die Arztberichte nicht einsehen, sie sind grau unterlegt. Er betrachtet das Foto der Frau. Ihre Haare stehen wild vom Kopf ab, sie trägt ein schmutziges Holzfällerhemd und blickt grimmig in die Kamera. Ihre Lippen sind spröde, das Gesicht wirkt ausgemergelt. Durch die dunklen Haare ziehen sich mehrere helle Strähnen. Sie ist fünfunddreißig auf diesem Bild, ihr Geburtsdatum steht unter dem Foto.

Howard tippt Ashleys Namen in die Datenbank. Kein Eintrag über Ashley. Nichts. So als gäbe es diesen Vorfall nicht. Das FBI hat Zugriff auf jeden Polizeiserver in den USA. Es muss eine Akte über das Verschwinden der beiden Mädchen geben. Doch selbst im Internet findet sich nur dieser eine Artikel über die Mutter, die sich vermutlich positivere Aufmerksamkeit erhofft hatte. Über die beiden Mädchen gibt es nichts. So als hätten sie nie existiert. Da ist nichts über die Suchaktion, die Befragungen der Zeugen, Eltern,

Lehrer. Zumindest das ist ein Grund, den Fall zu übernehmen. Aber sein Team beschäftigt sich mit aktuellen Verbrechen, keinen, die schon lange zurückliegen. Dafür gibt es andere Abteilungen.

Howard steht auf, geht ins Wohnzimmer und füllt noch etwas Rotwein in sein Glas. Sein Blick wandert über Kathlyn. Das Hemd ist hochgerutscht und sein Blick gleitet über ihre dünnen Beine. Auf ihrem Gesicht zeichnet sich ein Lächeln ab. Das Tuch hat sie von ihrem Kopf gelöst. Eine hässliche rote Narbe ist noch leicht unter ihrem nachwachsenden, dunklen Haar zu erkennen.

»Wie soll ich die Verantwortung für zwei Menschen übernehmen? Wie soll ich es ertragen, wenn euch dann auch etwas passiert? Auf mir lastet ein Fluch. Mein Job ist es, Verbrechen aufzuklären und den Opfern ihre letzte Ruhe zu gewähren. Ich bin kein Beschützer, ich bin ein Jäger.« Howard nimmt einen großen Schluck. Er braucht etwas Härteres. Etwas, das brennt, das seine Gefühle ausschaltet. Er kämpft gegen den Drang an, das Glas hinzustellen, seine Jacke zu nehmen und zu Mo zu fahren. Er trinkt den Wein aus, schenkt nach und geht zurück in Kathlyns Büro.

In die Suchmaske gibt er die Namen der erst kürzlich vermissten Mädchen ein. Hierzu gibt es etwas mehr Informationen. Klar, vor zwanzig Jahren war das Internet noch nicht so verbreitet wie heute.

Er klickt den ersten Link von CNN an. Eine Nachrichtensprecherin steht im Yosemite Valley vor dem Visitor Center. Hinter ihr befinden sich mehrere Parkranger, Polizei und einige Gaffer. Es ist die Aufzeichnung von gestern, die Kathlyn weggedrückt hat. Er kann sich erinnern. Auf einen Zettel schreibt er die Namen der beiden Mädchen.

*Bethany Zimmermann.*
*Jilliane Anders.*

Er macht einen Screenshot von den Fotos und druckt sie aus. Schließlich gibt er den Namen Bethany Zimmermann in die Datenbank des FBI ein.

Kein Ergebnis.
Dann Jilliane Anders.
Kein Ergebnis.

Er gibt das Datum des Falls ein.
Mehrere Verbrechen werden aufgelistet. Howard ergänzt seine Suchanfrage mit weiteren Attributen.
Kein Ergebnis.

»Was für eine Scheiße läuft hier?«, fragt er laut in den Raum. Wie können zwei Menschen verschwinden, ohne dass dieser Vorfall dokumentiert wird? Ohne dass eine Akte angelegt wird? Es muss Berichte geben über die Suche, die Polizei, selbst auf die Server der Parkranger hat das FBI Zugriff. Nichts.

Howard schaltet den Laptop aus und klappt den Monitor zu. Er lehnt sich im Stuhl zurück und trinkt das Glas leer. Er muss Bob Recht geben. Hier läuft eine verdammte Scheißaktion ab.

Dann fällt ihm etwas ein. Die Mutter. Es ist mittlerweile nach elf. An der Ostküste müsste es fünf Uhr am Nachmittag sein. Howard fährt den Laptop noch einmal hoch, gibt die Daten der Mutter ein und wählt ihre Nummer. Es klingelt ziemlich lang. Er will schon wieder auflegen, da meldet sich eine müde klingende Stimme mit »Jaaa?«

»Spreche ich mit Elisabeth Pike?«

»Wer ist da zum Teufel?«

»Mein Name ist Special Agent Howard Caspar vom FBI in Washington ...«

»Haben Sie meine Tochter gefunden? Oh mein Gott. Sie haben sie gef ...«

»Es tut mir leid, Ma'am. Ich untersuche ...« Fuck! Er hat den Fall gar nicht.

»Hallo? Sind Sie noch dran? Ist das ein Scherzanruf? Meine Leitung wird überwacht, ihr kleinen Scheißer.«

Howard räuspert sich. »Ich bin noch da, Ma'am. Ich untersuche den Fall von zwei Teenagern, die seit gestern vermisst werden und ich habe einige Fragen ...«

»Sie rufen also nicht an, weil Sie meine Tochter gefunden haben? Sie rufen nicht an, weil Sie sie noch suchen? Verflucht und Donner. Warum sollte ich dann mit Ihnen reden?«

Howard weiß für einen Moment selbst nicht, warum er ausgerechnet die Mutter eines der Mädchen angerufen hat.

»Nein, es tut mir leid, Ma'am. Ich rufe nicht wegen Ihrer Tochter an. Indirekt schon, ja. Ihre Tochter wurde ja nie für tot erklärt, habe ich das richtig verstanden?«

Die Leitung ist tot. Elisabeth Pike hat aufgelegt. Seufzend legt Howard das Smartphone auf den Tisch, streicht sich müde über die Augen und schließt den Laptop. Etwas stimmt an der ganzen Sache nicht. Und das FBI scheint irgendwie darin verwickelt zu sein.

# *Kapitel 12*

Ich kann gut mit dem Gewehr umgehen. Eine Pistole hatte ich noch nie in der Hand und sie fühlt sich falsch in meinen Fingern an. Zu klein, zu klobig und nicht berechenbar. Ich schieße nur auf kurzer Distanz, weil ich mein Gebiet nicht verlassen will. Früher hat Dad Nahrung besorgt. Jetzt muss ich darauf achten, dass ich genug Vorräte habe. Auf Milch und Eier muss ich verzichten. Auch einige Obst- und Gemüsesorten wachsen nicht bei uns. Kartoffeln sind gut, aber ich muss sie mir einteilen, damit ich immer noch welche zur Neuanpflanzung übrighabe. Wasser ist genug da.

Ich habe Glück. Ich habe das Reh getroffen. Es ist nicht weit von mir und als ich bei ihm ankomme, lege ich das Gewehr zur Seite, stülpe mir Handschuhe über und ziehe mein Messer hervor. Ich beginne damit, nachdem ich mich versichert habe, dass es tot ist, es aufzubrechen, Dad hat mir genau erklärt, wie das funktioniert und was es bedeutet. Ich arbeite mich rund um das Hinterteil vor, entferne die Innereien und den Darm, wobei ich das vorsichtig tue, so wie Dad es mir gezeigt hat.

»Pass auf, Sohn. Es könnte Dreck austreten, das dich krank macht, wenn du den Darm verletzt.

Das kann für dich beim Verzehr lebensgefährlich sein«, höre ich seine Stimme.

»Ja, Dad. Ich weiß das. Hast du vergessen, wie oft ich es schon getan habe?«, murmele ich, so als würde er neben mir stehen und meine Arbeit bewerten.

»Du musst es dann ausbluten lassen«, sagt Dad mit ruhiger Stimme.

»Sei still. Du bist tot.«

Ich grabe mit den Händen ein tiefes Loch und lege den Abfall hinein. Dann schütte ich die Erde darüber. Die Handschuhe sind voll Erde und Blut. Ich streife sie von den Händen, wische sie am Gras ab und stecke sie mir in die Gesäßtasche. Das Reh schultere ich und gehe mit ihm an den Baum, den Dad so bearbeitet hat, damit wir dort Wildtiere ausbluten lassen können. Getrocknetes Blut klebt am Stamm, die Erde rund um den Baum ist aufgewühlt und trocken. Ich hänge das Tier an den Haken lasse es kopfüber ausbluten. Es ist immer ein besonderer Moment, wenn ich zusehe, wie der Lebenssaft aus dem Tier fließt. Wie Honig rinnt es auf die Erde, versickert darin und verbindet sich mit der Natur. Währenddessen sitze ich auf dem Boden und spüre, wie ich ganz ruhig werde. Es ist etwas windig, aber die Sonne wärmt meine Schultern. Ich werde müde. Nur einen kurzen Augenblick die Augen zumachen. Schlafen. Vergessen ...

# *Kapitel 13*

Die Nacht war zu kurz. Howard wacht mit Kopfschmerzen und brennenden Augen auf der Couch hinter Kathlyn auf. Die Decke ist auf den Boden gerutscht, aber es ist nicht kalt. Howard hat die Klimaanlage nicht eingeschaltet. Er stützt sich auf den Ellenbogen und lehnt seinen Kopf auf seine Hand. Kathlyn wird langsam wach, drückt sich an ihn und murmelt ein leises »Guten Morgen.«

»Ich wollte dich nicht wecken. Was hältst du von einem gemeinsamen Frühstück?« Es fällt ihm schwer, sich auf Kaffee und Toasts zu konzentrieren, wenn sie sich so an ihn schmiegt, aber Howard befürchtet, dass Kathlyn noch nicht bereit ist, Sex mit ihm zu haben.

»Warum frühstücken?«, gurrt sie sanft und reibt sich an ihm. Howard spürt die Hitze in dem Augenblick, in dem sie mit ihrem nackten Hintern an sein Geschlecht kommt.

Nicht mal zehn Minuten später steht Howard mit ihr in der Küche und bestreicht Toasts, während sie Eier in der Pfanne wendet.

»Was hast du gestern noch in meinem Büro gemacht?«, fragt sie wie beiläufig.

»Das hast du mitbekommen? Ich dachte, du schläfst.« Sie nickt. »Ich bin da an etwas dran, dass mir keine Ruhe lässt. Bob hat mich darauf angesprochen. Zwei Mädchen im Teenageralter sind vor einigen Tagen im Yosemite Valley verschwunden. Seine Nichte war bei diesem Ausflug dabei und hat ihn gebeten, das ganze zu überprüfen.«

Kathlyn ist erstaunt. »Was hast du mit Vermisstenmeldungen zu tun?«

Howard legt die Toastscheiben auf zwei Teller. »Nichts. Bob meinte, es würde bei diesem Fall nicht mit rechten Dingen zugehen. Zugegeben, es kursieren viele Verschwörungstheorien im Netz, aber es gibt da einen ähnlichen Fall, der sich vor zwanzig Jahren an der gleichen Stelle zugetragen haben soll. Das Seltsame daran ist, dass sich in der gesamten Datenbank keine Akte dazu finden ließ.«

»Tatsächlich? Nicht mal du mit deinen Serverfreigaben?«

Howard schüttelt den Kopf und hält ihr einen Teller hin, auf den sie etwas von dem Rührei löffelt.

»Da wurde ich stutzig. Ich habe mir den Fall also genauer angesehen und mit einer Mutter telefoniert.«

»Du hast gestern Abend noch telefoniert?«, fragt Kathlyn überrascht.

»Das war ziemlich dumm von mir, gebe ich zu. Die Frau war ziemlich aufgewühlt und hat dann aufgelegt.« Er hält ihr den zweiten Teller entgegen, den sie ebenfalls befüllt.

»Und? Zu welchem Schluss bist du gekommen?«

»Dass ich den Fall übernehme.«

Kathlyn lacht. »Bist du bei einem Wunschkonzert und kannst dir die Fälle aussuchen?« Howard geht mit beiden Tellern ins Wohnzimmer. »Bringst du noch zwei Kaffee mit?«, ruft er ihr zu. Kathlyn hält zwei Becher in die Höhe und setzt sich zu ihm.

»Mal ehrlich. Warum willst du den Fall bearbeiten?«

»Weil die Geschichte stinkt, darum. Irgendwas stimmt da nicht. Und bevor weitere Personen verschwinden und einfach für tot erklärt werden, will ich zusehen, ob ich helfen und die Mädchen vielleicht sogar retten kann.«

»Seit wann sind sie weg?«

»Drei Tage mit heute.«

»Du kennst die achtundvierzig Stunden Regel, Howard. Die Chancen, sie lebend zu finden, schwinden mit jeder Stunde.«

»Ich weiß. Aber ich muss etwas tun, weil es keine Akte gibt. Nicht zu diesem Fall und auch nicht zu dem von vor zwanzig Jahren. Da vertuscht jemand etwas.« Howard beißt in den Toast und nimmt eine Gabel voll Rührei.

»Dann ist es vielleicht einfach ein interner Fehler.«

Howard spült mit einem Schluck Kaffee runter. »Ja, aber einer, der eine Mutter für zwanzig Jahre an den Rand der Verzweiflung bringt.«

Kathlyn überlegt kurz und sagt dann: »Ich möchte mitkommen.«

Howard beißt in den Toast und sieht sie fragend an.

»Wenn du nach Kalifornien fliegst, möchte ich mitkommen«, erklärt sie.

»Du bist krankgeschrieben und hast du mir nicht vor weniger als zwölf Stunden gesagt, du willst aus dem Dienst austreten, um ein Mädchen zu adoptieren. Was hat sich seit gestern Abend verändert?«

Kathlyn rollt mit den Augen, spielt mit dem Kaffeebecher. »Nichts hat sich geändert«, gibt sie zu. »Aber ihr könntet mich brauchen, falls die Mädchen noch leben.«

Howard schiebt den Teller von sich und lehnt sich zurück.

»Traust du dir das schon zu?«

Kathlyn nimmt einen Schluck von ihrem Kaffee. »Es wird sowieso dauern, bis alle Papiere fertig sind, bis wir uns einig sind, bis ... ich gekündigt habe. Ich möchte dich und die anderen begleiten. Um deine Frage zu beantworten. Ja, ich traue es mir zu.« Sie weicht ihm aus, erinnert ihn noch einmal daran, was sie plant.

»Gut. Dann bist du also dabei. Ich muss erst mit Stephen reden, aber ich denke, das wird nicht lange dauern. Wir sollten so schnell wie möglich los. Ich möchte die Mädchen unbedingt lebend zu ihren Eltern zurückbringen.«

»Gut. Ich dusche mich schnell und packe uns ein paar Sachen ein«, sagt sie und springt auf.

Howard geht ihr nach, nimmt sie in die Arme und streichelt ihr über die Stirn. »Du bist dir sicher, dass du das schon kannst?«, fragt er noch einmal

»Mir geht es richtig gut. Hier zu Hause werde ich krank. Ich muss etwas tun.« Sie stellt sich auf die Zehenspitzen und küsst ihn sanft auf die Lippen.

Als sie nach knapp zwei Stunden im Büro ankommen, sind die Kollegen sichtlich überrascht, dass Kathlyn dabei ist. Howard lässt sie alleine und geht über den Flur zu Stephens Büro. Er klopft an und betritt nach einem knappen »Ja?« das Zimmer.

»Ich brauch einen Flieger nach Kalifornien, FAT«, sagt er ohne Umschweife.

»Wohin?«

»Fresno Yosemite International, kurz FAT ...«

Stephen hebt die Hände, um ihn zu unterbrechen. »Ja, ja, ich weiß, was das ist, Howard. Würdest du mir liebenswürdigerweise auch sagen, was du da zu tun hast?«

Howard legt ihm einen Aktendeckel auf den Tisch. »Zwei vermisste Teenager im Yosemite Park. Das hab ich da zu tun.«

Stephen zieht seine Augenbrauen nach oben, nimmt die Akten an sich, und liest die paar Notizen, die Howard gestern Abend angefertigt hat.

»Ich verstehe das nicht ganz«, sagt er verwirrt.

»Ich auch nicht, ehrlich gesagt. Und deshalb werde ich es mir genauer ansehen. Kathlyn kommt mit.«

Stephen klappt den Deckel wieder zu und sieht ihn argwöhnisch an. »Damit ich das richtig verstehe: Du willst dich in einen Vermisstenfall reinhängen, weil du glaubst, dass da irgendetwas vertuscht wird? Das ist nicht mal dein Aufgabengebiet, geschweige denn dein Fall.«

Howard zuckt mit den Schultern. »Mag sein. Aber ich werde ihn aufklären. Mit meinem Team.«

Stephen schüttelt den Kopf. »Oh Mann, Howard. Weißt du, was es bedeutet, wenn wir uns in den Fall einklinken?«

»Du schaffst das.«

»Ich kann uns nicht einfach da reinbringen, Howard. Du hast gerade eben ein Disziplinarverfahren hinter dich gebracht. Ach, übrigens. Wann ist denn dein erster Termin bei dem Berater?«, stichelt Stephen.

Howard seufzt. »Ich rufe an und verlege den Termin. Ich baue auf dich, Stephen. Du wirst das schon hinkriegen.«

»Du meinst das ernst, nicht wahr?«

»Bin ich zum Spaß hier? Hör mal, unser Team ist genau dafür ausgebildet. Wir sind die richtigen dafür. Der Fall stinkt zum Himmel und wenn du ihn dir genauer ansiehst, wirst du mir zustimmen. Also setze alle Hebel in Bewegung, besorg uns einen Flieger und leite alles Weitere vor Ort ein.«

Stephen wird ernst, dann nickt er. »Okay, okay. In zwei Stunden seid ihr am Flugplatz. Den Rest kläre ich.«

Howard lächelt. »Gut.« Er dreht sich um, öffnet die Tür des Büros und wendet sich ihm noch einmal zu. »Danke.«

»Mach, dass du hier rauskommst, ich muss telefonieren.«

Mit einem beschwingten Gefühl geht Howard den Flur entlang, sagt seinen Termin für heute per Mail ab und betritt das Büro, in dem sein Team schon fast abreisefertig auf ihn wartet. Bob lächelt ihn an.

»Kathlyn hat euch schon informiert, was?«

»Mit Hilfe von Grünmaul hier«, sagt Rick und zeigt auf Bob.

Howard verdreht die Augen. »Grünschnabel heißt das.«

»Von mir aus auch das«, brummt Rick.

»Ich soll meine ganze IT Ausrüstung mitnehmen?«, fragt Thomas und wirkt gehetzt.

»Wie ich dich kenne, brauchst du nur deinen Laptop und eine Internetverbindung.«

»Internet-Stick, Howard. Das nennt man Internet-Stick. Ja, das habe ich.«

»Na also. Dann geht mal alle schön Pipi machen und wir treffen uns in zwanzig Minuten unten auf dem Parkplatz. Details besprechen wir im Flieger.«

Keine halbe Stunde später sind alle vor dem Eingang versammelt. Die meisten aus seinem Team haben eine gepackte Tasche mit den notwendigsten Dingen in ihren Büros stehen. Außer Bob. Es ist sein erster richtiger Außeneinsatz und obwohl er aufgeregt wirkt, kann man ihm sein Unbehagen anmerken.

»Keine Sorge, Bob. Wir fliegen nicht an den Nordpol. Zahnbürste, Unterwäsche und T-Shirts gibt es auch auf dem Weg zum Yosemite Park«, sagt Howard und legt ihm beruhigend eine Hand auf die Schulter.

Bob ist verwirrt, lächelt aber dann. »Das war mir klar.« Howard ist sich nicht sicher, ob der junge Agent ihm nicht noch etwas verheimlicht. Manchmal ist er auf den Punkt genau und wenn es dann um solche trivialen Dinge geht, wirkt er, als stünde er neben sich.

Die Zeit drängt. Wenn sie Pech mit dem Verkehr haben, könnte die Starterlaubnis erloschen sein, die Stephen ihnen für Punkt zwei Uhr organisiert hat.

Mit einem Van fahren sie zum Flughafen, kommen über die Sicherheitsschleuse direkt auf den Platz und rollen im Schritttempo auf den Hangar zu, in dem der Jet bereitsteht.

Sam Lewis, der Pilot, spricht im Moment mit einem Engineer, der die Turbinen prüft und mit dem Daumen nach oben zeigt. Dann kommt er auf Howard zu.

»Grüß dich, Caspar.« Sam spricht grundsätzlich jeden mit dem Nachnamen an. Howard hat ihn nie gefragt, warum er das tut. Sam ist der beste Pilot, der für das FBI fliegt und ein verdammt guter Freund, neben Rick. Er hat einiges mitgemacht. Ist im Afghanistan Krieg geflogen, war bei der Navy überall auf der Erde eingesetzt und seine Familie ist der Himmel.

Howard gibt ihm die Hand und schüttelt sie. »Wie geht es dir, Sam?«

»Mir geht es immer gut, weißt du doch.« Sam begutachtet die anderen Teammitgliedern. Sein Blick bleibt auf Kathlyn, die eine FBI Cap auf dem Kopf trägt und mit ihrer schwarzen Cargohose verdammt sexy aussieht.

»Wer ist diese hübsche Lady?« Sam geht auf Kathlyn zu, ergreift ihre Hand und küsst sie auf den Handrücken. Howard rollt mit den Augen.

»Ich bin Agent Kathlyn Turner«, sagt sie mit einem selbstbewussten Lächeln auf den Lippen. Sams Charme prallt an ihr ab. Sie ist ein großes Mädchen, denkt Howard.

»Und Sie sind?«

»Sag einfach Sam zu mir, Baby.«

Kathlyn lächelt. »Ich darf mich geschmeichelt fühlen, dass Sie nicht Turner zu mir sagen, sondern Baby?« Sie sagt es keineswegs spitz oder beleidigt, sondern lächelt dabei belustigt.

Sam blickt erstaunt zu Howard, der nur grinsend die Schultern hebt.

»Du gefällst mir, Kathlyn. Willkommen an Bord und im Team.« Howard ist sichtlich überrascht. Bislang hat Sam noch nie jemanden beim Vornamen angesprochen.

Normalerweise fallen bei Frauen sämtliche motorischen Fähigkeiten in Sams Nähe aus. Mit seinem wettergegerbten Gesicht und den ausgeblichenen Haaren erinnert er an den Schauspieler Robert Redford. Er hat etwas an sich, das muss sogar Howard zugeben. Es ist dieses besondere Charisma, das Menschen ausstrahlen, die mit sich und ihrer Umwelt im Reinen sind.

»Schön, dass ich ihm gefalle, hatte schon Angst gehabt«, witzelt Kathlyn. Er muss lachen und sie gehen nacheinander die Stufen in den Jet hoch.

Nicht einmal eine Viertelstunde später steht der Jet auf dem Rollfeld, die Turbinen heulen auf und das kleine Flugzeug holpert über den Boden und hebt ab.

Rick steht auf und äfft eine Stewardess nach. »Ladys and Gentlemen. Willkommen auf dem Flug von Washington nach Fresno. Mein Name ist Ricky Steward und ich bin Ihre heutige Stewardess an Bord. Ich möchte Sie nun mit den Sicherheitsmaßnahmen vertraut machen. Dies ist ein Nichtraucherflug ...«

Der Lautsprecher knackst und Sams Stimme hallt durch die Kabine. »Stanton. Setz dich auf deinen fetten Arsch und bleib angeschnallt.«

Alle lachen. Rick lässt sich beleidigt auf seinen

Platz fallen und zeigt dem Lautsprecher den Mittelfinger.

»Wenn das ein Mittelfinger war, Stanton, fliegst du ohne mich zurück nach Washington.«

»Ich hab keinen fetten Arsch«, murrt Rick.

»Naja. Er ist schon ...«

»Halts Maul, How.«

Alle lachen ausgelassen, auch Kathlyn scheint wieder aufzublühen, nur Bob sitzt in sich gekehrt auf seinem Platz, die Hände umklammern seine Armlehnen.

»Flugangst?«, fragt Howard.

Bob sagt nichts, sondern starrt auf den Tisch, der zwischen ihm und Thomas steht. Der Monitor von Thomas Laptop ist aufgeklappt und verdeckt das Gesicht seines Gegenübers.

Howard schnipst mit dem Finger vor seinem Gesicht und Bob wendet sich ihm schließlich zu. »Es ist mein erster Flug«, gibt er zu.

»Oh«, macht Howard. Und dann mit so einer kleinen Maschine, in der man jedes Luftloch zehnmal so schlimm spürt, wie in einer großen Boeing.

»Das ist völlig normal, Bob. Wenn man zum ersten Mal fliegt, ist es ungewohnt. Du hast Angst, weil du nicht Herr der Lage bist. Du kannst nicht einfach aussteigen und weglaufen, wenn du den Wunsch danach verspürst. Das kann Panik verursachen«, erklärt Kathlyn mit sanfter Stimme. Bob scheint überrascht zu sein. »Ja, das stimmt.

Ich fühle mich so hilflos, so ausgeliefert.«

»Statistisch gesehen bist du in einem Auto gefährdeter als in der Luft. Ein Flugzeug ist absolut sicher, glaub mir.« Bob entspannt sich aber nicht.

»Ablenkung hat noch nie geschadet«, sagt Thomas plötzlich und dreht seinen Laptop zu den anderen um. Auf dem Bildschirm ist ein Video pausiert. Auf einem schwarzen Hintergrund erkennen sie die Zahl 411 und schwach dahinter das Wort »Missing«.

»Das kenne ich schon«, sagt Bob.

»Die anderen bestimmt noch nicht.« Thomas drückt auf *play* und lässt das Video abspielen. Fotos von Kindern werden eingeblendet. Es wird aber in dem Video von einem Mann berichtet, der plötzlich auf einer Wanderung verschwunden ist und zwanzig Tage später vier Meilen entfernt gefunden wurde. Bis heute ist der Fall anscheinend nicht gelöst.

»Ich werde ein anderes Video öffnen, denn jetzt folgt eine langweilige Erzählung über den Versuch, das Verschwinden zu rekonstruieren.« Thomas klickt auf ein anderes Video. Es geht um einen kleinen Jungen, der urplötzlich verschwand. Er war drei Jahre alt und einer von insgesamt drei Kindern, die in der gleichen Gegend zum selben Zeitpunkt als vermisst gemeldet wurden. Vier Jahre später hat man die Sachen der Kinder fein säuberlich aufgehäuft auf einem Berg gefunden.

Von den Jungen fehlt bis heute jede Spur. Die Berichterstattung überspringt Thomas wieder. »Auch hier gibt es keinerlei Erkenntnisse, was mit ihnen passiert ist.«

»Können das gefakte Informationen sein?«, fragt Howard.

»Du meinst, weil sich darüber nichts in der Datenbank findet? Kann gut möglich sein.« Thomas dreht den Laptop wieder zu sich. In dem Moment knackst erneut der Lautsprecher.

»Hier spricht Sam Lewis. Ich bin Ihr heutiger Pilot auf dem Flug von Washington nach Fresno.« Er lacht, was sich etwas blechern anhört. »Spaß beiseite. Wir sind ungefähr sechs Stunden unterwegs. Ihr könnt euch jetzt frei bewegen. Getränke und Snacks findet ihr in der Bordküche. Ich melde mich später wieder.« Das Rauschen verklingt. Howard und seine Kollegen lösen die Gurte. Rick stellt sich in den Gang und blickt Thomas über die Schulter.

»Es gibt einen ziemlich guten Blog, da sind alle Informationen zu diesen mysteriösen Fällen beschrieben. Zum Beispiel, dass das Wetter plötzlich umschlagen soll, sobald Suchtrupps ausgesendet werden. Nebel, starker Regen, eben solche Sachen. Auch die Hunde verhalten sich merkwürdig, wollen sich plötzlich nicht mehr an der Suche beteiligen. Angeblich verschwanden einfach Kinder, die eben noch inmitten im Kreis ihrer Familie gegessen haben.«

»Wie in so einem Science-Fiction Film? Einfach weg?«, hakt Bob nach.

»So wird es jedenfalls beschrieben. Seltsam ist auch, dass die Kleidung der Vermissten meilenweit entfernt ordentlich zusammengelegt auftaucht. Es werden ja nicht nur Kinder vermisst. Auch Männer und Frauen gehören dazu.«

»Vielleicht Steuersünder?«, witzelt Kathlyn, steht auf und streckt sich. »Wer möchte etwas zu trinken?«

»Ich hätte gerne einen Whiskey-Cola. Oder nein, doch lieber einen trockenen Sauvignon, Jahrgang 2012. Da soll ein wunderbarer Sommer gewesen ...«

»Riiiick«, sagt Kathlyn lächelnd.

Er hebt die Hände. »Ja, schon gut. Ein Wasser reicht mir für den Anfang.« Er grinst schief.

»Für mich auch ein Wasser«, sagt Howard.

»Ich bringe einfach fünf Flaschen mit«, entscheidet Kathlyn.

»Vielleicht einen Snack?«, fragt Bob kleinlaut. »Mein Blutzucker sackt gerade ab.«

»Das habe ich auch oft«, scherzt Rick. »Dann reicht eine hübsche Lady und ...« Er unterbricht sich. »Sorry, Damen anwesend.«

Kathlyn geht lachend Richtung Küche.

»Soll ich dir helfen?«, ruft Howard ihr nach.

»Das schaffe ich schon«, sagt sie.

»Ich habe erst gedacht, Bob glaubt diesen ganzen Verschwörungstheorien. Dann entdeckte ich ein paar Seiten, wo man denkt, die Leute seien von Aliens entführt worden oder man hätte den Bigfoot entdeckt«, sagt Howard den anderen zugewandt.

»Wie gesagt, dieser Blog hier befasst sich wirklich ernsthaft damit. Der Mann ist ehemaliger Polizist und hat schon ein paar Bücher darüber geschrieben«, sagt Thomas hinter seinem Monitor.

»Dennoch können ja nicht einfach Kinder verschwinden und niemanden interessiert es. Wie kommt es, dass darüber nicht viel breiter in der Presse berichtet wurde?«, will Rick wissen.

»Vielleicht sind diese Fälle nie passiert«, mutmaßt Howard.

»Das wäre krass, How«, gibt Rick zurück. »Nur wegen der Sensationsgier ein paar Storys erfinden. Aber denkbar wäre es.«

»Wie du schon sagst, ich finde es seltsam, dass so viele Menschen verschwinden und es keine Akte gibt, kein Medieninteresse, rein gar nichts. Wenn nicht vor zwanzig Jahren zwei Mädchen verschwunden wären und ich nicht mit der Mutter telefoniert hätte ...«

»Moment mal. Du hast mit einer Mutter der Mädchen telefoniert?«, fragt Rick überrascht.

»Jo, war keine gute Idee.«

»Oh Mann, How.«

Bob wechselt seinen Blick von einem zum anderen. »Kann mich jemand aufklären? Was ist so schlimm daran?«

Rick sieht ihn an, als wäre er ein kleiner Junge. Dann kratzt er sich übers Kinn. »Wenn ihre Tochter seit zwanzig Jahren spurlos verschwunden ist und dann plötzlich jemand vom FBI anruft, wird sie sich vermutlich Hoffnungen machen. Dass man wieder nach ihr sucht, weil es neue Erkenntnisse gibt.«

»Vielleicht leben die Mädchen ja noch«, sagt Bob.

»Schwierig, Bob. Selbst wenn, werden sie nicht einfach irgendwo in Kalifornien mit ihrem Entführer Tequila trinken. Er müsste die Mädchen gefangen halten. Hat es alles schon gegeben, siehe der Fall Jaycee Dugard«, sagt Howard.

»Das Mädchen, das achtzehn Jahre gefangen gehalten wurde und dann endlich freikam«, ergänzt Rick.

»Das ist wie die Suche nach der Stecknadel im Heuhaufen. Sie könnten überall sein.«

»Warum haben Sie die Mutter dann angerufen?«, fragt Bob.

»Du«, rufen Rick und Howard gleichzeitig.

»Menschenskinder, jetzt lasst doch den armen Jungen in Ruhe«, mischt sich Thomas ein. »Die Höflichkeitsform ist ein Zeichen des Respekts«, setzt er nach.

»Ich bin kein kleines Kind mehr«, mault Bob, und grinst schief.

»Laut den Berichten im Internet war die Mutter die einzige Person, die ihre Tochter im Park gesucht hat. Wochenlang war sie dort unterwegs. Ich dachte, vielleicht ist ihr in dieser Zeit etwas aufgefallen. Ein Angestellter, der sich merkwürdig verhalten hat, eine kleine Spur, die zu nichts führte, uns aber weiterbringen könnte. Ich habe nicht nachgedacht, was ich ihr mit meinem Anruf antue.«

»Wem antue?«, fragt Kathlyn, die Arme voller Flaschen, im Mund hat sie eine Chipstüte und nuschelt. Howard nimmt ihr die Tüte aus dem Mund und erleichtert sie um die Flaschen.

»Der Mutter des vor zwanzig Jahren verschwundenen Mädchens.« Kathlyn setzt sich neben ihn, schraubt ihre Flasche auf und trinkt einen großen Schluck. Bob öffnet die Chipstüte und legt sie in die Mitte, allerdings nicht ohne sich vorher eine große Handvoll zu sichern.

»Oh ja, das war wirklich dumm, Howard. Was habt ihr herausgefunden?«, fragt Kathlyn und stellt die Flasche auf den Tisch.

Thomas gibt ihr einen kurzen Überblick über die paar mysteriösen Umstände, unter denen die Menschen verschwanden, über die sie sich gerade unterhalten hatten.

»Interessant finde ich aber auch das hier«, sagt er, nachdem er fertig berichtet hat. Er tippt ein wenig auf der Tastatur herum und dann ertönt eine blechern klingende Stimme.

*»Hey Darling. Es wurde spät, aber du weißt ja, wie das ist, wenn die Jungs ... what the fuck? Was war das? Hast*

*du das gehört?«* Es ist eine Aufnahme eines Anrufbeantworters. Laut Bericht hat ein Mann seiner Frau um zwei Uhr nachts eine Nachricht aufs Handy gesprochen. Im Hintergrund sind Schreie und weitere seltsame Geräusche zu hören. Es klingt, als würde jemand mit Fingernägeln über eine Tafel kratzen.

»Nicht lustig, Leute. Wo seid ihr? Hallo? Sie können doch nicht ... nein, hören Sie auf ...« Das sind seine letzten Worte. Die Schreie klingen angsteinflößend.

»Hier steht, dass der Mann spurlos verschwunden ist. Das Handy und seine Kleidung hat man später gefunden.«

»Alles war ordentlich zusammengefaltet«, rät Howard.

»Socken, Schuhe, Unterwäsche, Kleidung. Und oben drauf lag das Handy.« Thomas klappt den Rechner zu. »Und das mitten im November bei Schnee und Eis.«

Sie schweigen, bis Rick sich räuspert. »Leute, das mag ja alles sein. Hilft uns nur nicht weiter. Wir kümmern uns um die beiden neuen Mädchen und verduften wieder. Womöglich ist der Kerl einfach abgehauen und auf den Zug dieser mysteriösen Legenden aufgesprungen. Es gab viele Menschen, die sich den Tsunami in Thailand zu Nutze gemacht haben und wegen ihrer Steuerschulden einfach verschwunden sind.« Er malt Anführungszeichen bei dem Wort Steuerschulden in die Luft.

»Ich gebe dir Recht, Rick«, sagt Howard. »Diese Informationen sind nebensächlich und ziemlich unglaubwürdig, wenn ihr mich fragt.«

»Dann stellt sich aber immer noch die Frage, warum das Verschwinden der beiden Mädchen nicht aktenkundig ist«, wirft Bob ein.

»Genau deshalb sind wir auf dem Weg nach Kalifornien.«

Der Fresno Yosemite International Airport ist ein relativ kleiner Flugplatz mit zwei Start- und Landebahnen, sowie einem Hubschrauberlandeplatz. Als Howard mit seinem Team aus dem Jet steigt, blickt er sich suchend um, kann aber niemanden entdecken. Er prüft seine E-Mails auf seinem Blackberry. Stephen hat ihm vor vier Stunden eine Mail geschickt.

*Ihr werdet von einem Ranger erwartet, der euch in den Park fahren wird.*

Howard kontrolliert die Uhrzeit. Es ist kurz nach acht Uhr abends. Es dämmert bereits.

»Tja«, sagt er, »offensichtlich gibt es wieder die üblichen Zuständigkeitsrangeleien. Wir müssen uns wohl einen Mietwagen besorgen.«

Rick schließt zu ihm auf und pustet ihm süßlich riechenden Dampf ins Gesicht. Howard wedelt den Nebel weg.

»Bäh. Rauchst du da Obst oder was?« Rick hält stolz seine neue E-Zigarette hoch. Sie ist doppelt so groß wie seine alte.

»Neustes Modell. Super starker Verdampfer, Akku hält fast zwei Tage und da kommt so viel Rauch raus, dass es schon fast unmenschlich ist. Und ja, richtig. Das ist grüner Apfel-Cheesecake.«

Howard verzieht das Gesicht. »Igitt. Du bist ja echt pervers.«

Rick nimmt noch einen Zug. »Was denn? Ich liebe Käsekuchen. Der in New York ist legendär.«

»Ich bin im Hotel. Wenn ihr mich braucht, funkt mich einfach an«, sagt Sam, der mit einem Seesack auf sie zukommt. Bob hat die Chipstüte in der Hand und knabbert gedankenverloren. Thomas hat seinen Laptop in einen Rucksack gesteckt und ähnelt im Moment einem typischen Nerd, wäre er nicht so sonnengebräunt als käme er gerade vom Strand. Howard hat sich schon immer gefragt, wie er das macht. Wo doch so wenig Sonne in Washington ist und Thomas ausschließlich hinter seinem Computer anzutreffen ist.

Zu Kathlyn gewandt sagt Sam: »Hat mich gefreut, junge Frau.« Er schenkt ihr ein unschlagbares Lächeln, aber sie wirkt völlig immun dagegen.

»Mich auch, Sam. Aber wir sehen uns ja wieder.« Seine Augen leuchten. »Ja. Viel Erfolg, Caspar. Stanton. Und die anderen im Team.« Er nickt Rick und den anderen zu. Rick schenkt ihm ein grimmiges Lächeln.

»Du mich auch.« Mit einem polternden Lachen geht Sam Richtung Flughafengebäude.

»Dann lasst uns mal einen Mietwagen organisieren.« Howard überlegt kurz. »Dann sind wir schätzungsweise um halb elf im Park.«

Sie bekommen einen Minivan bei Alamo, für den Howard sich selbst als Fahrer registriert und fahren über den Highway 41 durch Mariposa County. Die Fahrt dauert laut Navigationssystem ungefähr zweieinhalb Stunden. Draußen ist es mittlerweile dunkel, der Highway ist so gut wie nicht befahren. Hinter sich hört Howard Thomas auf seine Tastatur einhämmern. Bob beobachtet ihn dabei und Rick dampft aus dem offenen Fenster. In Howards Ohren entsteht ein Unterdruck durch den Fahrtwind.

Kathlyns Hand liegt auf seinem Oberschenkel, ihr Kopf lehnt an seiner Schulter.

Auf einem der Parkplätz des Parks angekommen sehen sie zu einem Schild, das sie im Nationalpark willkommen heißt. Ein Ranger steht am Schild und raucht eine Zigarette. Es ist nicht mehr viel los. Die meisten Camper haben ihre Zelte bereits aufgeschlagen, weitere Besucher, die keine

Übernachtungserlaubnis haben, haben das Gelände bereits verlassen. Auch wenn es nächtliche Veranstaltungen gibt, wie Nachtwanderungen oder Lagerfeuer mit Pfadfindern, ist es ziemlich ruhig. Auf dem Parkplatz entdeckt Howard einen Fernsehübertragungswagen. Vermutlich ist die Neuigkeit nicht mehr heiß genug, um ganze Teams zu rechtfertigen. Er hofft, dass niemand von denen auf sie zukommt und wartet, bis jeder ausgestiegen ist, um zum Ranger am Schild zu schlendern. Der ist sichtlich erstaunt als sie bei ihm eintreffen.

»FBI Washington. Agent Caspar. Wo finde ich die NPS-Ranger?« Der Ranger vor ihm ist jung, vermutlich ein Student, der die Semesterferien im Park arbeitet. Gerade für junge Leute ist es anziehend eine Uniform zu tragen.

Der Ranger hat die Schultern zusammengezogenen als würde er frieren, drückt die Zigarette auf dem Boden aus und steckt den Stummel in seine Hosentasche.

»Schade um die angefangene Zigarette«, meint Rick und lächelt den jungen Mann an. Der fixiert Howard mit den Augen.

»Ich bringe Sie hin, Sir.« Er geht voraus. Howard blickt grinsend über die Schulter.

Sie folgen dem Ranger, der einen ausgetretenen Weg eingeschlagen ist.

»Wie heißt der Leiter des Teams?«, fragt Howard

den Ranger, zu dem er inzwischen aufgeschlossen ist.

»Charles Trevor.«

»Hat er Ihnen gesagt, dass wir kommen?«

Der Ranger zuckt mit den Schultern.

»Wie heißt du, Junge?«

»Alexander, Sir.«

»Gut, Alexander. Ich erwarte vollumfängliche Unterstützung für unser Team.« Howard weiß, dass es nicht viel bringt, das einem Studenten zu sagen.

Sie nähern sich einem schwach beleuchteten Gebäude, vor dem mehrere Trucks stehen. Auf einem Infoschild steht: Parkranger und ihre Einsatzgebiete.

»Wir sind da«, sagt Alexander und geht voraus. Plötzlich kann Howard aus den Augenwinkeln eine Bewegung erkennen. Er kneift die Augen zusammen, Blätter rascheln, so als wäre gerade jemand hinter dem Busch verschwunden.

In dem Moment kommt ein ziemlich großer, kräftiger Mann mit Schnauzbart und der obligatorischen Uniform auf ihn zu. Zwischen seinen Zähnen steckt ein Zahnstocher, den er nach rechts schiebt. Die Augen hat er zusammengekniffen, was ihm einen grimmigen Ausdruck verleiht.

»Guten Abend. Sie sind Charles Trevor?«, fragt Howard.

»Was wollen Sie?«

»Ich gehe davon aus, dass Sie über unser Kommen informiert wurden, Charles.«

»FBI oder was?«, fragt der zurück.

»Korrekt.« Howard spricht ihn nicht darauf an, dass man versäumt hat, sie am Flughafen abzuholen. »Special Agent Howard Caspar, Special Agent Rick Stanton, Agent Bob Stark, Agent Kathlyn Turner und unser IT-Spezialist Thomas Land. Wir untersuchen den Vermisstenfall der beiden Mädchen Bethany Zimmermann und Jilliane Anders. Die entsprechende E-Mail mit allen Anweisungen für Sie haben Sie sicherlich erhalten.«

Charles hebt die Schultern. »Kann schon sein.«

Kathlyn tritt einen Schritt vor, und bevor Howard sie stoppen kann, fängt sie an zu sprechen: »Sir, wir möchten alles erdenklich Mögliche tun, um diese beiden Mädchen lebend zu finden. Es ist unser aller Aufgabe, die Menschen dieses Landes zu schützen. Auch Sie haben einen Eid darauf geschworen. Bitte verdrängen Sie für einen Moment das unangenehme Gefühl der Zuständigkeiten und lassen Sie uns zusammenarbeiten.«

Charles sieht aus, als wäre er ein kleiner Junge, der sich nachts einen Keks geklaut hat und dabei erwischt worden ist. Seine Züge werden etwas weicher.

»Sie haben recht, Ma'am ...«

»Sagen Sie Kathlyn zu mir«, bietet sie ihm an und

reicht ihm ihre Hand.

»Okay, Kathlyn.« Charles streckt die Hand aus und ergreift ihre.

»Dennoch ist es mir absolut unklar, warum das FBI ermittelt. Wir haben hier eine eigene Sicherheitsbehörde ...«

»Die verpflichtet ist, uns zuzuarbeiten und uns über laufende Ermittlungen zu informieren«, unterbricht ihn Howard. Im Moment ist er ziemlich genervt und würde die Ranger am liebsten nach Hause schicken und alleine weitermachen.

Charles antwortet nicht und betritt stattdessen das flache Gebäude.

»Böser Howard«, murmelt Rick belustigt, als sie dem Ranger folgen.

Die Front des Gebäudes besteht komplett aus Glas, so dass man bereits von draußen erkennen kann, wie die Räume aufgeteilt sind. Der vorderste Raum ist der größte. Er wird durch einen Tresen geteilt, auf der mehrere Monitore stehen, Flyer, Kugelschreiber und Karten des Valleys. Es sieht ein bisschen aus, wie bei einer Autovermietung. Um in die weiteren Räume zu kommen, muss man sie umrunden. Charles hebt einen Teil der Theke an, so dass ein schmaler Durchgang entsteht. Dann öffnet er eine Tür, geht durch einen langen Flur und sie betreten einen ähnlich großen Raum wie der, den sie gerade verlassen haben. Hier stehen mehrere Schreibtische, die im Moment unbesetzt sind. Nur ein weiterer junger Ranger sitzt am letzten Platz und scheint noch zu arbeiten. Charles beachtet ihn nicht und geht zu einer Sitzgruppe. An der Wand hängen Karten des Valleys. Auf einer Korkwand sind Fotos der verschwundenen Mädchen aufgepinnt. Ein Ausschnitt der Karte hängt darunter. Ein roter Kreis befindet sich darauf. Der Ort, wo man sie zuletzt gesehen hat. Howard tritt näher an die Wand. »Das ist nicht weit von hier«, sagt er.

»Was Sie nicht sagen«, brummt Charles, räuspert sich dann aber, so als hätte er seine guten Manieren vergessen. »Ist etwa zehn Minuten Fußmarsch von hier.«

»Das ist vermutlich nicht richtig«, murmelt Howard und tippt auf die Karte.

»Was wollen Sie damit sagen?«

»Sie vermuten, dass die Mädchen ab hier nicht mehr mit ihrer Gruppe mitgelaufen sind, richtig? Woher wollen Sie das wissen? Sie könnten sich auch früher oder viel später von der Gruppe entfernt haben.«

Charles kommt näher. »Wir haben alle Schüler befragt, inklusive der Lehrer und des Rangers, der mitgegangen ist und sie haben die beiden Mädchen ungefähr dort zuletzt gesehen.«

»Welcher Ranger war das? Wer aus Ihrem Team hat die Gruppe begleitet?«

»Adahy. Adahy Merch.«

# Kapitel 14

»Wie geht es dir?«, flüstert Beth Jilliane zu, die noch immer gekrümmt auf dem Boden liegt. Es muss ihr wirklich richtig schlecht gehen, sonst hätte sie sich sicher nicht auf diesen widerlichen Boden gelegt. Jilliane antwortet nicht. Ihre Augen sind geschlossen, aber Beth weiß, dass sie nicht schläft. Sie kann erkennen, wie ihr Tränen die Wangen runterlaufen und sich mit dem Dreck auf dem Boden vermischen. Wie viel Tage sind vergangen? Einer, zwei oder drei? Ab wann wird man überhaupt für tot erklärt? Beth denkt an die Kriminalserie CSI. Da heißt es immer, wenn jemand nicht nach vierundzwanzig Stunden wieder aufgetaucht ist, sinkt die Wahrscheinlichkeit, die Person überhaupt noch lebendig zu finden stündlich. Beth weiß nicht mehr um wie viel Prozent. Doch sie will nicht die Hoffnung aufgeben, dass man sie sucht und findet. Vielleicht hat sie etwas verloren? Ihr Handy ist auf jeden Fall nicht mehr bei ihr. Ebenso wenig ihr Rucksack.

Wie schnell doch alles, über das man sich Sorgen gemacht hat, in den Hintergrund gerät. Ihr ist es momentan völlig egal, ob sie in amerikanischer Geschichte durchfällt oder die Mathematikformeln nie im Leben beherrschen wird. Jetzt kommt ihr die Angst vor dem Zahnarzttermin lächerlich vor, an dem sie eine Spange verpasst bekommen soll.

Wie hat sie geweint und ihre Eltern angebettelt. Sie wollte unbedingt die Pille haben, weil sie mit Rock aus dem Footballteam schlafen wollte, aber sie hatte sich nicht getraut mit ihren Eltern darüber zu sprechen. Sie war mit Jilliane einer Meinung, dass sie beide vor dem sechzehnten Geburtstag ihre Jungfräulichkeit verlieren sollten. Auch, wenn sie damit nicht zum Durchschnitt der amerikanischen Jugendlichen gehörten. Traurig sieht sie zu Jilliane rüber. Bei ihr war es geschehen, aber sicherlich nicht so, wie sie es sich erträumt hat.

»Ich will mich waschen«, sagt Jilliane plötzlich leise. »Ich will mir alles von der Haut schrubben, ich will mir da unten wehtun. Ich habe so Angst, dass er mir ein Kind gemacht hat.«

»Das ist ausgeschlossen«, sagt Emily leise.

Beth wendet sich ihr zu. »Warum?«

»Dann wäre ich oder Ashley auch schwanger geworden. Er kann wohl keine Kinder machen.«

Jilliane schweigt.

»Was ist bei euch passiert?«, will Beth wissen.

»Wir sind wie ihr entführt worden. Wir waren auf einem Schulausflug. Ashley war immer die mutige von uns. Sie war schnell gelangweilt. Und sie war scharf auf diesen Ranger.«

»Warum?«

»Sie fand ihn süß. Aber sie hat ihm dumme Fragen zu seiner Herkunft gestellt und da wollte er nichts mehr mit ihr zu tun haben.«

»Herkunft? Was meinst du?« Beth spürt, wie ihr Herz schneller klopft.

»Er war Halbindianer. Ziemlich jung und sie hat ihn echt genervt.« Emily versucht zu lächeln, aber es gelingt ihr nicht, ohne dass ihr Gesicht sich zu einer hässlichen Fratze verzerrt.

»Wie hieß er? Weißt du das noch?«

»Wie könnte ich diesen Namen vergessen. Er hieß Adahy.«

Beth blickt Emily durch einen Tränenschleier an.

»Oh Gott. So hieß unserer auch.«

# *Kapitel 15*

»Wir möchten sofort mit ihm sprechen«, verlangt Howard.

»Das geht nicht«, sagt Charles sofort.

»Und ob das geht«, mischt sich Rick ein.

»Er hat frei und ist überhaupt nicht hier.«

»Dann rufen Sie ihn an. Wieso geben Sie ihm frei, wenn er ein wichtiger Zeuge ist?«

»Er hat was von einem Verwandten in Not erzählt. Wir haben seine Aussagen bereits aufgenommen. Er hat nichts bemerkt.«

»Die verflucht noch eins nirgends elektronisch dokumentiert sind«, braust Howard auf. Ihm geht dieser Verein von Stümpern auf die Nerven.

»Ich sag Ihnen, wie das ab jetzt läuft, Charles. Ich stelle Ihnen Thomas zur Seite, der diesen Fall mit Ihrer Hilfe dokumentiert. Er bekommt komplette Einsicht in die Aufzeichnungen zu dem Fall von vor zwanzig Jahren von Ihnen.«

»Moment mal«, unterbricht Charles ihn. Auf seiner Stirn pocht eine Ader. »Das eine hat mit dem anderen nichts zu tun.«

»Das überlassen Sie schön uns. Diesen Adahy Merch will ich morgen Mittag selbst befragen. So wie alle anderen Ranger, die irgendwie mit einem der Fälle von heute oder damals zu tun hatten.

Bob.« Er wendet sich dem jungen Agenten zu, der sich bisher im Hintergrund gehalten hat.

»Du hilfst Thomas mit dem Papierkram, während sich Rick auf dem Gelände umsieht. Kathlyn und ich fahren morgen zu Emilys Mutter.«

»Sie können nicht herkommen und hier alles über den Haufen schmeißen«, beschwert sich Charles.

»Und ob ich das kann. Wenn Sie nicht kooperieren, sind Sie nämlich Ihren Job los.«

Kathlyn legt ihre Hand auf Howards Arm. Wütend sieht er sie an, beruhigt sich aber sofort wieder.

»Okay, okay. Ich schätze, wir brauchen alle etwas Schlaf.« Howard wendet sich an Charles. Als dieser nicht reagiert, fragt er: »Sagen Sie uns bitte, wo wir übernachten können?«

Charles schnaubt. »Übernachten? Bin ich jetzt auch noch ein Hotelangestellter? Das hätten Sie schon selbst organisieren müssen.« Charles grinst selbstgefällig.

Howard erinnert sich gesehen zu haben, dass Stephen ihn gebeten hat, ihnen eine Unterkunft zu organisieren. Wütend ballt er die Hände zu Fäusten. Wieder geht Kathlyn dazwischen. »Ich bin mir sicher, es handelt sich um ein Versehen. Wir brauchen nicht viel. Nur ein ruhiges Zimmer mit Bad. Ich weiß, dass es hier Lodges gibt. Können Sie uns die Telefonnummer mitteilen? Wir kümmern uns dann darum.«

Charles ringt mit sich. Schließlich sieht er

Kathlyn kapitulierend an und wirft Howard noch einmal einen wütenden Blick zu.

»Wir haben Lodges für Sie organisiert. Entschuldigen Sie, Ma'am, aber normalerweise sind wir wirklich nicht dafür zuständig, aber ich habe mich dennoch darum gekümmert, auch wenn mich die E-Mail von Ihrem Boss geärgert hat. Keoma wird Sie begleiten.« Charles deutet ein Kopfnicken in Richtung des einzig besetzten Tisches am Ende des Raums. »Keoma«, ruft er bellend. Der junge Mann streckt seinen Kopf hinter seinem Bildschirm hervor. Sein dunkles Haar trägt er kurz. In seiner Uniform wirkt er etwas verloren, so als wüsste er nicht, was er hier tut.

»Bring die Leute vom FBI zu den Lodges.« Keoma kommt langsam angeschlurft. Charles fummelt aus seiner Jackentasche drei Schlüssel, die er Keoma überreicht. Die Uniform des jungen Rangers ist ihm etwas zu groß. Er ist sehr schmächtig und sieht fast linkisch aus in seinem Verhalten.

»Folgen Sie mir«, sagt er leise, so dass man ihn kaum verstehen kann. Sie schultern ihre Taschen und verlassen nacheinander den Raum.

»Das ist doch fast noch ein Kind. Naja, nicht ganz, aber er sieht ganz schön jung aus«, murmelt Kathlyn.

»Vielleicht macht er das hier im Urlaub. Fest angestellt ist er ganz sicher nicht«, flüstert Howard zurück. »Ich glaube nicht, dass er wichtige Aufgaben übernimmt.«

Mit Taschenlampen bewaffnet folgen sie Keoma in Richtung Osten zu den Lodges. Hübsche schmiedeeiserne Laternen säumen mehrere Wege, durch die die Häuschen verbunden sind. Sie schalten ihre Taschenlampen aus. Es riecht nach Chlor, also verfügt die Anlage über einen Pool.

Keoma verteilt die Schlüssel.

»Sind die anderen Lodges alle bewohnt?«, fragt Howard Keoma, der wohl nicht erwartet hat, dass jemand mit ihm spricht, denn der zuckt zusammen und antwortet stotternd: »Ähm, nein, Sir. Es sind noch einige frei.« Howard wollte nur Konversation betreiben und es hätte ja die Möglichkeit bestanden, dass die Eltern der vermissten Mädchen sich hier einquartiert haben. Keoma reicht Howard einen Schlüssel, an dem ein Anhänger mit der Zahl fünf baumelt.

»Danke, Keoma. Gute Nacht. Bis morgen«, sagt Howard. Der junge Ranger senkt den Kopf und schlurft davon. Im Schein der Laternen beobachtet Howard, dass Keoma sich noch einmal umdreht und verstohlen zu ihnen sieht, als ob er über etwas nachdenken müsste. Dann folgt er der Biegung des Weges und verschwindet aus seinem Sichtfeld.

»Komischer Kauz«, sagt Rick.

»Irgendetwas ist mit ihm«, bestätigt ihm Howard.

»Etwas macht ihm Angst.«

Howard verschweigt seinem Team noch, was er gerade bemerkt hat. Er will sich erst selbst davon überzeugen, ob er richtig liegt.

# Kapitel 16

»Adahy hat nichts damit zu tun«, sagt Emily bestimmt.

»Woher willst du das wissen? Selbst wenn er nie hier unten war, kann er mit den beiden zusammenarbeiten.«

Emily sagt nichts mehr. Ihr Blick geht ins Leere.

»Was ist passiert? Kannst du dich noch daran erinnern?«, fragt Beth sanft. Sie will sich nicht mal in ihren schlimmsten Albträumen ausmalen, wie es sein muss, zwanzig Jahre in Gefangenschaft leben zu müssen.

»Ashley war gelangweilt von dem ganzen Ausflug. Sie wollte nicht mehr bei unserer Gruppe bleiben. Ich habe sie gewarnt und gebeten, nicht vom Weg abzukommen, weil unsere Lehrer uns eingetrichtert haben, uns abzumelden.« Beth wirft einen bedeutungsschwangeren Blick auf Jilliane.

Emily erzählt weiter: »Sie hat mich geärgert. Hat sich irgendwo in den Büschen versteckt. Ich hatte totale Panik und dachte schon, sie wäre verloren gegangen. Dann hörte ich einen Schrei und sie sprang hinter einem Baum hervor. Ich kann mich noch ganz genau erinnern, denn ich war so wütend auf sie. Die ersten zwei Wochen unserer Gefangenschaft habe ich ihr die Schuld gegeben. Jedenfalls bin ich wütend zurückgelaufen und dann war da dieser Ranger, der sich uns in den

Weg gestellt hat.«

»Groß, breit, Indianer. Hat böse geschaut und wollte euch zurück zu eurer Gruppe bringen?«

Emily nickt. »Ja. Irgendwie ahnte ich, dass etwas mit ihm nicht stimmt. Er konnte gar nicht wissen, dass wir mit einer Schulgruppe unterwegs waren. Wir hätten genauso gut mit unseren Eltern im Park gewesen sein können. Aber da war es schon zu spät. Er hat mich betäubt und ich bin erst in diesem Loch wieder aufgewacht. Anfangs haben wir uns noch eingeredet, dass uns bald jemand findet. Wir haben immer wieder versucht, uns gegenseitig Mut zuzusprechen. Ashley hat gesagt, meine Mom würde mich schon suchen ...«, ihre Stimme klingt erstickt, das Atmen fällt ihr schwer, »sie war sehr anhänglich nachdem Dad gestorben ist. Ist, war, ich weiß nicht mal, ob sie noch lebt nach all den Jahren.«

»Es tut mir so leid«, sagt Beth traurig.

»Mom hat das bestimmt nicht überlebt. Als Dad bei einem Autounfall ums Leben kam, hat sie sich an mich geklammert, mir kaum Freiraum gelassen. Unser beider Leben wurde von Dads Tod überschattet. Ich wünsche mir so sehr, ich wäre jetzt bei ihr.« Emily fängt an zu schluchzen und schlägt die Hände vors Gesicht. Beth rutscht etwas zu ihr. Plötzlich fühlt sie sich hoffnungslos. In ihrer Brust baut sich ein Druck auf, ihr Hals schnürt sich zu. Sie werden nicht gefunden. Sie werden wie Emily so lange hier bleiben, bis ...

»Wir werden hier sterben«, flüstert Jilliane. Sie hat sich noch immer nicht bewegt. Liegt wie festgewachsen an der gleichen Stelle. Mit dem halben Gesicht auf schmutziger Erde.

»Wir sind zu dritt. Wir könnten ihn überrumpeln«, sagt Beth. Heißt das, sie müssen aufgeben? Oder können sie kämpfen?

Emily gibt ein freudloses Lachen von sich. »Wir haben alles versucht. Caden mag in unseren Augen dumm und zurückgeblieben erscheinen, aber wir sind seine Beute und die lässt er nicht so einfach gehen. Unsere Fußketten sind zugeschweißt, wir müssten uns die Füße abhacken, um flüchten zu können. Die Ketten sind mit Beton in die Erde gegossen. Ich habe ihm zugesehen, als er euch brachte. Wir können ihn nicht überwältigen. Selbst wenn wir es schaffen, würden wir mit den Ketten hier unten elendig verhungern.«

»Warum ist Ashley gestorben?«, fragt Beth plötzlich.

»Zahnschmerzen.«

»Wie bitte?« Beth ist schockiert.

»Es fing mit Zahnschmerzen an. Wir haben hier nichts, um unsere Zähne zu reinigen. Ashley muss wohl vorher schon etwas am Zahn gehabt haben. Der Schmerz muss schlimmer gewesen sein, als die regelmäßigen Besuche von Caden. Ihn hat ihr Zustand nicht interessiert. Ashley wurde viel häufiger als ich vergewaltigt. Als sie dann hohes Fieber bekommen hat, hat er grunzend auf ihr gelegen und sich über die Hitze zwischen ihren Beinen gefreut.« Sie stockt und schüttelt den Kopf. Dann holt sie tief Luft, ihre Lippen zittern, während sie spricht. »Zum Schluss war er dreimal täglich hier. Ashley war schwach, verlor oft das Bewusstsein. Sie weigerte sich zu trinken und zu essen. Sie war oft verwirrt. Einmal hat sie Caden die Arme hingehalten und gesagt: »Nick, komm zu mir, ich blas dir deinen Schwanz.«« Den letzten Satz hat sie angewidert geflüstert.

»Wer ist Nick?«

»Den fand Ashley in der Schule toll.« Emily hat Probleme zu atmen. Es pfeift und rasselt in ihrer Brust. Sie wischt sich Tränen vom schmutzigen Gesicht.

»Oh mein Gott«, flüstert Beth.

»Caden hat sich wie ein kleines Kind gefreut, wenn sie so geredet hat und sie noch viel brutaler missbraucht. Er war regelrecht besessen von ihrem fiebrigen, dürren Körper. Und dann … irgendwann starb sie einfach.« Emily senkt den Kopf, ihr ganzer Körper erzittert. Sie schluchzt laut.

»Während ...« Beth muss sich räuspern. »Während er sie missbraucht hat?«

Emily schüttelt den Kopf und reibt sich heftig über die rechte Seite ihrer Wange.

Beth ist sprachlos. So oft haben sie und Jilliane irgendwelche Splatterfilme gesehen, aber da saßen sie auf der Couch mit einer Schüssel Popcorn auf dem Schoss. Sie hätte nie im Leben geglaubt, dass es solche Monster wirklich gibt. Und nun ist sie einem von ihnen ausgeliefert.

»Es ist nicht so lange her. Ich weiß nicht, wie viel Zeit so vergeht. Aber es kam mir recht schnell vor, dass ihr dann plötzlich hier ankamt.«

»Er brauchte ja auch jemand Neuen«, sagt Jilliane. Sie hat sich aufgesetzt. Ihre Augen starren ins Leere.

»Wir haben also keine Chance?«, fragt Beth mutlos.

»Wie schon gesagt: Wir können froh sein, wenn wir sterben.« Emilys Stimme klingt plötzlich eiskalt.

»Hast du dich mal gefragt, warum er jetzt plötzlich zwei Spielzeuge hat?«, fragt Jilliane. Beth wirft ihrer besten Freundin einen bösen Blick zu.

»Was meinst du?«, fragt Emily verwirrt. Doch dann weiten sich ihre Augen, als sie die Erkenntnis trifft.

»Du meinst, er will mich austauschen? Ich bin das dritte Rad am Wagen? Nutzlos?« Emily fängt auf einmal unkontrolliert an zu zittern.

# Kapitel 17

Die erste Nacht in der eigentlich gemütlich eingerichteten Lodge gestaltet sich für Howard sehr unruhig. Im Gegensatz zu Kathlyn, die sofort eingeschlafen ist, sitzt er noch lange auf der kleinen Veranda und liest einige Artikel über Bethany und Jilliane in diversen Blogs oder auf offiziellen Nachrichtenseiten.

Überall werden die Mädchen als intelligente Schülerinnen dargestellt, die jeder mag. Bethany, die als die Ruhigere von beiden beschrieben wird, zeigte großes Forschungsinteresse und nahm an Wissenschaftswettbewerben teil. Mit ihrem Team kam sie sogar bis zu einer Endausscheidung in San Diego. Jilliane hingegen engagierte sich nirgends so wirklich. Sie ist weder Cheerleaderin noch Prom Queen, obwohl sie sehr hübsch ist. Howard zieht einige Parallelen zu dem Fall von vor zwanzig Jahren. Laut Fotos war Ashley die Schönheit. Auf dem Bild reckte sie selbstbewusst das Kinn vor, ihre Augen funkelten, zu einem Lächeln ließ sie sich nicht herab. Ihre Bluse war einen Knopf weiter geöffnet, als es sich für einen Teenager gehörte. Sie zeigte ihre Reize gerne offen, wohingegen Emily auf dem Bild eher zugeknöpft wirkte.

Howard hat sich mehrere Notizen gemacht und ist zu dem vorläufigen Ergebnis gekommen, dass die Mädchen gezielt ausgewählt wurden. Außerdem ist er fest davon überzeugt, dass die Ranger mehr über die beiden Fälle wissen, als sie zugeben.

Irgendetwas wird vertuscht.

Irgendwann legt sich Howard zu Kathlyn und fällt in einen kurzen und wenig erholsamen Schlaf.

Nach dem Duschen am nächsten Morgen besorgt er in einem kleinem Café belegte Sandwiches und Kaffee und kommt mit einer vollbepackten Tüte an der Lodge an. Die Becher stehen in Bechertabletts aus Karton.

»Hättest du mir wenigstens Bescheid geben können?«, mault Kathlyn und nimmt ihm einen Becher ab.

»Schönen guten Morgen ebenfalls«, sagt Howard betont fröhlich und stellt die Tüte sowie das Tablett mit den Bechern auf den Tisch auf der Veranda.

Kathlyn nimmt den Deckel ab und trinkt einen Schluck.

»Sorry, aber du warst schon die halbe Nacht nicht im Bett und dann wache ich alleine auf und finde dich nirgends.«

»Ich brauchte etwas Bewegung und einen Kaffee.« Während er das sagt, tippt er in seinen Blackberry eine Nachricht an die anderen ein und fischt sich ein Sandwich aus der Tüte.

»Die anderen sollten jeden Moment hier auftauchen. Ich kenne doch Rick. Sobald es was zu essen gibt, ist der sofort wach. Ist wie Magie.« Kathlyn lacht und wickelt ein Sandwich aus. »Was hast du gestern noch gemacht?« Sie deutet mit einem Kopfnicken in das Innere der Lodge, wo auf dem Tisch die Unterlagen verteilt sind.

»Ich habe das Internet durchforstet, war auf den Facebook-Profilseiten von Bethany und Jilliane und bin zu dem Schluss gekommen, dass die Ranger hier irgendwas verheimlichen.«

Kathlyn kaut und schluckt runter, bevor sie etwas sagt. Howard weiß aus Erfahrung, dass sie es nicht leiden kann, wenn jemand mit vollem Mund spricht oder beim Essen seltsame Geräusche macht. Für Howard ist das einfach Zeitersparnis, er hat sich demnach erst daran gewöhnen müssen. Da zeigte sich wieder ihr Hass auf Geräusche, Misophonie oder so etwas Ähnliches hatte sie es mal genannt. Er selbst weiß nicht mal, wie man das Wort ausspricht.

»Denkst du, die haben etwas mit dem Verschwinden zu tun?«

Howard zuckt mit den Schultern. »Vielleicht nicht direkt. Aber sie wissen etwas und sie wurden sicherlich von Charles instruiert, nicht mehr als notwendig mit uns zu reden. Deshalb bin ich auf die Gespräche sehr gespannt.« Über Kathlyns Schulter hinweg entdeckt er als erstes Rick, der auf den letzten Metern schneller geht und sich sofort auf die Tüte stürzt und einen Becher aus dem Tablett nimmt.

»Ich dachte schon, wir müssen hier verhungern«, sagt er kauend.

Kathlyn verdreht die Augen. »Wir sind ja nicht in der Wildnis, Rick.«

»Was nennst du es denn dann?«

»Natur«, sagt Kathlyn grinsend und steht auf, als Thomas und Bob auf die Veranda treten. Da nicht genug Stühle da sind, setzt sie sich auf die Stufen.

»Du musst dich nicht auf die Stufe setzen, Kathlyn«, sagt Thomas.

»Schon okay. Ich kann mein Sandwich auch hier auf der Treppe essen.«

»Ist dein Laptop da drin?«, fragt Howard. Thomas nickt. »Stell alle Infos direkt auf den Server, wenn du bei den Rangern bist.

Kathlyn und ich werden uns gleich auf den Weg machen und die Mutter von Emily Pike besuchen.«

»Was soll das bringen?«, fragt Bob. Howard blickt ihn erstaunt an. Der Junge ist wissbegierig und enthusiastisch, allerdings traute er sich bisher eher selten, etwas zu sagen geschweige denn kritische Fragen zu stellen. Dieser Fall hat es ihm wohl besonders angetan.

»Was guckt ihr alle so?«, fragt er in die Runde und grinst verschämt.

»Wir wundern uns alle, ob du über Nacht in

einen Zaubertrank gefallen bist«, sagt Rick mit einem Grinsen auf den Lippen.

»Es ist euch nicht recht, wenn er nichts sagt und wenn er sich mal zu Wort meldet, ist es auch nicht okay. Leute, ihr solltet euch mal entscheiden«, brummt Thomas genervt hinter dem Monitor.

»Um deine Frage zu beantworten, Bob: du weißt ja, dass die meisten Verbrechen innerhalb der Familie stattfinden, oder?«

Bob denkt nach. »Die Mädchen sind hier im Park verschwunden«, sagt er schließlich.

»Möglicherweise hat jemand aus der Familie der Mädchen von all den Vermisstenfällen gehört und sie nachgestellt. Ich will nichts ausschließen. Zumindest können wir uns mit einer Sache sicher sein: hier geht irgendeine Scheiße vor sich.«

»Sollten wir nicht hier nach den Mädchen suchen? Schauen, ob wir Spuren finden? Die Gegend durchkämmen?«

»Das werde ich erledigen. Ich werde ein Team zusammenstellen. Noch sind die Mädchen nicht gefunden. Also müssten heute Spürhunde vor Ort sein, Polizeiunterstützung, Helikopter.«

»Aha«, macht Bob.

»Du trinkst ja keinen Kaffee, oder?«, fragt Rick und nimmt sich Bobs Becher, bevor er antworten kann.

»Bedien dich ruhig.«

»Tut mir leid, Bob. Sie hatten auch Tee, aber ich habe es vergessen«, sagt Howard, steht auf und bietet Kathlyn seine Hand an, damit sie von den Stufen aufsteht.

»Wir sehen uns später.« Kathlyn geht in die Lodge und kommt mit ihrer Tasche und einer leichten Jacke wieder raus.

Auf dem Hauptweg fängt Howard Keomas Blick auf. Er steht an einem Hinweisschild und als er Howard bemerkt, schraubt er mit einem Schraubenzieher daran herum.

»Was macht der denn da?«, fragt Kathlyn belustigt.

»Spionieren«, sagt Howard und geht weiter.

»Du hast zu viel von den Videos gesehen. Muss ich mir Sorgen machen und dir einen Aluhut kaufen?«

Howard lacht und nimmt ihre Hand in seine. »Witzig.«

»Ja, so bin ich.« Er lächelt ihr zu. Es sind diese wenigen Momente, in denen er sich glücklich fühlt. Wie ein normaler Mann, der mit seiner Freundin den Tag verbringt.

»Jetzt mal unter uns, Howard. Warum besuchen wir die Mutter von dieser Emily?«

Howard zuckt mit den Schultern, weicht einer Gruppe von Schülern aus und richtet seine Worte an sie. »Vielleicht hat sie eine Vermutung darüber, was die Ranger uns verheimlichen.«

»Und das wäre?« Sie gehen wieder nebeneinander in Richtung Parkplatz.

»Was die Ranger falsch gemacht haben.«

# *Kapitel 18*

Emily scheint die Worte von Jilliane zu verarbeiten.

»Musste das sein, Jill?«

»Ich sage nur, was ich denke.«

»Es gibt auch so etwas wie Feingefühl. Solltest du mal lernen«, weist Beth sie zurecht.

Emily hebt eine Hand. »Hört auf. Streitet euch nicht. Wir müssen zusammenhalten. Etwas, das Ashley und ich leider die meiste Zeit versäumt haben.« Plötzlich schluchzt Emily laut auf. »Wisst ihr, was am Schlimmsten war?«

Weder Beth noch Jilliane fragen nach. Das alles ist zu viel für sie.

»Caden hat uns immer mal wieder vergessen. Manchmal mussten wir ewig auf ihn warten, beinahe wahnsinnig vor Hunger. Wir wussten, dass er noch lebt, denn wir haben ihn oben gehört. Wie er schnaufte und ächzte. Caden hat zuerst nicht mal mitbekommen, dass Ashley tot ist. Vor lauter Verzweiflung hätte ich mich am liebsten auch umgebracht, aber es gab nichts, womit ich das hätte bewerkstelligen können. Dann kamen die Ratten.« Emily wirkt, als wolle sie nicht weiter reden, doch es quält sie anscheinend so sehr, dass sie es loswerden muss. Emilys Lippen beben, die Finger spielen nervös miteinander.

Beth öffnet den Mund, aber sie kann nichts sagen. Sie will ihren Kopf schütteln, dass Emily nicht weitererzählt, aber sie kann sich kaum bewegen.

Emily holt tief Luft. »Ich wurde von einem schmatzenden Geräusch geweckt. Es klang so schrecklich. Erst dachte ich, Caden wäre da und würde sich über Ashleys Leiche hermachen.« Beths Magen hebt sich, sie schmeckt Galle.

»Dann öffnete ich die Augen und entdeckte sie. Erst waren es nur zwei. Fette Viecher. Sie saßen bei Ashley. Eine Ratte starrte mich aus ihren kleinen Knopfaugen an, ihr Maul war mit Blut verklebt. Blut von meiner besten Freundin. Sie grub ihre kleinen Zähnchen wieder in Ashleys Unterschenkel und ich hörte zu, wie sie meine Freundin fraßen. Ich habe sie weggescheucht. Beide. Aber sie kamen zurück. Der Verwesungsgestank muss sie angelockt haben. Aber sie waren nicht alleine. Es kamen immer mehr Ratten von oben. Sie plumpsten teilweise auf den Boden, weil sie es nicht erwarten konnten, ihre gierigen Mäuler in meiner Freundin zu vergraben. Sie kletterten flink die Wände runter, kämpften untereinander um den besten Platz. Ich habe geschrien. So viel geschrien, bis ich keine Stimme mehr hatte. Als Caden endlich kam, bemerkte er Ashley auf dem Boden. Ihr fehlte ein

Auge, sie war völlig verstümmelt. Ohne ein Wort zu sagen, trug Caden sie raus. Die Ratten folgten ihm.« Jetzt schluchzt Emily. Sie wiegt sich dabei vor und zurück, summt eine Melodie, die Beth nicht erkennt. Beth hat Angst. Mit jedem Tag, jeder Stunde, jeder Minute und Sekunde weiß sie, dass sie dem Wahnsinn immer näherkommen wird. Sie krümmt sich vor und erbricht.

»Ich habe Durst«, sagt Jilliane plötzlich. »Ich habe schrecklichen Durst.«

Emily sieht sie aus leeren, rotgeränderten Augen an. »Da ist ein Rohr. Wenn du an dem Hebel ziehst, kommt Wasser raus.« Sie deutet langsam an die Wand und jetzt entdeckt Beth die Konstruktion, von der Emily gesprochen hat.

Jilliane muss die Hoffnung aufgegeben haben, da sie auf Beth völlig teilnahmslos wirkt. Vermutlich verdrängt sie auch einfach, dass sie gefangen gehalten werden. Dass sie vergewaltigt wurde, dass sie sich beide in größter Gefahr befinden. Dass sie, wenn niemand sie findet, wie Emily in diesem Loch enden werden.

## *Kapitel 19*

Howard und Kathlyn stehen vor einem kleinen einstöckigen Haus. Als Einziges in der Straße ist es völlig heruntergekommen. Im Vorgarten sprießt Unkraut neben hohen verwelkten Grasbüscheln. Ein Baum steht schief und blätterlos mittendrin. Der Briefkasten ist rostig, die rote Fahne zeigt nach oben. Post ist keine drin, das ist gut erkennbar, weil die Klappe offensteht. In der Zufahrt steht ein alter verrosteter Käfer. Das Haus ist komplett mit Holzschindeln bedeckt. Hier und da fehlt eine und beweist das wahre Gesicht des Verfalls. Die Vorhänge an jedem Fenster sind zugezogen.

»Erschreckend. Es sieht ein bisschen aus wie ein Hexenhaus aus einem Gruselfilm. Sie hat bestimmt einen Buckel und auf der einen Schulter hockt eine schwarze Katze«, flüstert Kathlyn und deutet auf eine leere Tüte Katzenstreu, die an der Mülltonne liegt.

»Deshalb muss sie lange noch keine Hexe sein, nur weil ihr das Aussehen des Hauses egal ist. Sie ist vermutlich völlig verzweifelt«, sagt Howard. »Zwanzig Jahre ohne Gewissheit ist eine lange Zeit.«

»Ich weiß«, seufzt Kathlyn. »Sie wird die

Hoffnung nie aufgegeben haben.«

Sie nähern sich der Haustür und Howard betätigt die Klingel. Ein kurzer Summton ertönt. Im Inneren des Hauses passiert nichts. Er klopft an, drückt noch einmal auf die Klingel, aber sie hören kein einziges Geräusch aus dem Haus.

»Misses Pike? Hier sind Agent Howard Caspar und Agent Kathlyn Turner vom FBI. Bitte öffnen Sie die Tür.« Er klopft noch einmal, dann vernehmen sie plötzlich ein Rumpeln, jemand bewegt sich.

»Sie haben mich angerufen«, hört Howard von innen.

»Ja, Ma'am. Es tut mir leid, dass ich ...«

»Verschwinden Sie.«

»Ich wollte Ihnen keine Hoffnungen machen, Ma'am. Bitte, wir möchten nur kurz mit Ihnen sprechen.«

»Ich sagte: Verschwinden Sie.« Die Stimme klingt jetzt ganz nah. Elisabeth Pike muss direkt auf der anderen Seite der Tür stehen.

Howard seufzt und verliert die Geduld.

Schließlich sagt Kathlyn: »Ma'am. Es tut uns leid, dass wir Sie belästigen, aber es sind wieder zwei junge Mädchen im Park verschwunden. Bitte. Wir müssen dringend mit Ihnen sprechen, wenn wir eine Chance haben wollen, sie zu finden.«

»Warum sollte ich? Das ist nicht meine Sache«, sagt sie und ihre Schritte entfernen sich.

Kathlyn seufzt. »Es tut mir so schrecklich leid,

dass Ihre Tochter nicht gefunden wurde. Aber stellen Sie sich vor, damals hätte Ihnen jemand geholfen. Bitte, Miss Pike.«

Die Schritte kommen wieder näher. Dann Stille. Schließlich öffnet sich die Fliegengittertür, die an manchen Stellen zerrissen ist, und eine müde wirkende Frau sieht Kathlyn an.

»Haben Sie Kinder?«, fragt sie. Kathlyn schüttelt den Kopf. »Emily ist meine einzige Tochter. Als ihr Vater starb, gab es nur noch sie und mich in meinem Leben.«

Kathlyn könnte sagen: »Das tut mir sehr leid für Sie«, aber es käme vermutlich nicht ehrlich genug rüber, deshalb sagt sie: »Ich weiß, Ma'am.«

»Wenn Sie reinkommen wollen, legen Sie diese blöde Kappe ab. In meinem Haus will ich den Menschen vor mir sehen. Das Gleiche gilt für die Sonnenbrillen.« Ihr Blick geht streng von Kathlyn zu Howard. Sie zieht die Tür auf, dreht sich um und geht den Flur entlang. Kathlyn zieht die Kappe und die Sonnenbrille ab und hält sie in den Händen, während sie Elisabeth folgt. Das Haus ist sauber und aufgeräumt. Das Zimmer, in das Elisabeth vorausgegangen ist, wirkt ebenfalls gepflegt. Eine Katze springt von der Couch. Elisabeth hat sie wahrscheinlich aufgescheucht, als sie die Decke hochgenommen hat, die sie zusammenfaltet. Sie legt sie ordentlich gefaltet über die Lehne.

»Bitte setzen Sie sich.« Elisabeth dreht sich um

und sieht Kathlyn auf die Haare, sagt aber nichts zu der kahlen Stelle. »Möchten Sie etwas trinken? Kaffee, Tee oder Wasser?«

Beide schütteln den Kopf. »Machen Sie sich keine Umstände, Ma'am«, sagt Howard und nimmt auf einem großen Sessel Platz.

»Für mich auch nicht, danke.« Kathlyn setzt sich ihm gegenüber, während Elisabeth auf die Couch sinkt. Sein Blick fällt auf ein Tablettenröhrchen.

»Danke, dass Sie sich die Zeit nehmen, Miss Pike«, beginnt Howard und unterbricht das unangenehme Schweigen. »Ich möchte mich nochmal entschuldigen, dass ich Sie mit meinem Anruf vermutlich völlig aus dem Konzept gebracht habe.«

Elisabeth sitzt schweigend auf der Couch, ihre Hände hat sie zwischen die Oberschenkel geschoben. Howard hat ihr Bild in den Akten gesehen, aber die Person, die nun vor ihm sitzt, erschreckt ihn zutiefst. Er kann sich vorstellen, dass es der Frau noch schlechter geht als ihm damals. Als Laura mit dem Kind in ihrem Bauch gestorben war, bekam Howard Zeit zu trauern. Er hatte die Möglichkeit, sie angemessen zu beerdigen, über ihren Tod hinwegzukommen. Elisabeth wurde dies nicht gegeben. Sie wird sich immer fragen, ob ihre Tochter noch lebt, ob sie Qualen erleiden muss oder ob sie vielleicht sogar glücklich ist. Sie kann nicht abschließen. Howard konnte es, auch wenn er seine Frau immer in seinem Herz trägt, kann er einen neuen Anfang wagen.

»Im Zuge meiner Ermittlungen bin ich auf den Fall Ihrer Tochter gestoßen und habe ihn noch einmal genauer unter die Lupe genommen. Dabei fielen mir einige Ungereimtheiten auf.« Es fällt ihm schwer, die Balance zu wahren. Er muss vorsichtig sein. Er darf ihr keine Hoffnung machen. »Ungereimtheiten, die sich nun wiederholen. Ich möchte verstehen, was damals passiert ist. Eventuell hilft es uns in dem neuen Fall weiter. Möglicherweise können wir die beiden Mädchen lebend finden.«

Elisabeth sagt noch immer nichts. Es scheint, als starre sie einfach durch ihn hindurch. Ihre dunklen Haare sind von weißen Strähnen durchzogen. Sie ist blass und dunkle Schatten liegen unter den Augen. Ihr dünner Körper steckt in einer grauen Jogginghose, die locker um ihre Beine fällt. Ihr Oberkörper ist in eine weite Strickjacke gehüllt.

Elisabeth räuspert sich. »Sie glauben, ich wäre egoistisch, nicht wahr? Weil ich nur mein Baby im Kopf habe. Es tut mir leid, Ihnen die Wahrheit sagen zu müssen. Die beiden Teenager, die verschwunden sind, interessieren mich kein bisschen. Aber ich rede mit Ihnen, weil ich die Hoffnung habe, dass Sie herausfinden können, was mit Emily passiert ist. Bin ich herzlos?« Elisabeth zuckt mit den Schultern. »Vielleicht bin ich herzlos.« Die Katze springt auf die Couch und rollt sich auf Elisabeths Schoß ein. »Ich liebe sie und ich gebe zu, dass ich sie sehr eingeengt habe, aber die Zeiten werden ja nicht besser, nicht wahr?«

»Was meinen Sie damit? Hatte Emily viele Dummheiten im Kopf?«, fragt Kathlyn.

»Emily? Gott bewahre. Sie ist ein liebes Mädchen. Aber ihre Freundin Ashley ...« Elisabeth streichelt geistesabwesend über den Kopf der Katze. Howard findet es immer schlimm, wenn Eltern weiterhin von ihren Kindern sprechen, als würden sie noch leben.

Geduldig warten sie bis Elisabeth weiterspricht. »Mein Mann ist bei einem Autounfall ums Leben gekommen. Emily war alles, was mir geblieben ist. Ich wollte sie nicht auch verlieren. Dieser Schmerz über den Verlust meines Mannes war grauenhaft.«

»Was ist mit Ashley? War sie ein wildes Mädchen?«, fragt Howard. Er merkt, dass er keinen Millimeter vorwärtskommt.

»Sie ist auf Partys gegangen, hat sich verbotene Filme angeschaut, hat die Schule geschwänzt. Sie ist Emilys beste Freundin. Ich konnte ihr den Umgang nie verbieten, da wurde meine Tochter immer sehr böse und wir haben gestritten. Ich hasse Streit. Dennoch passte ich auf.«

»Wenn mich nicht alles täuscht, ist Ashley in Emilys Alter gewesen. Sechzehn, nicht wahr? Da durfte sie bereits auf Partys?«

Elisabeth macht eine wegwerfende

Handbewegung, ihr Mund zuckt verächtlich. »Ashleys Eltern haben sich scheiden lassen, als sie hergezogen sind. Die Mutter brauchte die Großstadt. Sie ist zurück nach San Francisco, während ihr Mann hier blieb. Wenn Sie mich fragen, hat er seine Tochter völlig vernachlässigt. Alkohol und Drogen.«

Howard und Kathlyn nicken gleichzeitig, während Howard unruhig auf dem Sessel herumrutscht.

»Was ist mit der Theorie, dass Emily mit ihr ausgerissen ist?«, wagt Howard einen Schritt nach vorne.

Elisabeths Lippen beben, ihr Körper zuckt zusammen. »Sie ist nicht abgehauen. Niemals würde Emily das machen. Sie wusste, sie hätte mir das Herz gebrochen, wäre sie einfach untergetaucht. Ich habe ihr alles gegeben. Ein warmes zu Hause, ich liebe sie. Ich habe mich gekümmert, war immer für sie da. Ja, sie hat Ashley vielleicht bewundert, aber dennoch weiß sie, dass sie alles hat.«

Howard glaubt auch nicht wirklich daran, dass Emily abgehauen ist. Vielleicht hatte Ashley sie zu etwas überredet, wer konnte das schon so genau wissen? Zwanzig Jahre sind vergangen. Vermutlich ist sie längst tot. Allerdings haben die Mädchen so starke Ähnlichkeiten mit den neu vermissten Teenagern, dass Howard mehr dahinter vermutet.

»Erzählen Sie uns bitte genau, was passiert ist,

nachdem ihre Tochter verschwunden ist.«

Elisabeth sieht ihn aus müden Augen an. »Wozu? Das FBI sollte ja wohl Möglichkeiten haben, alle Details in einem Bericht nachzulesen.«

»Ich will ehrlich zu Ihnen sein, Ma'am. Ich untersuche nicht nur den Fall der vermissten Mädchen, sondern auch das Fehlen dieser Berichte, die Sie ansprechen. Es gibt keine Akte. Weder zu Emily und Ashley, noch zu Jilliane und Bethany.«

# Kapitel 20

Es ist wirklich seltsam. Manchmal, wenn ich so dasitze, fühle ich mich sehr klug. Ich kann in meiner Vorstellung deutlich sprechen und mich ganz normal bewegen.

Ich betrachte mir das Bilderheft, das mein Dad mir mitgebracht hat. Dort sind Kinder abgebildet, die irgendwohin gehen und mit anderen Kindern spielen. Da sind Menschen, die miteinander essen. In Räumen, in denen auch andere Menschen miteinander essen. Sie sehen fröhlich aus. Diese Bilder verstören mich, denn Dad hat gesagt, dass es nur Monster auf der Welt gibt und ich hier in Sicherheit bin. Wenigstens solange ich die markierten Bäume nicht hinter mir lasse.

»Warum sind hier alle so glücklich? Warum spielen Kinder miteinander?« Ich hatte auf das Heft gezeigt.

*»Das stimmt so nicht, Junge. So wie in deinem Heft leben die Menschen nicht.«* Dad hat mir danach keine weiteren Hefte mehr mitgebracht. Ich war sehr traurig darüber.

Dann dauert es aber nicht lange und in meinem Kopf fühlt es sich so an, als würde sich ein Nebel ausbreiten und dieser Nebel verschlingt alle meine Gedanken und lässt mich nicht mehr denken und sprechen. Ich habe schon oft versucht, mich dagegen zu wehren, aber dann bekomme ich so starke Kopfschmerzen, dass mir schlecht wird und ich nichts mehr richtig erkennen kann. Mir ist es schon passiert, dass ich mich dann draußen einfach hingelegt habe und eingeschlafen bin. Der Schlaf verdrängt den Nebel für kurze Zeit. Aber manchmal tut er es auch nicht und ich wache irgendwo anders wieder auf. Ich weiß, dass ich mit meinen Spielsachen gespielt habe. Ich kann mich erinnern, dass es ein gutes Gefühl in meinem Unterleib gab. Für einen kurzen Moment. Aber es gibt oft Augenblicke, in denen grelle Blitze durch meine Gedanken jagen, die Bilder mitbringen. Schreckliche Bilder. Dinge, die ich getan habe. Böse Dinge.

# *Kapitel 21*

»Was soll das heißen: es gibt keine Berichte? Irgendwo müssen ja die Aussagen der Eltern, Mitschüler und Lehrer stehen, oder nicht?« Elisabeth streichelt aufgeregt die Katze, die miauend aufspringt und sich in die offene Küche verkrümelt.

»Leider nicht, Ma'am. Deshalb sind wir hier. Ich habe einen Blogbeitrag über Sie im Internet gefunden und ich dachte mir, dass Sie weitaus mehr Informationen haben. Welche, die für Sie vermutlich nicht wichtig erscheinen, aber für uns von großer Bedeutung sein können. Bitte erzählen Sie uns, was passiert ist.«

Elisabeth nimmt das Tablettenröhrchen zwischen ihre Finger und sieht mit Tränen in den Augen auf den Inhalt. Howard erkennt, dass es sich um Medikamente aus der Betäubungsmittelfamilie handeln muss. Das Etikett ist sepiafarben. Ohne sie beide zu beachten, schüttelt Elisabeth sich eine Tablette aus dem Röhrchen, nimmt sie in den Mund und spült mit Cola nach. Sie atmet tief ein und aus.

»Der Anruf kam spät abends. Dieser Sportlehrer, Mister Monzini, war am Telefon. Er klang ruhig und besonnen, als er mir mitteilte, dass Emily und Ashley nicht am vereinbarten Platz zur Abfahrt nach Hause erschienen sind. Es war ein grässlicher

Moment, denn der Sportlehrer tat so, als gäbe es keinen Grund zur Sorge. Ich habe ihn angeschrien, ihm gedroht, ihn zu verklagen, sollte meine Tochter einen Unfall gehabt haben. Ich bin sofort in mein Auto gestiegen und zum Park gefahren. Ich weiß, ich hätte kein Auto fahren dürfen. Ich war viel zu aufgeregt, aber niemand hätte mich davon abhalten können.« Sie greift in die Decke. »Als ich im Park ankam, waren nur noch Mister Monzini und Miss Walker da. Emily wurde da mindestens schon seit zwei Stunden vermisst. Ranger liefen umher, die Polizei war ebenfalls anwesend. Aber es war Abend und so konnten sie nicht mit mehr Leuten nach den Mädchen suchen. Mister Monzini war froh, mich zu sehen. Er sagte mir, jemand hätte die Aussagen der Schüler und Lehrer aufgenommen. Er hätte auf mich gewartet, und dass ihm das alles sehr leidtun würde, aber er müsste jetzt auch nach Hause. Sie müssen sich das mal vorstellen. Er verschwand einfach und ließ mich zurück. Wie auch immer. Ich habe natürlich jeden Ranger gefragt, wie der Stand ist, was unternommen wird, um meine Tochter zu finden. Wo man sie zuletzt gesehen hat, wer mit ihr gesprochen hat, aber die Ranger wussten nicht viel oder sie wollten mir nicht helfen. Die Suche sollte am folgenden Tag fortgesetzt werden. Man überließ mir freundlicherweise ein Zimmer in einem Hotel. Kostenlos. Geschlafen habe ich nicht. Immer wieder dachte ich, Emily würde an die Tür klopfen. Aber sie tat es nicht. Sie kam nicht zu Mommy.« Elisabeth kann die Tränen nicht mehr zurückhalten. Sie schluchzt und legt die Hände vor ihr Gesicht. Kathlyn holt eine Packung Taschentücher aus ihrer Tasche und reicht sie Elisabeth, die jedoch nicht danach greift. Kathlyn legt die Packung auf den Tisch. Howard weiß, es ist furchtbar für die Frau an damals zurückdenken zu müssen, aber er braucht mehr Informationen.

»Haben Sie Tee im Haus, Miss Pike?«, fragt Kathlyn plötzlich.

Elisabeth schnieft. »Tee? Ich glaube ja. Früchtetee. Im Schrank oben in der Küche rechts.«

Kathlyn steht auf und verschwindet in der Küche. Elisabeth öffnet die Taschentuchverpackung und zieht ein Tuch heraus, mit dem sie sich die Augen abtupft und die Nase putzt.

»Lassen Sie sich Zeit, Misses Pike.« Howard würde ihr gerne etwas Aufmunterndes sagen, aber ihm fällt nichts ein. Vermutlich werden die Überreste ihrer Tochter und deren Freundin niemals gefunden. Für Spürhunde ist es zu spät. Nach so einer langen Zeit würden sie nichts mehr riechen. Sie könnten mit Scannern den Park durchsuchen, aber das würde Monate, wenn nicht sogar Jahre dauern. Sie können das Gebiet nicht einmal eingrenzen. Von den beiden fehlt absolut jede Spur.

»Es geht schon, Sir. Ich weiß, dass sie nicht tot ist. Klingt das verrückt?«

»Nein, keineswegs«, sagt Howard mitfühlend.

Sie sieht ihn lange an. »Ich glaube Ihnen kein Wort, Agent Caspar.«

»Tut mir leid, Ma'am.«

»Ist schon gut. Wissen Sie, eine Mutter spürt so etwas. Ich weiß ganz genau, dass Emily noch lebt.« Howard kann nicht einmal das nachempfinden. Als er Laura verloren hatte, gab es kein unsichtbares Band, das zerschnitten worden war. Erst als er nach Hause kam und Laura fand, wurde er in den Abgrund gezogen.

»Am nächsten Morgen sind sie mit Spürhunden los. Hubschrauber stiegen in die Luft. Der Park war voll mit irgendwelchen Leuten, aber keiner hatte wirklich etwas zu sagen, sie beachteten mich nicht mal. Ich suchte nach Ashleys Eltern, aber sie waren nicht da. In dem Chaos versuchte ich, irgendetwas zu tun, zu helfen, ich heftete mich an die Suchtrupps, aber sie schickten mich zurück. Ich würde sie behindern, haben sie gesagt.«

»Das ist seltsam, dass niemand mit Ihnen gesprochen hat.«

»Ja, ich wunderte mich auch, hinterfragte es aber nicht. Logisch nicht, ich war ja noch nie in einer solchen Situation. Die Suchhunde schlugen irgendwann ein paar Meter abseits des Weges im Wald an. Man konzentrierte sich auf das Gebiet.«

»Können Sie sich noch erinnern, wo das war?«

Elisabeth nickt. »Ja, ich habe eine Karte, auf der ich den Punkt markiert habe.«

Volltreffer.

»Ich hole sie.« Elisabeth steht auf, schiebt das Taschentuch unter ihren Ärmel und verschwindet in einem angrenzenden Raum, als Kathlyn aus der Küche kommt. Sie trägt ein Tablett mit einer Kanne, Tassen, Zucker und Besteck und stellt es auf den Tisch. Fragend sieht sie Howard an.

»Sie holt eine Karte des Valleys und will uns zeigen, wo man Emilys und Ashleys Spur verloren hat.« In dem Moment kommt Elisabeth zurück und reicht ihm ein in Folie eingebundenes Dokument.

»Nehmen Sie Zucker in Ihrem Tee?«, fragt Kathlyn. Elisabeth nickt geistesabwesend und beobachtet Howard, der die Karte studiert. Es ist ein Übersichtsplan des kompletten Valleys. Elisabeth hat an mehreren Punkten Markierungen in Form eines schwarzen Kreuzes angebracht. Eines ist rot umkringelt.

»Dort haben die Spürhunde angeschlagen und dort verlief sich die Spur.« Elisabeth rührt den Tee um und umgreift die Tasse mit beiden Händen.

Die Gruppe wollte den Cook's Meadow Loop nehmen. Das ist ein einfacher Wanderweg, der in etwa auf fünfundvierzig Minuten ausgelegt ist. Howard kennt die Strecke, auch wenn er sie nur einmal gelaufen ist. Ungefähr nach dem ersten

Viertel des Weges müssen die Mädchen ihn verlassen haben.

»Das verstehe ich nicht«, sagt er und fährt mit dem Finger die Linien entlang, die Elisabeth eingezeichnet hat.

»Was ist?«, fragt Kathlyn.

»Sie waren nicht einmal weit von der Gruppe entfernt. Hier, siehst du?« Er tippt auf die Karte. »Man kann den Rundwanderweg verlassen. Am Parkplatz der Sentinel Bridge gibt es die Möglichkeit, den Ausblick auf Half Dome genießen zu können. Diese Abkürzung ist eigentlich bekannt.«

»Ja. Und weiter?« Kathlyn ist sichtlich verwirrt. Elisabeth Pike ergreift das Wort: »Dort kann ihnen nichts passiert sein, denn es sind viele Touristen auf dieser Abkürzung unterwegs. Es geht zwar durch den Wald, bis man auf diesen Parkplatz kommt, aber sie können dort nicht verloren gegangen sein. Es sei denn ...« Ihre Lippen beben.

»Es sei denn, jemand, der sich dort auskennt, hat sie dort überrascht ...«, beendet er den Satz und Kathlyn schließt die Lücke: »Und hat sie entführt.«

## *Kapitel 22*

Wenn Beth die Augen schließt, zwingt sie sich, an zu Hause zu denken. Ihren Hund, die Katze, ihre Eltern. An ihr Zimmer mit den kitschigen Rüschengardinen und der flauschigen rosafarbenen Tagesdecke. Ihrer Mom ist es immer so wichtig, dass diese ordentlich morgens auf ihrem Bett liegt. Beth hat einmal tagelang nicht mit ihr gesprochen, weil sie die Decke vergessen hatte und sie ihr Hausarrest gegeben hatte.

»Wenn du schon nicht daran denken willst, eine kleine Regel zu beachten, wie soll ich mich darauf verlassen, dass du in anderen Dingen nicht genauso nachlässig bist?«

»Mom, es ist doch nur eine gottverdammte Decke«, hatte Beth zurückgeschrien. Die war wie erstarrt. »Hast du etwa Gottes Namen beschmutzt? Herr, hilf uns. Kein Abendessen. Keine Telefonate. Du bleibst im Zimmer, bis ich mit deinem Dad gesprochen habe.«

Beth hat das ganze Wochenende im Zimmer verbringen müssen. Ihr Dad hat ihr Essen und Trinken gebracht, aber er hat nicht mit ihr geredet.

Dennoch wünscht sich Beth in diesem Moment nichts sehnlicher, als dass sie die Tagesdecke auf ihr Bett legen darf. Sie duftet immer nach Rosen. Aber Beth kann sich nicht erinnern. In ihrer Nase ist nur ein Geruch: der von Fäkalien. Und genau das ist auch der Grund, warum sie letztlich ihre Augen wieder öffnet. Sie kann sich nicht ablenken, solange es hier drin so stinkt.

Es ist eine Weile her, seit Emily von ihrer Zeit in diesem Loch berichtet hat. Jilliane liegt wieder mit der einen Hälfte des Gesichts auf dem Boden und hat die Augen geschlossen. Emily hat ihre Arme um ihre Knie geschlungen und das Kinn darauf gestützt. Sie starrt auf einen Punkt vor ihren Füßen, die so schmutzig sind, dass man die Haut kaum noch sehen kann. Unwillkürlich fällt ihr Blick zu ihren eigenen Füßen. Sie kann noch den lilafarbenen Nagellack auf ihren Nägeln erkennen. Die Farbe sieht hässlich aus. Eigentlich mag Beth keine lackierten Fußnägel. Sie findet, es sieht obszön aus. Aber Jilliane liebt diese neumodischen, bonbonfarbenen Lacke. Ihre Mom würde ihr dafür wieder Hausarrest geben.

»Gott hat uns die Füße zum Gehen gegeben und nicht um sie mit Signalfarben anzumalen.« Und doch wollte Beth nichts sehnlicher, als dass ihre Mom sie jetzt ausschimpfen würde. Alles ist besser, als in diesem Loch zu sitzen und nicht zu wissen, was der Verrückte vorhat. Beth erstarrt, als sie schwere Schritte vor der Tür hört.

»Bitte, bitte, bitte«, sagt sie leise vor sich hin. Die Tür öffnet sich mit einem Ruck und er betritt das Loch. In den Händen trägt er drei Teller. Von einem rutscht etwas runter, das er nicht aufhebt.

»Spielzeug braucht Essen«, sagt er langsam und

schmeißt die Teller auf den Boden. Einer zerbricht auf einem Stein. Ein Stück dunkles Fleisch bleibt auf der Erde liegen. Emily greift danach, hebt es an ihren Mund und schlägt ihre schwarzen kleinen Zähne hinein.

»Iss«, sagt sie mit vollem Mund. »Du solltest essen, wenn du nicht willst, dass er das selbe mit dir macht.« Emily fasst sich an ihre Narbe.

Beth blickt auf einen der Teller, der halb im Dreck liegt, und schüttelt sich.

»Spielsachen müssen essen. Wenn ihr nicht esst, komme ich wieder und helfe euch.« Beths Magen zieht sich bei seinen Worten zusammen. Dann lässt er sie alleine, ohne sie weiter zu beachten.

»Du musst es essen, bevor die Ratten kommen«, sagt Emily.

»Ich kann das nicht essen. Es lag auf der Erde.«

»Er vergisst uns. Sei froh, dass er uns etwas gebracht hat.« Beth spürt die heißen Tränen, die ihr über das Gesicht laufen.

»Oh Gott. Ich kann nicht«, schluchzt sie. »Ich kann das nicht mehr. Bitte. Es muss uns doch jemand suchen.« Emily sieht sie mitleidig an, nimmt das Fleisch und reibt es an ihrem dreckigen Hemd. Dann hält sie es ihr hin. »Iss es endlich«, sagt sie nun lauter und fordernder.

Beth greift nach dem Fleisch. Sie spürt die Erde unter ihren Fingern, schließt die Augen und beißt hinein. Sand knirscht zwischen ihren Zähnen. Es ist gar nicht so schlecht. Etwas zäh und salzig, aber doch gut. Sehr gut sogar.

»Jilliane. Iss das Fleisch.« Jilliane rümpft angeekelt die Nase und dreht sich um, so dass sie nun gegen die Wand starrt.

»Wir heben es auf, ja?«, sagt Beth und kaut das letzte Stück von ihrem eigenen Fleisch zu Ende.

»Wir können es nicht aufheben. Die Ratten kommen sonst.«

»Aber Jilliane muss etwas essen«, protestiert Beth.

»Iss du es oder ich esse es auf.« Emily streckt die Hand nach dem Fleisch aus. Beth rückt an die Wand und schiebt den Teller mit dem Fuß zu Emily, die danach greift und es aufisst.

»Wir sitzen wie Tiere hier unten. Ich will nicht sterben. Ich will das alles nicht. Ich will nach Hause.«

Emily antwortet nicht und wischt sich den Mund mit ihrem Hemd sauber. Dann steht sie auf, geht in eine Ecke und in die Hocke. Kurz darauf hört Beth ein plätscherndes Geräusch. Sie kann es nicht zurückhalten. Der Magen rebelliert so stark, dass sie sich übergeben muss.

# Kapitel 23

»Es könnte also sein, dass sie noch leben?« Howard schließt für einen kurzen Moment die Augen.

»Es tut mir leid, Ma'am. Aber vorerst können wir dazu nichts sagen.«

»Wenn sie entführt wurden, Howard, denkst du, das gleiche wäre mit Beth und Jilliane auch passiert?« Kathlyn stellt die Tasse auf den Tisch.

»Wenn ja, warum jetzt? Warum nach zwanzig Jahren?«

»Ich bin mir sicher, dass Sie auch glauben, dass sie noch lebt.«

Howard wendet sich Elisabeth zu. »Ist Ihnen irgendjemand aufgefallen? Ein Angestellter? Ein Zeuge, der sich merkwürdig verhalten hat?«

Elisabeth schüttelt den Kopf. »Nein. Es tut mir leid, aber damals habe ich nicht auf andere Leute geachtet. Zeugen waren keine mehr da. Mit den Lehrern habe ich vor Ort nur kurz gesprochen. Erst als ich wieder zu Hause war, habe ich sie noch einmal besucht. Sie erzählten mir von Ben, der neben Emily im Bus gesessen hat, weil Ashley sich mit seinem besten Freund Nick amüsiert hat. Die Lehrerin hat Emily wohl bei einer Pause an einer Raststätte aus dem Bus geholt, weil sie nicht wollte, dass sie alleine dort sitzen bleibt. Ach, und

Mister Monzini hat mir gesagt, dass Ashley großes Interesse an dem Ranger hatte ...«

»Wie bitte? An welchem Ranger?«

»So ein Halbindianer. Ich weiß nicht mehr wie der hieß. War ein lustiger Name, ähnlich wie ein Monat ...«

»Hieß der Mann zufällig Adahy Merch?«

Elisabeth zuckt entschuldigend mit den Schultern. »Ich weiß es nicht mehr. Ich weiß nicht mal, ob Mister Monzini den Namen genannt hat. Aber das könnte passen. Lag ich gar nicht so falsch mit meinem Monat.«

»Wir müssen los, Misses Pike. Vielen Dank für Ihre Hilfe.« Howard springt auf, die Karte noch immer in seinen Händen. »Darf ich die mitnehmen?« Seinen Tee hat er nicht angerührt.

Elisabeth nickt traurig.

»Danke, Misses Pike«, sagt auch Kathlyn.

»Warten Sie. Ich bringe Sie noch zur Tür«, bietet Elisabeth an.

»Nicht nötig. Wir finden alleine raus.«

Howard zieht Kathlyn zur Haustür und wird erst langsamer, als sie beim Auto ankommen.

»Du verdächtigst diesen Adahy, hab ich Recht?«

»Ich verdächtige niemanden. Aber vielleicht weiß er etwas.«

»Was spricht gegen einen Unfall?«, fragt Kathlyn.

»Dass es zu viele Zufälle sind. Ihre Leichen wurden nie gefunden. Ihre Spuren endeten in einem Wald, der gerne von Touristen als

Abkürzung genutzt wird. Niemand hat etwas gesehen, die Suche wurde ziemlich schnell eingestellt. Das ist doch merkwürdig, oder nicht?«

Kathlyn öffnet die Beifahrertür. »Wir haben schon viele seltsame Dinge gesehen und gehört. Aber ja, du hast natürlich Recht. Alles deutet darauf hin, dass diese Ranger etwas verbergen.«

»Lass uns herausfinden, was uns dieser Adahy zu sagen hat.«

»Zurück zum Park?«, fragt Kathlyn erstaunt. »Du willst nicht noch die Familien befragen, Zeugen?«

»Ich denke, wir werden nicht viel von ihnen hören. Und wenn Thomas seinen Job gut macht, bekommen wir die Aussagen bald zu lesen.« Howard stellt die Schaltung auf D und fährt los.

»Ich habe kein gutes Gefühl, dass wir die arme Frau so gelöchert haben.«

»Ich auch nicht. Aber es war notwendig. Alles deutet darauf hin, dass Adahy etwas weiß. Immerhin hat er beide Gruppen geführt.«

Mit Verzögerung kommen sie im Park an. Die letzten Meilen hat sich der Verkehr gestaut. Howard eilt voraus, während Kathlyn versucht mit ihm Schritt zu halten.

»Was hast du jetzt vor?«

»Ich muss sofort mit Adahy sprechen. Er ist da in etwas verwickelt. Warum sonst sollte er sich von seinem Dienst fernhalten? Jetzt, da wieder zwei Mädchen aus seiner Obhut, verschwunden sind?«

»Das fände ich ziemlich auffällig, Howard.«

Er bleibt stehen. »Ja, das ist es eben. Manchmal tun Menschen auffällige Dinge, weil sie glauben, dass sie dann nicht erwischt werden, weil es zu naheliegend ist.«

Sie sieht ihn verwirrt an. »Das verstehe ...«

»Ist aber so. Komm. Du wirst sehen, wenn wir mit ihm sprechen, wird er sich seltsam verhalten. Vermutlich schwitzt er, spielt mit den Fingern, sieht mich nicht an und wird sich vielleicht irgendwo kratzen. Und wenn er all das nicht tut, könnte er so verkrampft sein, dass genau das offenkundig sein wird. Oh Scheiße«, beendet er den Satz, als er die vielen Übertragungswagen diverser Fernsehsender sieht.

»Was ist denn hier los?«

»Keoma hat irgendwas gesagt. Wetten?« Howard drosselt die Geschwindigkeit.

»Okay, Howard. Langsam gehst du mir auf die Nerven. Vermutlich haben sie einfach mitbekommen, dass es in dieser Sache neue Entwicklungen gibt.«

»Augen zu und durch.« Howard reagiert nicht auf Kathlyn, sondern zieht sie unbewusst mit sich mit. Die Reporter regen sich, Kamerateams nehmen die Geräte auf und schultern sie, während sie auf Howard und Kathlyn zu eilen.

»CNN, Floris Decato, Sir. Können Sie uns sagen, was hier los ist? Warum ist das FBI hier?

Sind die Mädchen tot? Handelt es sich um einen Serienkiller?« Ohne die Reporterin zu beachten, geht Howard einfach weiter. Von rechts hastet ein junger Bursche auf sie zu.

»Sir, mein Name ist Carsten Lockerby. Ich bin von der Senior Highschool Turlock. Die Mädchen gingen auf meine Schule, Sir. Wir haben ein Recht auf Informationen.«

Auch ihn lässt Howard links liegen. Sein Gesicht wird heute in den Spätnachrichten über die Fernsehgeräte flimmern.

Schließlich kommen sie bei der Rangerstation an, die mit Absperrbändern abgeriegelt und durch Ranger entsprechend gesichert ist. Mit großen Schritten eilt er auf Charles zu, der im Moment mit Thomas spricht und den genervten Gesichtsausdruck zur Schau trägt, mit dem sie ihn kennengelernt haben..

»Was fällt Ihnen ein?«

Charles blickt hoch und zieht fragend die Augenbrauen zusammen. »Was meinen Sie, Sir?«

Howard verspürt große Lust, dem Mistkerl eins auf die Nase zu geben.

»Tun Sie nicht so, als wüssten Sie nicht, wovon ich spreche. Was sucht die Presse hier?«

Charles zuckt mit den Schultern, reicht eine Akte an Thomas weiter, der sie entgegennimmt, und kommt einen Schritt auf ihn zu.

»Informationsfreiheit, Sir. Ich schätze, selbst gelackte Agenten wissen, was das in unserem Land bedeutet, oder?« Howard will noch näher gehen, aber Kathlyn hält ihn zurück.

»Sie wissen nicht, was wir in den letzten Jahren gesehen haben. Sie liegen mit Ihrem faulen Arsch im Bett, während wir kleine Kinder vor irgendwelchen Pädophilen retten müssen. Wenn Sie denken, wir würden in unseren Bunkern sitzen und irgendwelche Leute mittels Waterboarding-Methoden verhören, haben Sie von diesem Land und den Menschen, die für die Sicherheit sorgen, keinen blassen Dunst.« Kathlyn atmet zu schnell, so dass sich ihre Stimme überschlägt, aber ihre Worte verfehlen ihre Wirkung keineswegs. Howard hat sie noch nie so reden hören.

»Okay, okay, Ma'am. Ich wollte Ihnen nicht zu nahe treten. Aber nur, weil wir keine Marke wie Sie tragen, sind wir keine Idioten, klar?«

»Ich habe sowas von die Schnauze voll von Ihrem dämlichen Territoriumgetue ...«, sagt Howard aufgeregt. Sein Puls rast.

»Howard!« Rick kommt auf die kleine Gruppe zu, stellt sich zwischen Charles und ihn und flüstert in sein Ohr: »Es ist etwas passiert, Mann.«

»Du meinst die ganzen Kameras? Oder diesen Fettwanst hier?«

»Nein. Einen Suizid.«

»Bitte was?« Howard denkt sofort an die Mädchen.

»Dieser Adahy Merch hat sich in seinem Apartment erhängt.«

## *Kapitel 24*

Ich kann mich erinnern, dass mir ein Spielzeug nicht mehr gefallen hat. Als ich die drei gesehen habe, fiel mir ein, dass eines nicht mehr schön ist, sondern stinkt und schmutzig ist. Verdammt, es fällt mir nicht mehr ein, was ich mit ihm machen wollte.

Die Kopfschmerzen kommen wieder. Dad hat mir etwas zu trinken gegeben, wenn die Schmerzen kamen, aber jetzt ist Dad nicht mehr da. Er liegt unter der Erde. Ich weiß nicht mehr, was er mir gegeben hat.

Ich stehe in meiner Höhle, in der ich esse und trinke. Schlafen kann ich immer. Egal, wo ich bin. Aber ich kann nicht erkennen, was er mir immer gab. Also muss ich den Schmerz aushalten bis er vorbei ist.

Ich kann nicht denken. Die Blitze schießen durch meinen Schädel, an der Stelle, wo meine Augen sind, deshalb sehe ich alles verschwommen und verwackelt. Ich muss mich setzen, nur kurz hinsetzen und den Kopf irgendwo ablegen, sie schließen und schlafen. Das ist das beste. Dann fällt mir auch wieder ein, was ich machen wollte. Dann fällt mir bestimmt alles wieder ein.

## *Kapitel 25*

»Wer hat ihn gefunden?« Howard hat sich einen Schritt von Charles entfernt.

»Alexander und Keoma.«

»Zum Teufel nochmal«, murmelt er. »Informier sofort die Polizei. Die sollen ein Team der Spurensicherung schicken. Ich bringe sie mit meinen eigenen Händen um, wenn die beiden Kerle den Tatort kontaminiert haben.«

»Komm runter, Howie. Ich habe sie aus der Wohnung rausgeschmissen. Bob ist dort und passt auf, dass niemand außer uns hineinkommt.«

»Dann los. Kathlyn, du bleibst bei Charles und Thomas.« Howard stiefelt Rick hinterher, der das Gebäude umrundet und einen Weg dahinter einschlägt.

»Die Ranger wohnen in einer zweistöckigen Anlage in der Nähe der Station. Adahy Merch lebte wohl seit fünfzehn Jahren hier. Die Wohnungen sind klein und zweckmäßig, dennoch heiß begehrt. Man muss ziemlich lange warten, bis man ein Apartment bekommt.«

»Das heißt«, Howard weicht einem Busch aus, »dass Adahy vor zwanzig Jahren noch gar nicht hier gewohnt hat?«

»Doch, im Park hat er schon immer gelebt. Davor wohnte er in einem Reservat.«

Nach einem kurzen Fußmarsch stehen sie an einem zweistöckigen L-förmigen Gebäude aus grauem Beton, Bob wartet an einer der Wohnungstüren und beobachtet die Umgebung. Auf dem Parkplatz stehen Alexander und Keoma, die betreten auf den Boden starren. Howard beachtet sie nicht weiter, sondern steigt die Stufen in den zweiten Stock nach oben. Adahys Wohnung hat die Nummer 26. Bob ist etwas blass um die Nase, als er ihnen zwei Tyvek-Anzüge, Schuhschoner und Masken reicht.

»Ich schätze mal, er hängt schon einige Zeit«, sagt er und zieht eine Grimasse.

»Er hängt also noch?«, hakt Howard nach und prüft nach, ob die beiden jungen Ranger noch unten stehen.

»Ja. Die Jungs sind sofort raus aus der Wohnung und haben uns gerufen«, sagt Rick, während er in seinen Anzug steigt.

»Wenigstens etwas«, brummt Howard und zieht die Schuhschoner über seine Boots.

»Fertig?«, fragt er Rick, der noch mit dem Mundschutz hantiert, ihm aber zunickt. Bob öffnet die Tür und macht eine ausladende Geste zum Inneren der Wohnung. Es gibt keinen Flur. Das erste Zimmer ist gleichzeitig Wohn-, Ess- und Schlafbereich. Nur die Küche und das Bad sind davon abgetrennt. Alles ist zweckmäßig eingerichtet. Eine Couch, auf der Adahy wohl auch geschlafen hat, steht am Fenster, davor ein wackliger Tisch, auf dem ein kleiner Fernseher steht. Es ist ordentlich und sauber, allerdings riecht es stark nach Verwesung. Da hilft selbst die Schutzmaske nicht. Howard kann sich auch nach all dieser Zeit nicht an den penetranten, süßlichen Fleischgeruch gewöhnen.

Aus dem Bad kommt ein summendes Geräusch. Bereits im ersten Zimmer schwirren Unmengen an Fliegen um sie herum. Es ist stickig, obwohl die Außentemperaturen nicht besonders hoch sind. Die Tür zum Badezimmer steht offen. Howard wirft einen Blick auf die Leiche. Adahy hängt von der Halterung des Duschvorhangs in der kleinen Wanne unter ihm. Er trägt die Rangeruniform, nur anstelle des Tuches schneidet sich ein Seil in seinen Hals, der bläulich verfärbt ist. Howard tritt näher, sieht sich die Umgebung an. Der Gestank wird sofort stärker, tausende von Fliegen stoben von dem Leichnam. Das Gesicht von Adahy ist durch die freigesetzten Leichengase unnatürlich aufgebläht. Die Augen sind weit aufgerissen, eingetrübt und die Augäpfel mit vielen kleinen roten Punkten übersät. »Strangulation«, stellt Howard fest. An seinen Händen befinden sich keine Abwehrspuren, die Arme weisen ebenfalls keine Verletzungen auf.

Zwischen den Fliegen auf dem Boden der Wanne kann Howard ein Stück Kernseife erkennen. Getrockneter Urin klebt auf der Emaille. Die Hose des Toten weist einen dunklen und einen hellen Fleck im Schritt auf. Zwischen dem unüberwindbaren Leichengeruch kann Howard den stechenden Gestank von Adahys Exkrementen herausriechen.

»Der hat an alles gedacht«, murmelt Rick neben ihm und deutet auf die Seife. Howard beobachtet aus den Augenwinkeln, wie Rick den Spiegelschrank über dem Waschbecken öffnet.

»Rasierschaum, Kondome, Aspirin, Wundsalbe und eine Antimückenstichcreme.«

»Keine weiteren Medikamente, die auf Depressionen oder ähnliches hindeuten?«, fragt Howard.

»Nichts. Zahnbürste, Zahnseide und Paste. Die Seife haben wir ja in der Wanne gefunden.«

»Ziemlich stabil«, sagt Howard und deutet auf die Stange, an der der Duschvorhang eingefädelt, der zur Seite geschoben ist.

»Ein bisschen hat sie sich schon gelöst«, sagt Rick und kratzt mit dem Nagel an dem herausgebrochenen Mörtel.

»Er ist seit mindestens einem Tag tot. Das zeigen die Leichenflecken. Die genaue Zeit können wir aber erst anhand von Temperaturmessungen feststellen«, sagt Howard

»Mhm«, macht Rick und verlässt das Badezimmer.

»Ob es tatsächlich Selbstmord war, bekommen wir nur über die Obduktion raus.«

»Denkst du, er hatte etwas mit dem

Verschwinden zu tun?«, fragt Rick und blättert in einem leeren Notizblock.

»Zumindest drängt sich der Verdacht auf, dass er etwas darüber wusste, womöglich sogar beteiligt war und nicht mehr damit leben konnte.«

»Du glaubst, es war Suizid?«

Howard zuckt mit den Schultern. »Schon möglich. Nichts mehr gefunden?«

Rick schüttelt mit dem Kopf. »Hier gibt es ja nicht so viel zu sehen.«

»Moment. Was ist mit seinem Schrank?« Howard zeigt auf eine Tür in der Wand, die aussieht, als würde sie zu einem Wandschrank gehören. Er öffnet sie, durchsucht die Jacken, zwei weitere Uniformen und zwei Schubfächer, in denen sich Unterwäsche und Socken befinden. Unterhemden sind ordentlich in einem Regalfach gestapelt. Howard hebt sie an, findet aber nichts darunter. Nirgends eine Schachtel, ein Koffer oder sonst etwas, wo Adahy Geheimnisse hätte aufbewahren können. Howard hat gehofft, ein Andenken oder so etwas zu finden. Etwas, dass Adahy den Mädchen weggenommen hat. Auf dem Boden unter den Jacken stehen zwei paar Wanderstiefel. Selbst das eine Paar hat Adahy, bevor er ins Bad gegangen ist, ordentlich abgestellt. So als wollte er nicht, dass ihn jemand findet, und von ihm denkt, er sei schlampig gewesen.

»Rick, schau in den Küchenschränken und im Kühlschrank nach, ich suche nach so etwas wie einem Abschiedsbrief.«

»Warum muss es unbedingt einen Brief geben?«

»Es ist eine Hoffnung, die ich habe, dass Adahy nicht ganz schuldig von der Welt gehen wollte.« Howard räumt die Polster von der Couch. Unter ihr ist ein Bettkasten, in dem ordentlich zusammengelegt Bettwäsche und Kissen liegen. Ein Schlafanzug liegt obenauf. Aus der Küche kommt lautes Rumpeln.

»Der hat hier alles klinisch sauber gehabt. Im Kühlschrank sind nur etwas Butter und eine Flasche Wasser. Ich seh im Mülleimer nach«, sagt Rick. »Fehlanzeige. Der ist leer. Dann geh ich raus, ob da noch etwas zu finden ist.«

Howard legt die Polster zurück, setzt sich und hält den Blick auf den Block gerichtet. »Was soll‘s. Ein Versuch ist es wert«, murmelt er, nimmt einen Stift aus der Jacke und schraffiert über das erste Blatt. Sehr undeutlich kann er erkennen, dass jemand etwas auf die vordere Seite geschrieben haben muss. Es ist leider nicht zu sehen, was. Adahy hat tatsächlich an alles gedacht und entweder die vorderen Seiten ebenfalls entsorgt oder so leicht aufgedrückt, dass niemand mehr etwas damit anfangen kann. Howard nimmt den Block mit raus, geht an Bob vorbei und folgt Rick zu den Mülltonnen.

»Wann werden die Tonnen geleert?«, fragt er Alexander, der ihn nervös anstarrt. Keoma antwortet statt seiner: »Gestern. Immer montags.«

»Fuck. Rick, das kannst du dir sparen. Der Müll ist bereits abgeholt.« Howard reißt sich den Mundschutz vom Gesicht und zieht die Schutzkleidung aus. Er reicht alles an Bob weiter.

»Kannst du das wegwerfen und auf die Polizei warten?«

»Klar, Sir ... Howard, sorry.«

Zu Rick gewandt: »Rick, wir müssen mit Charles sprechen. Und Sie beide kommen mit«, sagt er zu Alexander und Keoma.

Rick hat sich ebenfalls seiner Schutzkleidung entledigt und sie bereits in den Tonnen entsorgt. Es sieht nach Gewitter aus. Der Himmel hat sich verdunkelt und etwas Wind ist aufgekommen.

»Was soll diese Scheiße hier?«, knurrt Howard Charles an, als sie zurück in der Station sind. »Ich weiß nicht, was Sie meinen, Agent Caspar.«

»Einer Ihrer Mitarbeiter hat sich vermutlich umgebracht. Irgendwas läuft hier und Sie wissen etwas.«

»Was heißt denn vermutlich?« Charles sieht ihn panisch an.

»Ohne Obduktion kann das nicht mit Sicherheit bestätigt werden. Etwas hat Adahy Merch belastet. Er wusste was, sonst wäre er nicht beim Verschwinden der beiden neuen Mädchen auf die Idee gekommen, seinem Leben ein Ende zu setzen. Ich habe langsam die Schnauze voll.«

Plötzlich erzittern die Wände und die Lampen

fangen an zu flackern. Die Tür knallt mit einem ohrenbetäubenden Lärm zu und öffnet sich wieder weit. Charles Funkgerät knistert.

»Sir, hier oben ist ein Blitz eingeschlagen und der Park ist voll mit Wanderern und Radfahrern. Wir brauchen euch hier«, hört Howard jemand aufgeregt sprechen. Starker Regen fällt durch die Tür, draußen wirbeln Blätter umher. Schlagartig ist es dunkel geworden.

»Sie müssen mich entschuldigen, Agent Caspar, aber wir haben uns um die Sicherheit der Menschen hier zu kümmern. Alex, Keoma, kommt mit.« Charles legt ein hohes Tempo vor für sein Gewicht und rennt nach draußen. Er lässt Howard stehen.

»Ich glaub es einfach nicht«, murmelt er.

»Wir sollten uns etwas zum Essen besorgen und die Infos sichten, die Thomas in der Zwischenzeit rausgefunden hat«, schlägt Rick vor.

»Ich kann eh nicht mehr viel machen. Die Internetverbindung ist weg«, sagt Thomas.

»Gut, dann lasst uns ein Restaurant finden und etwas essen«, schlägt Kathlyn vor.

Die Suche nach etwas Essbarem im Park gestaltet sich schwieriger, als gedacht. Wegen des Sturms kommen Howard und sein Team nicht weit. Der Wind peitscht Äste durch die Gegend und der Regen prasselt so heftig auf sie hinab, dass sie bald aufgeben. Zudem campiert die Presse immer noch auf dem Gelände und wird versuchen, wenigstens einen von ihnen abzufangen. Aus diesem Grund beschließen sie, den Tag mit Kartoffelchips und Cola aus dem Automaten zu beenden.

Sie sitzen gemeinsam in Howards und Kathlyns Lodge. Der Strom ist ausgefallen und so haben sie aus den anderen Lodges die Laternen genommen. Bald taucht die flackernde Flamme das Innere der Lodge in rötliches Licht. Thomas gibt ihnen einen Überblick zu den Zeugenaussagen, die er mit Hilfe von Charles zusammengetragen hat. Viele Informationen, die sie weiterbringen könnten, haben sie nicht. Das einzig Auffällige ist, dass sich sehr häufig der Name Adahy Merch bei den Aussagen wiederholt.

»Ben Tulip zum Beispiel ...«

»Wer ist Ben Tulip?«, fragt Rick dazwischen und wühlt mit der Hand in seiner Chipstüte herum.

»Das ist der Junge, der während der Busfahrt neben Emily gesessen hat«, erklärt Howard. Thomas wirkt überrascht.

»Das hat mir Emilys Mutter gesagt«, erklärt Howard, warum er das weiß.

»Also Ben sagte aus, dass Ashley, die Freundin von Emily, erst mit Nick, seinem bestem Freund, rumgemacht hätte.« Thomas muss grinsen. »Nick hat ihr aber dann im Park eine Abfuhr erteilt und sie hat sich sofort an Adahy rangeworfen. Ben mochte Emily. Er hat sogar ausgesagt, dass er mit

Emily einen Joint geraucht hat.«

»Hui«, macht Howard.

»So hätte ich sie jetzt nicht eingeschätzt. Nachdem, was ihre Mutter erzählt hat, war Emily ein sehr liebes Mädchen«, sagt Kathlyn und trinkt von ihrer Cola.

»Mal einen Joint zu rauchen ist jetzt nicht wirklich ein Verbrechen.« Howard rollt mit den Augen.

»Trotzdem«, beharrt Kathlyn. »Ich habe noch nie einen Joint geraucht. Für mich waren Schüler, die geraucht haben, nicht besonders intelligent.«

Thomas spricht weiter: »Ben hat auf jeden Fall ausgesagt, dass Nick sich über Ashley lustig gemacht hat. Hier steht: »Jetzt will sie auch noch einen Indianerschwanz lutschen.« Sorry, Leute, ich lese nur vor.« Thomas Wangen färben sich rot.

»Ein echtes Arschloch«, murmelt Kathlyn.

Thomas räuspert sich. »Nicht nur Ben und Nick haben beobachtet, dass die beiden Mädchen mit Adahy gesprochen haben. Auch die Lehrerin hat das bestätigt. Danach waren die beiden einfach verschwunden.«

»Starker Tobak«, sagt Bob. »Da fällt den Aufsichtspersonen nicht mal auf, dass zwei ihrer Schützlinge bis zum Abend einfach wie vom Erdboden verschluckt worden sind.«

Thomas streckt sich. »Wir haben ähnliche Aussagen zu Bethany und Jilliane. Abgesehen von den Jungsgeschichten. Sie wurden von einem

Mädchen beobachtet ...«

»Das war sicherlich meine Nichte.«

»Stimmt. Cecilia Stark. Kann das sein?«

Bob nickt. »Ja, das ist sie. Sie hat mich auch angerufen und um Hilfe gebeten.«

»Sie ist wohl Klassensprecherin und hat sich zusätzlich ein bisschen gekümmert. Jilliane hat mit Adahy gesprochen und Cecilia ist aufgefallen, dass er ziemlichen Abstand von ihr genommen hat.«

»Die beiden Mädchen ähneln übrigens in manchen Merkmalen den beiden Vermissten von siebenundneunzig«, stellt Howard für alle fest.

»Ein Serientäter?«, fragt Rick. »Glaubst du das? Wenn Adahy die ersten Mädchen entführt hat und dann zwanzig Jahre später die anderen, wohin hätte er sie wohl gebracht?«

Kathlyn hebt eine Hand. »Moment, Jungs. Macht doch nicht zwei Schritte auf einmal. Wir waren gerade dabei, dass Adahy Abstand genommen hat. Steht da noch etwas Genaueres?«

Thomas liest vom Bildschirm vor: »Jilliane schien interessiert an unserem Führer Adahy Merch zu sein. Ich fand ihn eigentlich zu alt, aber Jilliane mag auch gerne ältere Schauspieler. Ich gebe zu, er sah ganz okay aus und hatte ein hübsches Lächeln, wenn er mit uns gesprochen hat. Aber als Jilliane ihm näherkam, hat er krampfhaft versucht, sie von sich fernzuhalten. Es war seltsam, denn er wirkte ziemlich panisch plötzlich. Ja, panisch und unruhig, als hätte er vor etwas Angst. Sah sich ständig um und so. Beth hat ihre Freundin schließlich nach hinten gezogen und ich sah zu ihnen, konnte hören, wie sie sich stritten, aber ich wollte nicht neugierig sein. Wäre ich doch bloß neugierig gewesen und bei ihnen geblieben. Stattdessen bin ich zu unserer Lehrerin und habe Fragen gestellt. Als ich mich wieder umgedreht habe, waren sie weg. Ich dachte mir immer noch nichts dabei. Erst bei der nächsten Pause ging ich auf die Suche nach ihnen und ich konnte sie überhaupt nicht finden. Adahy übrigens auch nicht.« Thomas' Gesicht erscheint hinter seinem Monitor. »Wann war das?«

»Vor drei Tagen«, antwortet Thomas.

»Das heißt, es könnte sein, dass Adahy die Mädchen irgendwohin verschleppt hat und sich dann umgebracht hat?«, mutmaßt Howard.

»Kommen wir zurück zu der Serientätertheorie.« Rick sieht bedeutungsvoll zu Kathlyn. »Wenn ich darf.«

Kathlyn wirft eine Handvoll Chips nach ihm.

»Serientäter. Ich weiß nicht, Leute, das finde ich etwas zu gewagt«, sagt Howard.

»Dann ist er aber mindestens Mitwisser oder vielleicht hat er die Mädchen für irgendjemanden ausgesucht«, mischt sich nun auch Bob ein, der in letzter Zeit öfter aus sich rausgeht als sonst. Howard macht sich selbst eine Notiz im Kopf. Er ist ein guter Mann und er möchte ihn ungern aus dem Team gehen lassen. Auch wenn seine

Versetzung kurz bevorsteht.

Howard steht auf, wischt sich die Chipsreste von der Hose und sieht nach draußen. Es stürmt noch immer und plötzlich kann er einen Schatten an der Laterne ausmachen. Das Licht flackert, deshalb kann er niemanden eindeutig erkennen.

»Da draußen ist jemand.«

»Welch ein Wunder. In diesem Park sind Menschen.« Rick macht sich ganz klein, hält die Faust halb über seinen Mund und sagt mit zittriger Stimme: »Ich sehe tote Menschen.« Alle lachen außer Howard. »Halt die Klappe, Rick. Wenn bei dem Wetter jemand draußen rumlungert, ist das keineswegs normal.« Der Schatten bewegt sich nicht, deshalb beschließt Howard nach draußen zu gehen. Als er die Tür öffnet, wird sie durch den Wind fast aus den Angeln gehoben.

»He«, ruft er in die Richtung. Der Schatten bewegt sich. »Was tun Sie da draußen? Es ist gefährlich. Wollen Sie zu uns reinkommen?«

»Es ... nicht ...«, hallt es durch den Wind zu ihm.

»Was?«, schreit Howard und geht einen Schritt vor. Regen peitscht ihm ins Gesicht.

»... passieren ... wiederholen.«

Dann kommt der Schatten näher und Howard kann mehr erkennen. Es ist Alexander. Er wirkt ziemlich fertig, beschleunigt seine Schritte und zieht Howard am Arm mit sich in die Lodge.

»Es darf sich nicht wiederholen.« Alex sieht um sich, so als hätten die Wände Ohren. Draußen wird die Umgebung von hellen Blitzen erleuchtet.

Kathlyn steht auf und hilft Alex beim Ausziehen der Regenjacke. Sie hängt diese an die Garderobe und geht ins Bad, vermutlich, um ihm ein Handtuch zu holen.

»Setzen Sie sich doch.« Howard weist auf seinen eigenen Stuhl und lehnt sich an eine Kommode. »Was möchten Sie uns sagen?«

»Ich dürfte nicht hier sein. Ich dürfte gar nicht darüber sprechen. Aber alles ist aus dem Ruder gelaufen.« Kathlyn reicht ihm ein Handtuch, mit dem er sich das Gesicht abtrocknet.

»Wovon sprechen Sie überhaupt?«, fragt Rick und futtert weiter ungeniert Chips, so als wäre überhaupt nichts los.

»Von der Legende. Vierhundertelf.«

# *Kapitel 26*

Beth zerrt an dem Ring um ihren Knöchel, doch er lässt sich maximal ein paar Millimeter bewegen. Es hat keinen Zweck. Die Kette sitzt bombenfest in der Wand und je mehr sie ihren Fuß darin bewegt, desto mehr scheuert die Haut auf und entzündet sich. Im schlimmsten Fall bekommt sie auf dem dreckigen Boden eine Sepsis und verreckt elendig daran.

»Irgendwie müssen wir hier rauskommen. Immerhin sind wir doch zu dritt. Wir müssen ihn doch einfach nur bewusstlos schlagen.«

»Und wie kommen wir aus den Ketten raus?«, fragt Emily. »Das haben wir alles schon durch. Ashley und ich meine ich. Wir haben auch versucht, ihn zu überwältigen, aber dann hätten wir dagesessen und uns nicht befreien können.«

»Will er uns etwa für immer hier in diesem Erdloch gefangen halten? Was ist, wenn er krank wird?«

»Werden wir es auch.«

»Oder stirbt ...«

»Werden auch wir sterben«, sagt Emily müde.

Beth sackt in sich zusammen und weint. »Ich glaube, ich schaffe das nicht. Ich kann so nicht leben.«

»Oh doch. Du wirst sehen, dass es geht. Leider.« Emily klingt so hoffnungslos. So verflucht scheiß hoffnungslos.

»Hast du es versucht? Zu sterben meine ich?«

»Ja, das habe ich. Mehrmals. Aber es hat nicht funktioniert. Ich habe nicht funktioniert. Ich wollte dann doch nicht sterben. Plötzlich hast du dann doch Hoffnung, dass jemand dich findet. Es hat mich am Leben gehalten. Dieser kleine Gedanke, dass man uns findet. Nichts zu essen geht. Man hält es ziemlich lange aus. Aber was einen echt verrückt macht, ist, wenn man nichts trinkt. Der Körper will das nicht. Das ist nicht normal. Und ich musste essen, sonst hätte er mir vermutlich die andere Seite des Mundes ebenfalls geöffnet.«

Hoffnung. Beth spürt sie noch immer in sich. Sie wütet, zerrt an ihren Eingeweiden, in ihrem Kopf, will sich durchsetzen gegen die Angst. Noch immer ist es für Beth unfassbar, dass sie gefangen gehalten wird. Ein Teil von ihr glaubt, dass alles nur ein böser Traum ist. Vielleicht ist sie krank und hat hohes Fieber und liegt eigentlich zu Hause in ihrem Bett. Ihre Mom sitzt auf der Kante und wischt ihr den Schweiß von der Stirn. Aber dann spürt sie die Kälte an ihren Füßen, Beinen, Unterleib.

Jilliane sagt gar nichts mehr. Eigentlich war sie immer die Starke von ihnen beiden. Die Rebellin. Die, die sich gegen jeden auflehnt. Eltern, Lehrer, Schüler. Die ist jetzt gebrochen, starrt gegen die Wand, isst nichts und redet kaum etwas.

»Sie werden uns finden«, flüstert Beth. »Sie kommen und holen uns hier raus.«

»Ja«, sagt Emily. Doch es klingt nicht wie ein Ja. »Natürlich werden sie das.«

# *Vor 150 Jahren – Yosemite Nationalpark*

## *Kapitel 27*

Das Yosemite Valley war über tausende von Jahren von Indianern bevölkert. Sie lebten an den Flüssen und die Regeln ihrer Gemeinschaft waren den heutigen nicht unähnlich. Es gab einen Stammesführer, der die Geschicke lenkte, der für jeden ein offenes Ohr hatte. Es gab den Medizinmann, der für die Erhaltung der Gesundheit sorgte, es gab Menschen, die einander respektierten und achteten. Jeder brachte sich ein, es wurde getauscht, es wurde geteilt, man sorgte füreinander. Tiere und Natur wurden mit Respekt behandelt. Es wurde genommen, um zu überleben und nicht um besser dazustehen als andere. Unser Volk nannte sich *Miwok*.

Als der Goldrausch über die Weißen kam, wurde unser Land mit ihnen überflutet. Sie überrannten uns, nahmen uns unser Land, unsere Frauen, benutzten unsere Kinder zum Schürfen, jagten Tiere aus Spaß. Sie waren gierig und infizierten uns mit ihren Krankheiten. Unser Medizinmann konnte nichts dagegen ausrichten. Viele meiner Vorfahren starben, bis sie sich entschlossen, ihr geliebtes Land zu verlassen.

Doch einer wollte nie gehen und er kam mit mehr als zweihundert Indianern zurück, um sein Land zurückzuerobern. Es gab viele Tote, Verräter von unserer Seite, die übergelaufen waren, die sich blenden ließen von Reichtum und Überfluss aber auch Miwoks. Kinder und Frauen. Mit einer List verscheuchten sie uns. Sie sagten uns, sie gäben uns einen neuen Ort, an dem es schöner wäre, an dem wir alles bekämen. Nahrung, Kleidung, einen Platz zum Schlafen. Wir müssten nichts dafür tun. Aber was wir bekamen waren Gefängnisse. Wir wurden zusammengetrieben in neue Häuser, waren abhängig von ihnen und ihrer Gunst. Haben wir gegen sie aufbegehrt, strichen sie uns Essensrationen. Es ging ums Überleben unserer Frauen und Kinder. Also fügten wir uns.

Eines Tages sprach Dakara, der Häuptling, zu seinem Volk: »Wir werden uns unser Land zurückholen. Für jeden Indianer, der sein Land verlassen musste, holen wir uns einen Weißen. Vierhundertelf.« So sollte es sein und jeder sprach einen Schwur, den er an die späteren Generationen weitergeben sollte.

Über die Jahre verschwanden tatsächlich Weiße im Nationalpark, die jedoch immer wieder aufgetaucht sind. Wir haben sie von unserem Land genommen. Wir betäubten die Weißen, zogen ihre Kleidung aus und falteten sie ordentlich, um sie auf einem Haufen abzulegen. Es sollte auffällig sein, bemerkenswert, so dass jeder darüber sprechen würde.

Wir brachten die Weißen viele Meilen weit fort und ließen sie dort aufwachen. Bald wurde eine Legende daraus. Jeder wusste, was zu tun ist.

Dann haben viele Indianer in den Parks Arbeit gefunden. Als Parkranger, denn niemand kennt sich so gut auf dem Gelände aus wie wir. Die Weißen bekamen Angst, haben jeden Vorfall kleingeredet oder gar nicht erst publik gemacht. Dann eröffnete das Internet viele neue Möglichkeiten. Geschichten über die verschwundenen Menschen wurden verteilt, es wurde gerätselt. Manch einer glaubte an Verschwörungen, andere wiederum dachten, es seien Aliens auf der Erde gelandet. Ganze Gruppen bildeten sich und jede erfand eine neue Geschichte hinzu.

Manch ein Weißer ist komplett untergetaucht und hat die Geschichten zum Vorwand genommen, um vor Steuerschulden oder ungeliebten Ehefrauen zu fliehen.

Eines der Gebote unseres Stammes lautete: Wir dürfen keinem Menschen Leid zufügen. Niemand sollte verletzt werden oder gar ums Leben kommen. Das war die Regel, die niemand gebrochen hat. All die Jahre nicht.

Bis vor zwanzig Jahren die beiden Mädchen verschwanden und bis vor drei Tagen zwei weitere Mädchen wie vom Erdboden verschluckt wurden.

Es darf nicht mehr passieren. Das ist kein Spaß mehr.

# Kapitel 28

Niemand sagt ein Wort. Draußen donnert und blitzt es, die Lichter der Laternen flackern. Diese Geschichte ist zu unglaublich. Alexander weicht den anderen Blicken aus. Sein Kopf ist gesenkt, er schwitzt stark und reibt immer wieder Daumen und Zeigefinger aneinander.

»Ich glaube, Adahy wusste etwas.«

»Oder er war beteiligt«, sagt Rick offen.

Alex reißt die Augen ängstlich auf. »Nein, Adahy war nicht beteiligt. Er war ein guter Mann. Irgendwie dachten wir alle, zumindest die Indianer von uns, die die Überlieferung kennen, dass es einer von uns sein muss.«

»Warum hat niemand etwas gesagt?«, fragt Howard und kommt einen Schritt auf den Tisch zu. Er ist sensibel genug, Alex nicht unter Druck zu setzen, aber es ist kein Spiel, was hier passiert. Unschuldige Mädchen sind verschwunden.

»Wir haben alle Angst.«

»Vor Charles?«, fragt Bob plötzlich provokant. Er bemerkt die Blicke auf sich und reckt herausfordernd das Kinn hervor.

»Nein. Nicht vor Charles. Er ist wie die drei Affen: Nichts sehen, nichts hören, nichts sagen.« Alex‘ Mund umspielt ein Lächeln. »Er ist wie der Hund, der bellt, aber nicht beißt, verstehen Sie?« Die Frage hat Alex an niemand besonderen gerichtet.

Howard räuspert sich. Sie müssen vorankommen. »Also, was wusste Adahy?«

»Ich glaube, er kannte den Mann, der die Mädchen entführt hat.« Die Fensterläden klappern an der Hauswand, der Sturm wird heftiger.

»Sie sind also von einem Ranger entführt worden?«, bemerkt Kathlyn.

Alex lässt die Schultern hängen, was ihn noch ängstlicher aussehen lässt, als er ohnehin schon wirkt.

»Ich glaube, Adahy wurde bedroht«, meldet sich plötzlich Thomas.

»Er hat geahnt, wer Emily und Ashley entführt hat. Als dann zwei weitere Mädchen verschwunden sind, hat er die Person zur Rede gestellt«, ergänzt Rick die Theorie, die auch Howard die ganze Zeit im Kopf herumgeht.

»Es kam zum Streit und Adahy fand keinen anderen Ausweg mehr als sich umzubringen«, sagt Howard. »Oder vielleicht wurde er getötet und der Mörder hat es wie Suizid aussehen lassen. Wir wissen mehr, wenn der Bericht kommt.«

Alex scheint erleichtert. Doch dann berührt Howard ihn an der Schulter und er zuckt zusammen. »Ein Teilchen fehlt uns noch. Wer ist die Person? Wer ist Adahys Mörder und der Entführer der Mädchen?«

Alex sieht hilflos zu Kathlyn rüber, die ihm aufmunternd zunickt. »Es kann nur einer sein und dieser Mann ist ebenfalls spurlos verschwunden.«

# Kapitel 29

Ich mag mein neues Spielzeug und bringe ihm Essen, weil ich ja will, dass es ihm gut geht. Ich habe mich bemüht und ihm Fleisch gegeben, das noch nicht so alt ist. Und endlich sind meine Kopfschmerzen weg. Ich habe das Gefühl, ich kann viel klarer denken und mich besser bewegen. Deshalb kann ich mich auch erinnern, dass eines der Spielzeuge zu alt und fürchterlich schmutzig ist und obendrein kaputt aussieht. Wenn es mit mir spricht, rieche ich den faulen Atem, der aus dem nutzlosen, dreckigen Maul kommt. Am besten wäre es, wenn es auch kaputtgehen würde. Wie es mich immer anstarrt. Es macht mir Angst.

Muss nachdenken, was ich mit ihm machen soll. Vielleicht könnte ich es wie ein Reh in Teile hacken und trocknen. Das müsste doch gehen. Ohne Dad bin ich nicht so geschickt. Ich hoffe, ich kann mich erinnern, wie das funktioniert. Dad hat für unser Fleisch eine Höhle aus Erde gebaut. Sie liegt direkt neben der Kammer, in der ich die meiste Zeit verbringe. Man muss Holz zu Feuer machen und dann kommt das Fleisch in diesen runden Kasten. Eigentlich ist es nicht so schwer. Und eigentlich habe ich ja noch viel Fleisch und hier gibt es genug Tiere, die ich töten kann. Aber vielleicht trauen sich bald keine Tiere mehr in meine Nähe?

Leider ist nicht so viel an dem Spielzeug dran,

aber ich könnte die Knochen auskochen und eine Suppe daraus machen.

Morgen werde ich sie schlachten, wenn ich es nicht vergesse.

# *Kapitel 30*

Mit zittrigen Fingern streicht Elisabeth Pike über den goldenen Rahmen. Jeden Tag säubert sie die Gläser der Fotorahmen mit Glasreiniger und stellt sie wieder auf den Kaminsims. Die Fotos sind chronologisch geordnet. Links beginnt die Sammlung mit einem Babyfoto. Emily liegt auf dem Rücken mit einem Schnuller im Mund. Zwischen ihren winzigen Händen klemmt ein Stofftier, an das Elisabeth ein weiches Frotteetuch angenäht hatte. Darauf sind kleine Eisbären zu sehen. Emilys schwarze Haare stehen in alle Richtungen ab und ihre damals noch blauen Augen gucken wach und neugierig in die Kamera. Zwischen den Fotos gibt es noch einige Urkunden. Emily hat mit Bestleistung den Vorlesewettbewerb gewonnen. Das letzte Bild von ihr stammt aus dem Sommer, in dem sie verschwunden ist. Es war ein warmer, sonniger Tag und sie war zum Schwimmen mit Ashley verabredet. Sie lachte in die Kamera, ihre Wangen waren rosig und sie strahlte so viel Glück aus. Elisabeth hatte ihre Tochter selten so gesehen, aber an diesem Tag schien irgendetwas schönes im Leben ihrer Tochter passiert zu sein.

»Oh, Mom, frag mich doch nicht dauernd, was los ist. Darf ich nicht glücklich sein?« Es ist, als würde sie neben Elisabeth stehen. Jetzt im

Moment. Tränen steigen in Elisabeths Augen. Warum hat sie so misstrauisch gefragt? Warum hat sie ihrer Tochter nicht mehr Freiheiten gegönnt? Warum sind sie nie zusammen in die Mall gefahren und haben geshoppt oder sind einfach nur ein Eis essen gegangen?

Elisabeth seufzt tief, wischt die Tränen fort und setzt sich auf das Sofa. Maddy schleicht um ihre Beine, springt hoch und rollt sich auf ihrem Schoß zusammen. Dieser Agent. Er hat alle Wunden wieder aufgerissen mit seinen Fragen.

»Er glaubt, dass Emily tot ist«, murmelt sie und massiert das Ohr der Katze mit den Fingern. Sie schnurrt. »Aber du bist nicht tot, nicht wahr, Baby? Irgendwo da draußen lebst du und kannst nicht fort von dem Ort, an dem man dich festhält.«

Dann weiß sie, was zu tun ist. Elisabeth stellt die Tassen, Kanne und Zuckerdose mit den Löffeln auf das Tablett und trägt alles in die Küche. Sie spült das empfindliche Porzellan mit der Hand und stellt es auf das Abtropfbrett. Den Zucker räumt sie in den Schrank. Dann geht sie nach oben ins Bad, zieht sich aus und stellt sich unter die Dusche. Sie benutzt Emilys Shampoo, das sie alle drei Wochen neu einkauft, wenn sie ihren Großeinkauf macht. Die Duschcreme, die sie von Ashley zu Weihnachten bekommen hatte, steht noch immer auf der Ablage in der Dusche, aber die benutzt Elisabeth natürlich nicht mehr.

Triefnass steigt sie aus der Wanne, trocknet sich ab, wickelt das Handtuch um ihren Kopf und cremt sich ein. In einen Bademantel gehüllt verlässt sie das Bad, trocknet das Porzellan und räumt es wieder in den Schrank. Sie ist beschwingt wie nie zuvor, denn irgendwie spürt sie, dass sie Emily bald wieder in ihre Arme schließen wird.

Sie gibt genug Trockenfutter in den Automaten und füllt den Trinkbrunnen auf. Die Katzentoilette hat sie bereits heute früh saubergemacht. Wenn Emily kommt soll sie alles sauber und ordentlich vorfinden. Wenn sie ihre Tochter in die Arme nimmt, soll ihre Mutter gut riechen und gepflegt aussehen. Sie geht wieder nach oben ins Schlafzimmer und kleidet sich an. Ihre Hosen passen ihr nicht mehr, da sie viel zu dünn geworden ist. Aber das macht nichts.

Zu guter Letzt föhnt sie ihre Haare, putzt sich die Zähne und packt eine kleine Reisetasche mit den nötigsten Dingen. Dann geht sie noch einmal in Emilys Zimmer, das sie jede Woche putzt. Es sieht alles noch so aus wie vor zwanzig Jahren.

Als sie die Treppe runtergeht, sitzt auf der letzten Stufe Maddy, die aufgeregt miaut. Das tut sie immer, wenn Elisabeth mal das Haus verlässt. Aber jetzt miaut sie so herzzerreißend, dass Elisabeth Mitleid mit dem armen Tier bekommt. Tiere sind sensibel und fangen die Stimmung der Menschen auf, weiß Elisabeth.

»Ich bin bald wieder da, Liebes. Und dann lernst

du dein richtiges Frauchen kennen.« Elisabeth beugt sich nach unten und krault der Katze den Nacken. Dann verlässt sie das Haus, steigt in ihren Wagen und fährt los.

Vielleicht wird sie schon morgen mit Emily zurück sein.

# Kapitel 31

»Es ist jemand aus Ihrem Team verschwunden?« Howard rauft sich die Haare. »Das glaube ich einfach nicht«, stöhnt er.

»Es ist nicht ungewöhnlich, das Chaska nicht da ist. Er ist schon so lange Ranger, dass es ihm jeder verzeiht, wenn er tagelang nicht zur Arbeit kommt«, erklärt Alexander.

»Lassen Sie mich raten: er ist verschwunden, seit die Mädchen weg sind?«, fragt Rick.

»Was? Nein. Nicht direkt.«

»Was heißt das?« Howard hat den Eindruck, dass Alexander immer noch etwas verheimlicht, und muss sich extrem beherrschen, den Jungen nicht zu schütteln.

»Vielleicht einen Tag danach.«

»Seit Adahy tot ist, vermutlich. Hat er auch hier gewohnt?«, fragt Howard.

»Ja. Wie gesagt, er arbeitet wirklich schon lange hier.«

»Und sein Wagen ist nicht da?«

»Nein. Er ist auch nicht anpeilbar.«

Howard platzt gleich. »Was?«

»Er hat gesagt, dass sie ihn nicht zurückverfolgen können«, erklärt Thomas ruhig.

»Ich weiß, was er gesagt hat, Thomas. Das war eher eine rhetorische Frage«, blafft Howard. Er atmet mehrmals tief ein und aus, um sich zu beruhigen. »Weiß irgendjemand, wo er zuletzt gewesen ist? Können wir das zurückverfolgen?«

»Irgendwo hier«, sagt Thomas und dreht den Monitor zu ihnen um. Alle starren fassungslos auf eine Satellitenaufnahme des Parks. Thomas zuckt mit den Achseln. »Ich habe wieder Internet, und da ich von Charles den Zugriff auf alle Server bekommen habe, habe ich nachgesehen.«

Howard würde gerne lachen, wenn die Sache nicht so ernst wäre. Er sieht auf die Uhr. Es ist kurz vor Mitternacht.

»Wir starten morgen früh um sechs. Bob, fordere die Suchhunde und Hubschrauber für morgen an. Wir sehen uns morgen früh an der Station.«

Alle stehen auf, außer Alexander, der wie ein Häufchen Elend sitzen bleibt. Rick ist der Letzte, der aus der Tür geht.

»Sir, es tut mir leid«, bringt Alexander hervor, als nur noch Kathlyn und Howard übrig sind.

»Ich sollte jetzt sagen: das ist das Mindeste, aber ich bin dankbar, dass du zu uns gekommen bist.«

»Ich werde natürlich zur Verfügung stehen. Bei der Suche. Ich kann mich nützlich machen.«

»Du hast Angst, nicht wahr?«, fragt Kathlyn sanft.

Alex schweigt, aber sein Bick spricht Bände.

»Wer ist es, der dich bedroht und dir verboten hat, mit uns zu sprechen? Charles? Wenn es Charles ist ...«

»Nein, es ist nicht Charles, Sir. Er tut schlimmer,

als er ist, wirklich. Es ist Keoma.«

Howard starrt ihn fassungslos an. Dieser junge Mann, der aussieht wie ein Kind?

Er räuspert sich. »Ich denke, du brauchst keine Angst zu haben. Wir werden ihn uns morgen vorknöpfen.«

»Sir? Ma'am?«

»Ja?«

»Darf ich hier auf der Couch schlafen? Ich störe auch überhaupt nicht, wirklich. Bitte, ich kann nicht zurückgehen. Keoma wird wissen, dass ich hier war.«

»Was sollte dir Keoma tun?«

»Oh, er wird mir nichts tun, aber er wird mich bei meinen Eltern verraten und dieser Schwur, wissen Sie, dieser Schwur ist unserem Volk sehr heilig. Wir sind verpflichtet, nichts darüber zu sagen, sonst ...« Tränen steigen ihm in die Augen. Er wischt sie unwirsch fort. »Sie verbannen mich. Aus ihrer Gemeinschaft. Meine Familie wird mich nicht mehr als Sohn sehen. Ich werde meine Schwestern nie mehr wiedersehen, meinen Vater. Ich werde alleine sein. Oh Mann, Papa. Er wird ausrasten.«

Howard setzt sich zu ihm. »Ich werde mit ihnen reden. Du hast ihren Schwur nicht gebrochen. Du hast die Wahrheit gesagt und vielleicht rettest du damit das Leben von zwei Mädchen. Gehört es nicht auch zu eurem Schwur, dass niemandem Leid zugefügt werden darf? Ich denke, in dem Fall ist es schlimmer, einen Psychopathen zu schützen.«

»Aber ...«

»Kein Aber. Du schläfst heute Nacht bei uns auf der Couch. Morgen sehen wir schon weiter.« Kathlyn streicht ihm über die Hand.

»Danke, Sir.« Er nickt Kathlyn zu. »Ma'am.«

Während Kathlyn die Couch herrichtet, geht Howard ins Schlafzimmer und setzt sich aufs Bett. Er hat wirklich mit allem gerechnet, nur nicht mit einer alten Indianerlegende. Es ist in der Tat bemerkenswert, dass junge Menschen noch an den alten Traditionen festhalten, und es wird interessant zu erfahren, was tatsächlich dahintersteckt.

Vor zwanzig Jahren sind zwei Mädchen verschwunden, die nie wieder aufgetaucht sind. Jede Spur von ihnen fehlt seitdem. Adahy hat vielleicht gewusst, wer die Mädchen entführt hat, aber geschwiegen. Er hat in Kauf genommen, dass die Mädchen vermutlich umgebracht wurden, nur um den Schwur nicht zu brechen. Aber als es noch einmal passiert ist, konnte er mit dem Wissen nicht weiterleben und hat sich erhängt. Bis hierhin logisch. Doch was hat einen Parkranger dazu getrieben, zwei unschuldige Mädchen zu entführen? Was hat er mit ihnen gemacht? Sie gefoltert? Gequält?

Howard reibt sich über die Augen. Er ist müde. Kathlyn kommt ins Schlafzimmer und zieht die

Tür hinter sich zu.

»Lass uns morgen darüber sprechen. Ich habe schreckliche Kopfschmerzen«, sagt sie und legt sich mit einem lauten Seufzer aufs Bett, ohne sich ausziehen.

Howard kommt besorgt zu ihr ans Bett. »Hast du deine Tabletten dabei?«

Sie lächelt gequält und legt sich die Arme unter den Kopf. »Es ist nicht wegen der Verletzung. Ich bin einfach sehr müde.«

»Es war zu anstrengend für dich«, sagt er und rutscht neben sie, massiert ihre Stirn und küsst sie sanft.

»Ah, das tut gut. Ja, vermutlich«, murmelt sie mit geschlossenen Augen.

»Du musst morgen nicht mitkommen. Ich denke, das wird eine ziemliche anstrengende Suche.«

»Nein ... schon gut. Ich komme mit.« Kathlyn gähnt. Keine Minute später ist sie eingeschlafen. Howard zieht ihre Schuhe und die Hose aus und legt eine Decke über sie. Dann geht er ins Bad, putzt sich die Zähne, entkleidet sich selbst und schlüpft zu ihr ins Bett.

Der nächste Morgen sieht schon freundlicher aus. Es ist noch dunkel draußen, der Wind hat sich beruhigt und der Regen aufgehört. Howard hört vor der Tür ein Rumpeln. Er steht auf und sieht nach. Alex faltet im Moment die Decke zusammen und legt sie auf die Couch.

»Sorry, Agent Caspar. Ich wollte Sie nicht wecken.«

»Bist du immer so früh wach?«

»Ich konnte nicht mehr schlafen, Sir.« Alexander sieht müde aus. Dunkle Schatten liegen unter seinen Augen.

»Dann mache ich mich kurz frisch und wecke Kathlyn.«

»Darf ich mit Ihnen mitkommen nachher?«

Howard klopft ihm auf die Schulter. »Klar.«

»Danke, Sir. Vielen Dank.«

»Schon gut.«

Keine halbe Stunde später treffen sie sich draußen mit dem Rest des Teams. Howard hat eine große Tragetasche dabei, in der die Ausrüstung von ihm und Kathlyn verstaut ist. Bob trägt bereits seine Schusssichere Weste, darüber die dunkle FBI Jacke und eine Basecap. Er scheint ausgeschlafen und voller Tatendrang. Seine Wangen sind gerötet. Rick hat ebenfalls eine Sporttasche über die Schulter gelegt. Thomas trägt wie immer seine Notebooktasche bei sich. Er wird sie bei der Suche nicht begleiten, sondern auf der Rangerstation mit ihnen per Funk in Verbindung bleiben. Gemeinsam marschieren sie los. Alex geht dicht neben Howard her. Immer wieder sieht er sich um.

Als sie ankommen, ist es etwas heller geworden. Die Sonne versteckt sich noch im Horizont, der Himmel ist wolkenverhangen, aber es sieht nicht mehr nach Regen aus. Am Eingang steht Charles mit verschränkten Armen. Innerhalb der Station sind jede Menge Menschen unterwegs. Hinter Absperrbändern vor der Station haben die Fernsehteams Stellung bezogen. Etwas weiter entfernt hört Howard Hundegebell.

»Sie wollen jetzt allen Ernstes das halbe County und meine Mannschaft losschicken, um Chaska Benning zu finden?«

Howard ist kurz davor, dem Kerl die Fresse zu polieren, aber er hält sich zurück. »Wir sind verpflichtet, jeder Spur nachzugehen, Charles. Eine davon ist übrigens Adahys Selbstmord.«

»Ach ja, sicher. Das ist natürlich etwas anderes«, antwortet Charles ironisch.

Howard beißt sich auf die Wangen. Plötzlich löst sich eine Gestalt hinter Charles von den anderen und stürmt auf Alex zu. Ehe Howard eingreifen kann, liegt dieser auf dem Boden, auf ihm sitzt Keoma, der die Fäuste erhebt.

»Du hast uns verraten, du Bastard«, schreit er. Speichelfäden landen auf Alex Gesicht, doch Keoma schlägt nicht zu. Er hat Tränen in den Augen. Rick greift Keoma unter den Armen und zieht ihn von Alex runter. Er nimmt ihn in den Sicherheitsgriff, indem er Keomas Arm nach hinten biegt, damit er nicht mehr um sich schlagen kann. Keoma zappelt in seinen Armen, die Hände zu Fäusten geballt.

»Jetzt beruhigen wir uns mal wieder«, sagt Rick vollkommen gelassen.

»Was zur Hölle ist hier los?«, fragt Charles außer sich, der Alex zur Hilfe kommt. »Keoma! Hast du den Verstand verloren?«

»Er hat den Verstand verloren, Papa.«

Papa? Dann ist ja alles klar, weshalb dieser Grünschnabel einen Job im Park bekommen hat.

»Deshalb kannst du nicht einfach auf deinen Bruder losgehen«, brüllt Charles Keoma an.

Bruder!

Howard will sich am liebsten vor den Kopf hauen. Deshalb ist Alexander so verängstigt. Zitternd steht er neben seinem Vater, der einen Arm fest um seine Taille gelegt hat. Hilfe suchend blickt er zu Howard, der langsam nickt.

»Charles. Wir wissen, was hier los ist. Ihr Sohn Alexander hat uns gestern alles erzählt.«

Charles lacht gekünstelt. »Was hat er erzählt? Es gibt nichts zu erzählen.«

»Es geht um den Schwur der Indianer. Wir sind über alles informiert.« Charles lässt den Arm hängen und sieht Alexander fassungslos an.

»Bitte, bevor Sie wütend auf Ihren Sohn sind, lassen Sie mich etwas erklären.«

»Sie verstehen überhaupt nichts, Agent Caspar«, zischt Charles zwischen zusammengebissenen

Zähnen hervor.

»Das mag sein. Aber ich habe wie Sie einen Eid geschworen. Ich habe die Verpflichtung, Menschen zu beschützen und wenn ich das nicht kann, diejenigen ihrer gerechten Strafe zuzuführen, die gewaltsam Leben nehmen. Ich habe einen Eid auf die Verfassung von Amerika geschworen. Genau wie Sie. Alexander hat sehr mutig gehandelt, indem er etwas, das gegen unsere Gesetze verstößt, gemeldet hat. Sie haben doch geschworen, dass niemandem Leid zugefügt wird, oder? Ich bin mir sicher, Sie wollten niemals, dass diesen Mädchen etwas passiert, habe ich Recht?« Charles sagt nichts.

»Dad, es tut mir leid«, sagt Alexander zerknirscht.

Noch immer sagt Charles kein Wort. Im Moment haben sie aber wichtigere Dinge zu tun, als eine Familie zusammenzuführen, deshalb räuspert sich Rick und kommt Howard zur Hilfe. »Wissen Sie. Das ist ja alles ganz nett und so, und ja, wir haben alle unser Päckchen zu tragen. Allerdings sollten wir besprechen, wie wir weiter vorgehen. Es werden nämlich immer noch zwei Mädchen vermisst, die möglicherweise sogar noch leben, wenn wir unsere Ärsche ein bisschen zusammenkneifen und sie endlich suchen!« Die letzten beiden Worte hat er sehr laut gesagt.

Endlich rührt sich Charles aus seiner Schockstarre und wendet sich zur Station um.

»Kommt. Rick hat Recht. Wir haben zwei Mädchen zu finden.«

# Kapitel 32

Dad hatte mir nie erlaubt im Auto zu sitzen. Jetzt fühle ich mich groß, zu groß für das bisschen Platz auf dem Sitz. Ein Schlüssel steckt noch im Schloss, die Tür habe ich aufgelassen. Ich habe noch nie hier dringesessen, das Auto immer nur von der Ferne gesehen, da Dad es immer hinter den markierten Bäumen abgestellt hat. Diesmal steht es aber nicht dahinter, sondern zwischen den Bäumen.

Er hat mir erklärt, dass er dieses Auto braucht, um gegen die Monster zu kämpfen oder auch um weit von unserem zu Hause Dinge zu holen, die wir nicht jagen können. Milch, Eier, aber auch Werkzeug, wenn seines kaputt war. Manchmal war er sehr lange fort, aber er ist immer zurückgekommen. Auch dieses Mal. Nur dass er nicht mehr atmete.

Ich wische mir die Tränen vom Gesicht. Hier drin ist es blöd, weil mich alles an Dad erinnert. Gerade als ich aussteigen will, entdecke ich etwas Interessantes. Auf dem Sitz neben mir liegt etwas Glitzerndes. Ich nehme es in die Hand. Es fühlt sich kühl an, und als ich es umdrehe, steche ich mich an einer Nadel. Es tut aber nicht besonders weh. Das Ding, was ich gefunden habe, ist wirklich schön und ich habe noch nie etwas so Funkelndes gesehen. Es hat die Farbe der Sonne oder von den Blättern an den Bäumen, wenn es kühler wird. Ich stecke es ein. Vielleicht schenke ich es dem Spielzeug. Sie freuen sich bestimmt. Mir fällt etwas anderes auf. Es sieht aus wie ein Geheimfach mit einem kleinen Schloss und ist direkt an der Stelle, wo sich bei mir das Lenkrad befindet. Als ich darauf drücke, geht eine Klappe auf.

»Ui«, sage ich laut. Das Geheimfach ist prall gefüllt. Ich bin neugierig, was ich da gefunden habe. Zuerst hole ich einen Lederbeutel heraus. Darin finde ich Silberstücke, die interessant aussehen. Aber auch mehrere Zettel. Auf ihnen sind Pyramiden zu sehen. Die kenne ich. Dad hat mir ein Bild von ihnen in meinem Heft gezeigt. In einem Fach steckt eine Karte, auf der das Bild von Dad zu sehen ist. Da sieht er anders aus. Ich stecke mir den Beutel in die Hosentasche. Unter unzählig kleinen Papierfetzen ziehe ich etwas Schweres hervor. Es ist eine Waffe. Ich kann nicht gut mit Pistolen umgehen, dennoch nehme ich sie an mich. In dem Fach liegt noch ein Ring mit vielen Schlüsseln daran. Die interessieren mich nicht, also lasse ich sie drin und stopfe das Papier wieder obendrauf. Später kann ich noch hinten auf dem Wagen nachsehen, ob dort noch etwas Interessantes liegt. Ich setze mich wieder gemütlich hinter das Lenkrad und lege die Hände darum.

»Brumm«, mache ich. Ich habe Dad gehört,

wenn er mit dem Auto weggefahren ist, aber ich klinge nicht so. Mit meinem Knie komme ich an den Schlüssel, der sich klappernd bewegt. Ich weiß, was man mit einem Schlüssel machen kann. Immerhin öffne und schließe ich die Tür zu meinem Spielzeug jeden Tag.

Dad ist nicht mehr da. Ich kann ihn ja wenigstens mal umdrehen. Sehen, was passiert.

Ich drehe den Schlüssel und der Wagen startet. Unter mir vibriert der Sitz und dann ertönt ein lauter Schrei. Ich halte mir die Ohren zu, lasse das Lenkrad los und schreie ebenfalls. Unter den Schrei mischt sich ein Trommeln und Quietschen. Ich schlage um mich, weil ich will, dass es aufhört. Mit meinem Arm komme ich an einen Schalter am Lenkrad und das Auto macht einen heftigen Ruck nach vorne und fährt los. Schreiend öffne ich die Tür und springe raus, falle auf meine Seite, die höllisch wehtut. Das Auto kracht gegen einen Baum, es fährt einfach weiter, obwohl doch niemand darinsitzt. Zunächst starre ich mit offenem Mund hinterher, aber dann stehe ich auf, den Schmerz ignorierend und renne ihm nach. Am Fluss höre ich noch einmal einen lauten Knall, und als ich dort ankomme, liegt der Wagen halb im Wasser. Es brummt immer noch. Ich habe Angst vor Wasser. Wenn ich welches hole, passe ich immer auf. Hineinzugehen kommt nicht in Frage. Also stehe ich am Ufer und tue nichts. Soll es doch da stehen bleiben. Irgendwann wird es mal ausgehen. Stolz streiche ich über den Gegenstand in meiner Hose. Es fühlt sich schön glatt an. Eine Stelle ist uneben, aber das ist nicht schlimm. Ich freue mich über meine neuen Sachen und bin müde. Wenn ich Angst habe, werde ich müde. Dann muss ich schlafen.

Ich gehe zurück zur Höhle.

# Kapitel 33

»Was war das für ein Geräusch?« Beth reckt sich in die Höhe, aber die Öffnung ist natürlich viel zu weit oben.

»Das klang wie ein Auto«, sagt Emily.

»Sie kommen«, ruft Beth aufgeregt. »Sie holen uns. Sie kommen.«

»Das ist der andere, Beth. Ab und zu kommt er vorbei und er hat ein Auto. Wir haben es oft gehört. Bleib ruhig.« Emily hat sich näher in ihre Ecke gekauert.

»Aber wenn sie uns doch suchen? Vielleicht sind sie uns schon auf der Spur.« Beth setzt sich hin.

»Du glaubst gar nicht, wie lange ich genau das gehofft habe. Wie du siehst, ich bin immer noch hier.«

Ein knatterndes Geräusch ertönt über ihnen. »Das ist ein Hubschrauber«, sagt Beth »Das ist ganz bestimmt ein Hubschrauber. Sie kommen. Wir sollten alle schreien.« Beth weiß wie dämlich das klingt. Wie sollten die Insassen eines Hubschraubers sie aus mehreren hundert Metern hören.

»Gibt es nichts, womit wir auf uns aufmerksam machen können?« Sie kann nicht einfach untätig hier sitzen während eine mögliche Rettung nur knapp über ihnen kreist.

»Hallo!«, ruft sie, während ihre Augen blind vor

Tränen sind. »Hallo! Hier sind wir. Hier unten in der Erde!« Sogar Emily ist aufgestanden und ruft laut, den Kopf in den Nacken legend.

»Ihr seid so dumm. Die hören euch nicht«, sagt Jilliane.

»Du musst auch schreien, Jilli. Mach schon. Hallo!«

Jilliane seufzt. »Das ist doch völlig bescheuert.«

»Sie werden uns finden. Sie werden uns endlich heimholen.« Beth weint und schluchzt.

»Ihr seid zu laut. Ich kann nicht schlafen« Caden betritt wütend das Loch, in dem er sie gefangen hält. Beth ist Caden egal. Sie brüllt so laut, dass sie spürt, wie ihr Hals zu kratzen beginnt. Hinter ihr ertönt ein dumpfer Schlag. Sie wirbelt herum und sieht Emily reglos auf dem Boden liegen. Blut läuft ihr über das Auge.

»Nein! Sie kommen.« Sie weicht vor ihm zurück, doch er ist mit einem Schritt bei ihr, schlägt mit etwas Hartem gegen ihren Kopf. Beth sieht nur noch, wie der Boden auf sie zukommt.

# *Kapitel 34*

Zwei Hubschrauber heben etwa zehn Meilen nördlich von der Station ab und steigen in die Luft. Sie fliegen in entgegengesetzte Richtungen und bald sind sie nur noch als kleine Punkte am Himmel zu erkennen. Das Hundegebell hat sich entfernt. Die Suchtrupps sind bereits bei der Arbeit. Howard folgt Charles in die Station in den Raum, in dem sie gestern zusammen gesessen haben.

Charles deutet auf einen Bildschirm, der gestern noch nicht hier gestanden hat. »Chaska Bennings Signal haben wir zuletzt hier aufgefangen«, sagt er und tippt auf den Monitor, auf dem eine Satellitenaufnahme zu sehen ist. Howard tritt näher und verschränkt die Arme vor der Brust. »Zoomen Sie mal rein.«

Charles vergrößert das Bild. Mehr als Bäume von oben können sie nicht erkennen, deshalb fragt Howard Charles: »Wissen Sie, wo das ist?«

»Etwa siebzig Meilen vom Half Dome in der Nähe vom Merced River.«

»Dann schlage ich vor, wir fliegen dort hin. Thomas.« Thomas hat seinen Laptop bereits geöffnet auf den Tisch gestellt.

»Bring uns auf die Frequenz der Ranger.«

Howard deutet auf das Funkgerät, das Charles am Gürtel trägt.

»Wird gemacht.«

»Bob, du besorgst uns einen Hubschrauber.«

»Mach ich.« Bob tippt etwas in sein Handy und stellt sich etwas weiter abseits, um zu telefonieren.

Howard öffnet seine Tasche und reicht Kathlyn ihre Ausrüstung.

»Geladen?«

Kathlyn prüft den Schlitten an der Glock. »Geladen.«

»Hier, nimm noch Munition mit.« Howard wirft ihr ein volles Magazin zu, das sie auffängt. Auch Rick zieht seine Weste über und prüft seine Waffe.

Thomas händigt ihnen Funkgeräte aus, die er mit einem Empfänger an seinem eigenen Notebook verbindet. Er hat sich ein Headset auf den Kopf gesetzt und wischt mit den Fingern über das Mousepad am Laptop.

»Hier. Das sollten Sie mitnehmen«, sagt Charles und reicht Howard ein kleines Gerät. Ein GPS Empfänger.

»Es hat den Code E14D5, Sir«, sagt er zu Thomas, der kommentarlos nickt. »Alles klar. Ich hab euch.«

Howard ist im Jäger-Modus. Adrenalin schießt durch seine Adern, sein Herz klopft heftig in der Brust, dennoch sind seine Bewegungen ruhig und besonnen.

»Wir sollten los, Howard«, sagt Bob. »Der

Hubschrauber steht bereit.«

»Deine Waffe hast du?«, fragt Rick Bob.

»Ja, Si ... Rick.«

Schließlich stecken sie ihre In-Ears in die Ohren. So sind sie mit Thomas in Verbindung und bekommen die Funksprüche der Ranger und den anderen Suchtrupps mit.

Sie eilen zum Hubschrauber, dessen Rotorblätter noch laufen. Mit gesenkten Köpfen rennen sie auf die Türen zu. Als sie alle im Helikopter sitzen, hebt dieser ab und fliegt in Richtung Half Dome. Von hier oben kann Howard die Hundestaffel erkennen. Um die Station sind Ranger unterwegs, per Jeep oder auf Pferden. Howard konzentriert sich auf die Mission und sieht nach vorne.

»Wir haben Alex vergessen«, hört er Kathlyn über den Kopfhörer.

»Das ist okay, denke ich.« Er dreht sich um und nickt Bob aufmunternd zu, der leichenblass geworden ist.

»Wenn du mal mit dem Hubschrauber geflogen bist, hast du keine Angst mehr mit dem Flugzeug zu fliegen«, sagt er und hört nur das schwere Atmen des jungen Agenten.

»Wenn Sie meinen«, murmelt der.

»Sag jetzt ja nichts«, warnt ihn Kathlyn davor, Bob zu verbessern.

»Ich werde mich hüten«, lacht Howard angespannt.

In der Ferne taucht der Half Dome auf, das

Wahrzeichen des Nationalparks.

»Wow«, sagt Rick.

»Beeindruckend«, kann Howard nur sagen. Auf der Spitze, die eine gerade Oberfläche ist, sitzen mehrere Menschen. Es ist perfektes Wetter. Der Himmel ist strahlend blau, die Wolken von gestern haben sich verzogen.

»Die werden fantastische Bilder mit nach Hause nehmen«, sagt der Pilot.

»Keines ist so grandios, wie das, was wir gerade sehen dürfen«, sagt Kathlyn. Der Pilot fliegt eine steile Kurve an der Ostseite vorbei. Vögel fliegen aufgeschreckt von den Baumwipfeln unter ihnen in die Luft.

»Die werden doch nicht in die Rotorblätter kommen?«, fragt Bob angsterfüllt.

»Die haben zu viel Respekt vor meinem riesen Vogel«, sagt der Pilot und geht tiefer runter.

»Jesus«, macht Bob.

Der Pilot hält den Kurs und bleibt etwa knapp zweihundert Meter über dem Boden. Howard und die anderen hören über die Funkgeräte die Stimme des Fluglotsen. Er gibt irgendwelche Flugdaten durch, die der Pilot bestätigt.

»Hier gibt es keine Wanderwege«, stellt Howard fest, als er unter sich die Bäume sieht.

»Nein, Sir«, sagt der Pilot. »Eines der wenig touristisch erschlossenen Gebiete im Park.«

»Moment mal. Fliegen Sie tiefer«, bittet er den Piloten und der Hubschrauber sinkt langsam nach unten.

»Ist das eine Schneise?«

»Verursacht durch ein Fahrzeug«, sagt Rick. »Kann gut möglich sein.«

»Wie weit sind wir noch vom zuletzt empfangenen Signal entfernt?«

»Noch zwanzig Meilen«, antwortet Bob und klingt, als wäre ihm schlecht.

»Wenn Ihr Freund kotzen muss, soll er eine Tüte aus der Armlehne nehmen«, sagt der Pilot streng.

»Nein, nein. Mir geht es gut.«

»Ich wette mit euch, dass die Schneise direkt zum GPS Empfänger führt.«

»Das wäre zu einfach. Ist ja langweilig«, sagt Rick und klingt enttäuscht.

»Sind wir noch auf Kurs?«, fragt Howard den Piloten, den Blick auf die Schneise gerichtet. Er muss sich konzentrieren, denn ab und zu wird sie von Bäumen verdeckt und es fällt ihm danach schwer, sie erneut zu entdecken.

»Ja, Sir.«

Was wäre, wenn Chaska Benning einen tödlichen Unfall gehabt hätte und sie nur noch seine Leiche bergen? Sie würden wieder dort stehen, wo sie ganz am Anfang gewesen sind. Die Anspannung ist unter seinem Team deutlich zu spüren. Für eine ganze Weile hört er nur das donnernde Geräusch der Rotoren über sich und ab und zu einen Funkspruch vom Tower.

»Ich fürchte, ich kann hier nirgends landen«, sagt

der Pilot plötzlich.

»Wir können uns abseilen, kein Problem«, sagt Howard und hört einen erschreckten Ton vom Sitz hinter ihm. Er dreht sich um. Bobs Augen sind weit aufgerissen. Seine Lippen haben jegliche Farbe verloren und er kaut sich auf der Wange herum.

»Rick nimmt dich mit runter.«

»Ich ... ich ... Sir.«

»Das schafft er«, sagt Rick aufmunternd und sein Blick spricht Bände. *Sag keinen Ton mehr*. Der Hubschrauber sinkt noch weiter ab, bis sie kurz über den Baumkronen in der Luft stehen bleiben.

»Bereit?«, ruft Howard in die Runde.

»Roger«, macht Rick und schnallt sich ab. Langsam löst auch Bob den Gurt und steht wackelig auf. Er stützt sich an der Lehne seines Sitzes ab. Rick geht voraus, öffnet die Tür. Über ihm befindet sich eine Öse, in der ein Seil steckt. Direkt darunter findet er mehrere Klettergurte und Handschuhe. Einen Gurt reicht er Bob, der zitternd hineinschlüpft. Rick zieht die Schlaufen fest und steigt selbst in einen. Er befestigt den Karabiner an der Öse an der Tür, greift mit einem Arm um Bobs Bauch und verbindet beide Klettergurte miteinander. Jetzt erst zieht er die Handschuhe über, greift um eine Schiene am Seil und bewegt sich langsam nach vorne.

»Oh Scheiße.«

»Ganz ruhig, Kumpel. Dir kann nichts passieren.

Die Seile halten einiges aus.« Rick prüft noch einmal alle Karabiner, hält Bob mit dem einen Arm um den Bauch und den anderen über sich an der Schiene. Jetzt geht Rick einen Schritt nach vorne aus dem Hubschrauber. Dabei bremst er mit der Schiene ab, so dass die beiden langsam nach unten gleiten.

»Oh Gott«, schreit Bob. Howard kann ihn durch die In-Ears laut und deutlich hören.

»Schrei nicht rum. Sieh dir das an. Ist das nicht Weltklasse?« Rick lenkt Bob ab.

Howard lächelt Kathlyn zu. »Wollen wir zusammen runter?«

»Das lasse ich mir wohl kaum entgehen«, sagt sie, greift nach einem Gurt, steigt ein und zieht die Schlaufen fest um ihren Bauch. Howard rüstet sich rasch aus und tritt hinter Kathlyn. Als er um ihren Bauch greift, spürt er ihren heftigen Herzschlag. Er verbindet ihre Gurte miteinander, hängt sie an die zweite Öse und schiebt sie vor sich her.

»Das ist einfach unglaublich«, sagt sie. Howard muss ihr Recht geben. Der Ausblick von hier oben ist atemberaubend. Der Wind rüttelt an ihnen und er geht einen Schritt vor, so dass sie in der Luft hängen. Langsam lässt er sie beide runter. Seine Füße berühren die Blätter und er schwingt ein wenig nach rechts, um genau zwischen zwei Bäumen nach unten zu kommen. Viel zu schnell kommen sie unten an und haken sich aus. Howard löst ein Seil von der Öse, rollt es zusammen und streckt seinen Arm durch, um es mitzunehmen.

Das andere Seil wird mit den Gurten nach oben gezogen und der Hubschrauber dreht ab. Howard zieht die Handschuhe aus und verstaut sie in der Jacke.

»Schon was Brauchbares gefunden, Rick?« Rick kommt ihm mit der E-Zigarette im Mund entgegen.

»Wir sind auch gerade erst gelandet«, sagt er und bläst ihm eine dichte Dampfwolke entgegen.

»Was macht Bob?« Howard erwartet, dass Bob gleich hinter einem Baum hervortritt und sich den Mund mit der Hand abwischt. Aber der steht auf einem umgestürzten Stamm und grinst zu ihnen rüber.

»War wohl doch nicht so schlimm, was?«

»Ich finde keine Worte. Das war Adrenalin pur. Wahnsinn.«

Howard dreht sich zu Kathlyn, die lächelnd neben ihm steht.

»Los?« Sie nickt ihm zu. Howard geht voraus. »Am besten zerstreuen wir uns. Der Empfänger muss hier irgendwo sein.«

»Insofern Chaska ihn nicht irgendwo vergraben hat«, sagt Rick.

»Dumm, dass das Ding nicht eingeschaltet ist«, sagt Kathlyn, worauf Rick laut loslacht. »Das wäre dann ja wirklich einfach.«

»Eigentlich müssen wir nur die Schneise

wiederfinden und nach Reifenspuren Ausschau halten.«

»Ich hab da was«, ruft Bob von rechts. Sie eilen zu ihm. Bob hält ein Handy hoch. Das Glas ist in unzählige kleine Splitter zerbrochen.

»Ob das jetzt von Chaska ist ...«

»Steck es ein. Das können wir später klären. Dann ist hier bestimmt auch irgendwo der Empfänger, wenn das sein Handy sein sollte, hätte Chaska seinen Abgang geplant. Ich hoffe, er ist mit den Mädchen nicht abgehauen oder hat sie irgendwo versteckt, wo wir sie nicht finden können. Denn dann hat er drei Tage Vorsprung oder die Mädchen sind mittlerweile tot.« Aufmerksam richten alle ihren Blick auf den Boden und gehen dabei weiter langsam voran.

»Hier sind Reifenspuren«, sagt Rick und deutet auf einen gut sichtbaren Abdruck, der mit Regen gefüllt ist.

»Thomas«, sagt Howard in sein Mikrofon, das mit dem Kopfhörer verbunden ist.

»Hier«, sagt der nur.

»Schick die Suchhunde mit einem Hubschrauber her. Wir sind jetzt direkt beim letzten georteten GPS-Signal. Wir gehen schon mal los. Haben Reifenspuren entdeckt.«

»Alles klar.«

Howard folgt den anderen, die schon vorausgegangen sind.

»Hey, Leute. Schaut mal hier! Ich hab was gefunden.«

# *Kapitel 35*

Was sind das für Geräusche am Himmel? Ich traue mich nicht raus, denn es könnte sein, dass die Monster kommen. Jetzt, wo mein Dad tot ist, wollen sie mich bestimmt holen.

Vor einer Weile hat das Auto aufgehört, Geräusche zu machen. Ich habe dennoch Angst, dass sie es von der Luft aus erkennen und mich finden. Keine Ahnung, was sie dann mit mir machen. Dad hat nie gesagt, was sie tun. Aber es sind Monster, also kann es wohl kaum gut sein. Ich will nicht, dass sie mir wehtun. Schmerzen sind blöd. Einmal hatte ich einen Splitter im Finger und hab ihn nicht wieder rausgekriegt. Die Stelle war rot und geschwollen und fühlte sich heiß an. Immer, wenn ich drangekommen bin, hat es sehr geschmerzt. Nach ein paar Tagen war die Stelle nicht mehr rot, sondern weiß-gelb. Als ich draufgedrückt habe, spritzte mir eine Flüssigkeit ins Gesicht und es hat nicht mehr so stark wehgetan.

Ich sitze auf dem Stuhl, den Dad irgendwann mal mitgebracht hat, und lausche den Geräuschen über mir. Bisher kommen sie nicht näher, aber sie sind bestimmt bald hier und dann werden sie sicherlich die Eingänge zu den Höhlen finden. Ich kann nicht raus. Sie würden mich sofort entdecken. Warum nur ist Dad jetzt nicht hier, um mir zu helfen? Er hat immer gewusst, wie man die Monster austricksen kann.

Da kommt mir eine Idee. Mein Spielzeug holt Dad auch von außerhalb der Bäume. Es müsste die Monster auch kennen. Vielleicht verraten sie mir irgendwelche Tricks.

Ich gehe durch den schmalen Gang, der die Höhlen miteinander verbindet, und öffne die Tür an dessen Ende mit meinem Schlüssel. Meine Spielsachen sitzen in der Ecke. Sie gucken mich an. Ich glaube, sie haben Angst vor mir, dabei will ich das doch gar nicht. Ich muss mit ihnen reden. Sie müssen mir etwas über die Monster sagen.

»Kommen die Monster? Holen sie mich?«

Mein hübsches Spielzeug sieht mich böse an. Ich will nicht, dass es böse auf mich ist. »Sie werden dich finden und dann für immer einsperren«, sagt es. Das andere mit den dunklen Haaren, eines von den Neuen, reibt sich den Kopf. Bestimmt sind sie so wütend, weil ich sie vorhin geschlagen habe.

»Ich wollte es nicht«, sage ich, doch sie scheinen nicht zu verstehen.

»Die Monster werden dich verschonen, wenn du uns auslieferst«, sagt eines von den neuen Spielsachen. Ich werde wütend und plötzlich glaube ich ihnen kein Wort.

»Ihr lügt. Ihr steckt mit den Monstern unter einer Decke. Ihr habt sie gerufen. Hätte Dad euch doch niemals hier hergebracht.« Ich sehe zu meinem hässlichen Spielzeug. »Du. Was glotzt du so? Ich mag dich nicht mehr. Du bist kein schönes Spielzeug mehr.« Mein Mund redet wieder schneller als ich denke.

»Ich bin kein Spielzeug. Ich bin ein Mensch. Wie du.« Zunächst bin ich erschrocken, dass es so mit mir spricht. Dann lächele ich. »Und wie erklärst du dir dann, dass du keinen Penis hast, so wie ich? Ich hasse dich. Warum bist du nicht kaputtgegangen?« Es fängt an zu weinen. Ich hasse es, wenn mein Spielzeug das tut. Ich mag dieses Quietschen nicht, dass es dabei macht. Ich muss nachdenken und verlasse die Höhle. Die Tür lasse ich offenstehen. Sie können sowieso nicht weg. Ich frage mich, wo sie mich einsperren wollen. Sind dort Monster? Werden sie mir dort wehtun?

Was wäre, wenn ich mein Spielzeug wirklich weggebe? Lassen mich die Monster dann in Ruhe? Vielleicht hat Dad es einem anderen Jungen weggenommen? Oder vielleicht hat er es von den Monstern geklaut. Ich kann nicht mehr nachdenken. Mein Kopf schmerzt. Diesmal ist es wieder so stark, dass ich auf den Boden falle. Nur mit Mühe kann ich die Augen offenhalten.

An der Wand lehnt ein Gegenstand. Ich kann ihn kaum erkennen, so sehr wackelt das Bild vor meinen Augen. Mir wird schlecht. Ich muss kotzen. Immer wieder würge ich und spucke auf die Erde. Zum Schluss kommt nichts mehr aus meinem Magen. In meinem Kopf sticht es, so als würde jemand mehrere Nadeln von einer Seite zur anderen hindurch stechen. Hunderte von Gedanken rasen durch meinen Schädel.

Dad.
Monster.
Bäume.
Grab.
Spielzeug.
Hässliches Spielzeug.
Schmutzig.
Spielzeug.

Nach einer ganzen Weile öffne ich die Augen. Der Schmerz ist verschwunden und ich kann wieder klar sehen. Den Gegenstand an der Wand erkenne ich. Jetzt weiß ich, was es ist. Bevor die Monster kommen und mir mein Spielzeug wegnehmen, werde ich das tun, was ich die ganze Zeit schon vorhatte. Denn vielleicht lassen die Monster mich in Ruhe, wenn ich ihnen nur schönes Spielzeug gebe.

Ächzend stehe ich auf und muss mich an der Wand festhalten, weil mir etwas schwindelig ist. Zum Glück sind meine Gedanken wieder klar genug und das Gefühl, dass sich alles um mich dreht, ist bestimmt bald vorbei. Ich hole tief Luft, greife nach dem Gegenstand und gehe zurück in die Höhle zu meinem Spielzeug, geradewegs auf das stinkende zu. Ich komme mir mächtig vor, weil ich groß bin. Viel größer als die Spielzeuge, die auf dem Boden kauern und zu mir aufschauen müssen.

»Weißt du, für was das ist?« Ich halte meine Hand hoch.

Es zittert, die Schultern zucken hoch und runter. Dann sagt es: »Ich ... ich weiß ... es nicht.«

»Ich mache dich jetzt kaputt.«

# *Kapitel 36*

Der heftige Sturm hat Elisabeth Pike gezwungen, eine Pause einzulegen und in Coulterville in einem ziemlich heruntergekommenen Motel abzusteigen. Lieber wäre sie direkt durchgefahren, aber sie hat Angst, wenn sie im Regen mit dem Auto unterwegs ist. Jeff starb bei einem Autounfall, als es geregnet hat.

Am Morgen ist sie früh aufgestanden und seit einigen Minuten zurück auf der Interstate. Der Himmel ist klar und es ist frisch draußen. Ihr Herz pocht in freudiger Erwartung, Emily bald wieder in die Arme nehmen zu können. Je näher sie ihrem Ziel kommt, desto aufgeregter ist sie.

Als sie ihren Wagen am Parkplatz beim Nationalpark abstellt, sieht sie auf dem Weg, der am Parkplatz vorbeiführt, Ranger auf großen, braunen Pferden vorüberreiten. Elisabeth schließt das Auto ab, schultert ihre Tasche und geht den Weg entlang zum Visitor Center. Als sie zum letzten Mal hier gewesen ist, waren nicht so viele offiziell aussehenden Menschen unterwegs.

Am Visitor Center stehen mehrere Kamerateams und bestürmen im Moment einen Ranger mit ihren Fragen. Elisabeth geht mit geradem Rücken an ihnen vorbei und betritt das Visitor Center. Am Empfang sitzt eine dunkelhäutige, ältere Frau mit einer Brille auf der Nase, die etwas in ihren

Computer tippt. Elisabeth räuspert sich, damit sie ihre Arbeit unterbricht. Die Frau schaut nicht auf, hebt lediglich eine Hand. »Einen Moment. Lassen Sie mich gerade noch die Datei speichern.«

»Ja, sicher.« Elisabeth beobachtet die Finger der Frau, die flink über die Tastatur huschen. Immer wieder greifen sie zur Maus, sie schiebt und klickt und tippt wieder. Nach einer gefühlten Ewigkeit sieht die Frau endlich auf und schiebt sich ihre Brille auf den Kopf. Sie lächelt freundlich.

»Entschuldigen Sie, dass es etwas gedauert hat, aber wir haben hier seit einigen Tagen einen mächtigen Andrang behördlicherseits. Was kann ich für Sie tun?«

»Kein Problem. Ich suche die Rangerstation und brauche jemanden, der etwas zu sagen hat.«

Die Frau zieht ihre Augenbrauen hoch. Elisabeth kann ihrem Namensschild entnehmen, dass sie Rosie Blume heißt.

»Das ist heute wohl etwas schwierig ...«

»Nein, nein. Bitte wimmeln Sie mich nicht ab. Ich habe meine Tochter vor zwanzig Jahren hier verloren.«

»Das tut mir leid«, sagt Rosie noch immer mit einem Lächeln auf den Lippen.

»Nein, sie wird seitdem vermisst. Ich muss unbedingt mit einem Ranger sprechen. Ich muss doch in der Nähe sein, wenn man sie findet. Jemand muss wissen, dass ich hier bin.«

Jetzt sieht Rosie verwirrt aus. »Ich befürchte, ich

verstehe Sie nicht, Ma'am.«

»Wissen Sie, ob Agent Caspar bei den Rangern ist? Er kennt mich. Er wird mir sicherlich helfen.«

»Agent Caspar? Ich weiß es leider nicht. Uns wird hier nicht mitgeteilt, wer ...«

»Bitte«, Elisabeth wird ungeduldig, holt tief Luft und versucht, sich zu entspannen, um nicht hysterisch zu werden. »Sie müssen mir helfen. Sind Sie Mutter?« Elisabeth entdeckt auf dem Schreibtisch hinter der Theke ein eingerahmtes Bild von Rosie und einem Mann. Sie wirken verliebt so wie sie sich anlächeln.

»Ja, bin ich, aber ich weiß trotzdem nicht, ob Agent Caspar hier ist. Ich rufe aber gerne für Sie in der Station an, okay?«

Elisabeth beruhigt sich und wischt die feuchten Hände an ihrer Hose ab. »Danke sehr.«

»Sie können sich in der Zeit einen Kaffee holen.« Elisabeth schüttelt den Kopf. Sie will hier stehenbleiben, um mitzuhören, was Rosie dem Agent sagt. Nicht, dass der sie abwimmelt. Elisabeth spürt tief in ihrem Herzen, dass ihre Tochter lebt, hier irgendwo im Yosemite Nationalpark. Und Elisabeth will da sein, wenn man sie findet.

»Also schön. Einen Moment, ja?« Rosie wählt eine zweistellige Nummer auf dem Telefon und hält die Muschel ans Ohr.

»Hey, Keo, mein Schatz. Ist dein Daddy da?«

Sie hört zu. Ihrer Mimik ist nicht zu entnehmen,

was der Gesprächspartner gerade sagt.

»Soll ich warten oder ruft er gleich durch?« Sie nickt und macht: »Mhm, verstehe« und: »Dann sag ihm bitte, er möchte sich gleich melden.«

Elisabeth sagt laut: »Agent Caspar. Fragen Sie nach Agent Caspar.«

Rosie nimmt die Muschel vom Ohr und sagt: »Keo, warte einen Moment, ja?« Dann begreift sie. »Oh ja. Sag mal, ist ein Agent Caspar bei euch?« Ihr Mund formt sich zu einem O. Elisabeth sinkt das Herz in die Hose. Was bedeutet das?

»Was? Keo.« Sie zieht den Hörer wieder weg. »Er holt jemanden ans Telefon.«

»Danke. Vielen, vielen Dank.«

Rosie nimmt sich einen Bleistift aus dem Köcher und malt Muster auf einen Notizblock vor sich.

»Ja, Sir? Eine Frau steht hier und wollte Agent Caspar sprechen. Was? Ach so. Sorry, das habe ich gar nicht gefragt.« Sie lächelt verschämt zu Elisabeth. »Sagen Sie mir Ihren Namen, bitte?«

»Elisabeth Pike, Ma'am.« Ihre Stimme zittert.

»Ja, also die Frau heißt Elisabeth Pike.« Rosie mustert Elisabeth. »Weiß ich nicht. Sie hat gesagt, Ihre Tochter wäre vor zwanzig Jahren hier verschwunden und sie wollte unbedingt Agent Caspar sprechen, Sir. Wie war noch Ihr Name?« Rosie hält das Ende ihres Bleistifts an die Lippen. »Mhm, Thomas Land. Agent Thomas Land. Was soll ich der Lady sagen? Ja. Natürlich. Warten Sie.« Rosie steht auf und hält den Hörer über die

Theke. Elisabeth greift danach und hofft, dass er ihr nicht aus den zittrigen und schweißnassen Händen rutscht.

»Ja? Elisabeth Pike hier.«

»Hallo Misses Pike. Agent Caspar ist im Moment mit einem Suchtrupp unterwegs. Wir wollen Ihnen keine Hoffnung machen, Ma'am ...«

»Das weiß ich doch. Bitte, Sir. Ich möchte hier sein, wenn man sie gefunden hat.«

Elisabeth kann das Seufzen durchs Telefon hören. »Natürlich wollen Sie das. Passen Sie auf. Bitte geben Sie mir gleich noch mal Rosie ans Telefon. Sie wird sich um Sie kümmern, okay? Wir melden uns dann umgehend bei ihr, wenn wir etwas Neues haben, einverstanden? Es ist gut, dass Sie hier sind, Misses Pike.«

Elisabeth spürt wie ihr die Tränen in die Augen schießen. »Oh vielen Dank, Sir. Danke.«

»Kein Problem, Ma'am.« Elisabeth reicht den Hörer zurück an Rosie und schluchzt laut auf, so erleichtert ist sie.

»Natürlich, Agent Land. Nein. Keine weiteren Eltern oder Freunde der Familie. Ja, Sir. Bis dann.«

»So, Misses Pike. Kommen Sie. Ich zeige Ihnen einen Ort, wo Sie ungestört auf weitere Nachrichten warten können.«

*Bald sehen wir uns wieder, mein Engel. Und dann werde ich dich nie wieder loslassen.*

# Kapitel 37

Howard kniet sich auf den feuchten Boden und nimmt mit spitzen Fingern das Foto auf. Es zeigt einen jungen Indianer mit einer sehr hübschen Indianerin im Arm. Sie lächeln glücklich. Howard fotografiert es mit seinem Handy ab und schickt die Datei an Thomas.

»Prüf das Bild bitte, ob das Chaska Benning ist.«

»Mach ich sofort. Hey Howard. Die Mutter von einem der Mädchen ist hier.«

»Elisabeth Pike?«

»Ja. Sie wollte dich unbedingt sprechen.«

Howard fühlt sich schlecht. Es ist seine Schuld, dass die Frau den ganzen Weg hergefahren ist und sich nun Hoffnungen macht.

»Du hast sie hoffentlich ein wenig beruhigt?«, fragt er und konzentriert sich wieder auf den Boden, während er weitergeht.

»Ja. Sie wird von der Empfangsdame beim Visitor Center betreut. Howard. Selbst, wenn wir nur noch die Leiche Ihrer Tochter finden, kann sie so endlich Frieden machen.«

Howard seufzt. »Ja. Wohl wahr. Sag mir Bescheid, wenn du was wegen des Fotos hast.«

»Bescheid.« Thomas lacht. »Ich hab‘s schon. Der Mann auf dem Foto ist Chaska Benning. Die Frau ist in keiner Datenbank aufgetaucht. Ich werde gleich mal Charles fragen, ob er etwas weiß. Habt ihr sein Haus gefunden?«

»Nein. Das Foto lag hier auf dem Boden. Mit einem Handy. Es funktioniert nicht mehr, vermutlich hat es der Regen letzte Nacht gekillt.«

»Ah. Den GPS habt ihr also noch nicht?«

»Fehlanzeige. Aber wir folgen weiter den Reifenspuren, die wir vorhin entdeckt haben und hoffen, wir verlieren sie nicht. Wegen des Unwetters gestern können wir froh sein, dass wir überhaupt etwas auf dem Boden erkennen.«

»Gut. Melde dich, wenn du etwas brauchst. Bis später.« Thomas unterbricht die Verbindung.

Also hat Chaska eine Frau oder Schwester. Wo hält sie sich auf? Lebt sie hier irgendwo in einer einsamen Hütte? Oder in einem der Reservate? Thomas wird auf jeden Fall etwas herausfinden, da ist sich Howard sicher.

»Wir sind schon viel zu weit weg von dem GPS, How.« Unbemerkt ist Rick zu ihm getreten.

»Das ist nicht mehr wichtig. Er ist auf jeden Fall hier gewesen. Auf dem Bild, das du gefunden hast, ist eindeutig Chaska zu sehen.«

Rick pfeift durch die gespitzten Lippen. »Okay. Dann war er hier. Und zwar erst vor ein paar Tagen. Das Bild sieht nicht so aus, als hätte es schon länger hier rumgelegen. Da hat einer Panik bekommen.«

Howard seufzt. »Sieht wohl so aus, leider.«

»Was leider?«, fragt Kathlyn, die von ihrer

Erkundungstour zurückgekehrt ist.

»Wir haben ein Foto gefunden, auf dem eindeutig Chaska Benning zu sehen ist. Es könnte sein, dass er entschieden hat zu fliehen. Es kann aber auch sein, dass ihn jemand entführt und das Foto absichtlich hier als Spur hinterlassen hat.«

»Und?« Bob steht neben Kathlyn und hat die Hände in den Taschen vergraben.

»Das kann zwei Gründe haben. Erstens, er könnte mit den Mädchen abgehauen sein, dann müssen wir auf jeden Fall den Spuren weiter folgen. Allerdings hat er vermutlich zu viel Vorsprung, was mich zu Punkt zwei bringt: Die Mädchen sind tot, weil er das Versteck, in dem er sie gefangen hält, verlassen hat. Wenn er ihnen kein Wasser dagelassen hat, sind sie definitiv kurz davor zu sterben oder sind schon tot.«

»Was jetzt?«

Rick kratzt sich am Kinn. »Ich würde sagen, wir folgen weiter den Reifenspuren. Eine andere Chance haben wir gerade nicht.«

Howard nickt. »Die Hundestaffel ist auf dem Weg. Wir sollten noch die Ranger anfordern.«

»Gut, alles klar, dann los.« Bob läuft vorweg, Rick folgt ihm mit einigem Abstand und Kathlyn bildet mit Howard die Nachhut. Die Bäume stehen mittlerweile dichter zusammen. Es dringt wenig Sonnenlicht zu ihnen, dennoch schwitzt Howard durch die Anspannung und Bewegung.

»An dieser Stelle kann kein Auto langgekommen

sein«, sagt Rick und schlägt sich weiter nach rechts durch. Er bleibt plötzlich stehen und sieht auf die Erde. »Hier. Er muss hier langgefahren sein«, ruft er ihnen zu.

Plötzlich hören sie einen lauten Schrei. Bob!

Warum ist er nicht hinter Rick geblieben? Howard eilt zu der Richtung, aus der der Schrei kam.

»Scheiße. Oh mein Gott. Oh mein Gott. Scheißeeee!« Howard hört Bobs Schreie über den Kopfhörer und ein paar Meter vor sich sieht er ihn. Bob liegt auf dem Boden.

»Nicht herkommen!«, schreit er schmerzerfüllt.

»Was ist los, Bob?« Howard bedeutet den anderen mit der Hand stehen zu bleiben.

»Bärenfalle!«, schreit Bob.

»Fuck!«

»Sie war ... unter ... den Blättern. Total versteckt. Oh Scheiße. Scheiße.«

»Okay, ruhig, Bob.« Howard zwingt sich, normal zu atmen, funkt Thomas an und bittet um einen Rettungshubschrauber und fordert die Ranger an.

»Ich gehe zu ihm«, sagt Kathlyn und will loslaufen, aber Rick hält sie am Arm fest. »Nein.«

»Ich kann ihm eher helfen als ihr. Ich habe eine medizinische Ausbildung.«

»Wo ist denn dann dein Verbandszeug?«, fragt Howard.

»Leck mich doch«, flucht sie. »Wir können ihn doch nicht dort liegen lassen. Er steckt fest.«

»Das ist zu gefährlich. Wer weiß, wie viele der Kerl hier versteckt hat. Bob. Kannst du uns sagen, wo dich die Bärenfalle erwischt hat?« Bob antwortet nicht.

»Bob!«, ruft Howard lauter und sieht sich um. Schließlich findet er im Unterholz einen dicken Ast.

»Ihr bleibt direkt hinter mir«, befiehlt er und tastet sich mit dem Ast nach vorne. Bob liegt vielleicht zehn Meter vor ihnen, zwischen mehreren Bäumen. Der Boden unter ihm ist uneben und voller Blätter und Äste. Der perfekte Ort, um Bärenfallen zu verstecken. Verflucht, denkt Howard.

»Ihr dürft in keinem Fall rechts oder links von meiner Spur abweichen. Kathlyn, halt dich an meinem Gürtel fest und Rick an Kathlyns Gürtel.« Sie kommen nur langsam vorwärts. Immer wieder schlägt Howard neben sich und zeichnet Halbkreise mit dem Ast auf der Erde.

»Vielleicht war es nur eine ...« Peng. Die Falle zertrümmert den dicken Ast. Splitter fliegen davon und durch die Wucht hat Howard fast den Halt verloren. Der Rest des Stocks liegt ein paar Meter weiter weg.

»Okay, keine Panik.« Howard bleibt wie erstarrt stehen und sucht nach einem Ersatzast.

»Da vorne am Baum«, sagt Rick hinter ihm.

»Bleib bei uns, Rick«, fordert Howard ihn auf, doch der ist schon auf dem Weg. Schritt für

Schritt nähert er sich seinem Ziel.

»Verfluchter Penner«, brummt Howard.

Rick nimmt sich den Ast und hält ihn hoch. »Hab ihn.« Triumphierend grinst er zu ihnen rüber.

»Verflucht. Hör auf mit der Scheiße und komm her. Und zwar genau den Weg, den du dort hingegangen bist.«

»Ja, schon gut. Kein Grund mich anzumotzen.« Vorsichtig tastet sich Rick mit dem Ast vorwärts und kommt zurück zu ihnen. Er reicht den Ast nach vorne und Howard geht los.

Als sie endlich bei Bob ankommen, sinkt Howard der Mut. Bob ist kreidebleich im Gesicht. Sein Blick geht zu seinem Fuß, der in einem sehr unnatürlichen Winkel nach hinten gebogen ist. Das Hosenbein ist zerfetzt und der Knochen ragt aus der Wade. Die Bärenfalle hat ihn genau zwischen dem Knöchel und dem Wadenbein erwischt. Überall ist Blut und offenes Fleisch.

Zunächst tastet Howard mit dem Stock die Umgebung ab. »Sauber«, sagt er nach einer Weile. Inzwischen hat Kathlyn sich zu Bob hinabgebeugt und zieht ihm seinen Gürtel aus den Schlaufen. Mit schnellen Bewegungen legt sie den Gürtel um den Oberschenkel und zieht ihn zusammen. »Beeilt euch. Ich muss die Blutung stoppen, aber so komme ich nicht an die Wunde dran.«

»Bärenfallen kann man nur zu zweit öffnen«, sagt Rick, der bereits an Bobs Fuß kniet. Über ihnen knattern die Rotoren eines Hubschraubers.

Howard kommt zu ihm nach unten.

»Bob hat Glück, dass er bewusstlos ist.« Sie drehen den Fuß, Howard nickt Rick zu, und beide packen die Falle am Rand und ziehen sie auseinander.

»Lass bloß nicht los«, sagt Rick zwischen zusammengebissenen Zähnen.

»Du auch nicht.«

»Kathlyn, bitte zieh den Fuß hoch.« Rick hat Schweißperlen auf der Stirn. Die Falle hat einen extremen Gegendruck und sie müssen sie dann vorsichtig außer Reichweite tragen, um dort gleichzeitig loszulassen. Zum Glück hat Chaska die Falle nicht im Boden verankert, dennoch ist es ein heikles Unterfangen, denn sie kann jederzeit erneut zuschnappen.

Bobs Wade hängt an den scharfen Zacken, aber Kathlyn zieht den Fuß schließlich raus und drückt sofort die Wunde mit ihrer Jacke ab.

»Lebt er noch?«

»Ich habe die Blutung so gut es geht gestoppt. Wenn der Hubschrauber gleich landet, wird er es schaffen«, sagt sie mit fester Stimme.

Howard konzentriert sich jetzt ganz auf die Arbeit mit der Falle. Vorsichtig tragen sie diese zu einem Busch und sehen sich an. »Alles klar?«

Rick lächelt gequält. »Alles klar. Bei drei.«

Howard atmet tief ein und aus. »Eins. Zwei. Drei.« Gleichzeitig lassen sie los und die Falle schnappt mit einem lauten Knall zusammen.

»Wo ist der Verletzte?«, hören sie hinter sich eine Stimme.

»Vorsichtig. Hier ist alles voller Bärenfallen«, schreit Howard dem Sanitäter zu.

»Alles klar. Mitch. Hast du gehört? Bärenfallen.«

»Patient ist bewusstlos, hat viel Blut verloren. Sein Bein ist zertrümmert. Puls ist extrem schwach«, ruft Kathlyn und hält weiterhin die Jacke auf die Wunde.

Es dauert nicht lange, da haben sich die beiden Sanitäter zu ihnen vorgearbeitet und knien sich neben Bob, um die Erstversorgung durchzuführen.

»Hey, Rick, sieh mal. Ich habe da vorne etwas entdeckt«, sagt Howard und zeigt zu einer Gruppe von dicht gewachsenen Bäumen, die wie ein undurchdringbarer Zaun vor ihnen steht.

»Dort, siehst du die weißen Striche? Das könnte eine Markierung sein. Wir sollten uns das näher ansehen.«

Zu den Sanitätern gewandt sagt Howard: »Kümmern Sie sich gut um den Jungen. Wir brauchen ihn noch.« Die haben Bob bereits auf eine tragbare Plane gelegt und gehen vorsichtig zum Hubschrauber zurück, der immer noch in der Luft über ihnen kreist.

Dann geht es Schlag auf Schlag. Durch den Wald kommen Männer, die Hunde vor sich herführen.

»Rückzug«, schreit Howard ihnen zu. »Hier ist alles voller Bärenfallen.«

Howard kann eine Stimme über Funk hören. »Das haben wir schon mitbekommen, Sir. Wir sind über Funk miteinander verbunden.« Das hat Howard völlig vergessen und dreht sich wieder um. Gerade noch so sieht er Kathlyn auf die Bäume zugehen.

»Verflucht. Macht hier jeder was er will?«, murmelt er.

»Du solltest herkommen«, fordert ihn Kathlyn über Funk auf.

»Was ist mit den Fallen?«

»Von hier hat man einen guten Überblick. Und das Auto haben wir auch gefunden«, antwortet Rick über die Schulter. Howard steigt über mehrere Steine und Baumstämme, schiebt die Äste von sich und tritt hinter den Bäumen auf eine Lichtung. In westlicher Richtung verläuft ein Fluss. Ein Pick-Up ist mit der Front halb darin versunken. Verschiedene Baumstämme sind mit einem dicken und großen X markiert.

Rick und Kathlyn stehen mitten auf der Lichtung.

»Da vorne ist ein Schuppen. Und da hängt ein totes Reh am Baum.« Rick zeigt auf einen Baum, an dem das Wildtier an den Hinterläufen aufgehängt wurde. Rick geht auf den Schuppen zu und versinkt plötzlich im Boden. Mit den Händen krallt er sich an Grasbüscheln fest. Howard eilt zu ihm.

»Oh mein Gott«, ruft Kathlyn, die auf dem Boden kniet und in das Loch starrt.

»Hilft mir auch mal jemand?« Howard kommt an dem Loch an und hält Rick seine Hand hin. Doch als er an ihm vorbeisieht, lässt er ihn fast wieder los.

Am Boden des Lochs kann er jemanden erkennen.

»Fuck!«

»Sagt mir auch mal jemand, was da unter mir ist?«

Howard zieht Rick hoch. »Bethany und Jilliane?«, ruft Howard nach unten. Das Loch ist etwa vier oder fünf Meter tief.

»Helfen Sie uns! Machen Sie schnell. Er will sie zersägen!«

Howard rennt zum nächstgelegenen Baum. Im Laufen zieht er das Seil von seiner Schulter, behält ein Ende in der Hand und lässt es fallen. Am Baum angekommen untersucht er zunächst den Boden nach weiteren möglichen Fallen und wickelt das Seil schließlich um den Stamm. Mit einem Palstek-Knoten befestigt er es, hebt das andere Ende auf und bindet es sich ebenfalls mit einem Palstek um den Bauch. Er eilt zurück zum Erdloch und lässt sich langsam runter. Howard muss sich durchzwängen, so eng ist der Eingang. Die Wände sind voller Erde. Je näher er nach unten kommt, desto mehr umweht ihn ein bestialischer Geruch. Schließlich kommt er unten an.

Der Gestank ist unerträglich. Howard bemüht sich, flach durch den Mund zu atmen. Seine

Augen brauchen einen Moment, bis sie sich an die Lichtverhältnisse gewöhnt haben. Dann sieht er zwei Mädchen. Sie stehen an die Wand gedrängt in dem winzigen Loch und weinen. Das Mädchen mit den dunklen Haaren hält die Blonde fest gestützt. Sie sind schmutzig, tragen Feinripp-Männerunterhemden und am Fuß sind sie mit einer Kette an der Wand verbunden. Aus der Wand ragt eine Art Wasserhahn mit einem Hebel an der Seite. Ihr gegenüber hängt eine Tür ziemlich schief in der Erde in einem Holzrahmen. Auf dem Boden erkennt Howard einen blutigen Fleischklumpen, der so dreckig ist, dass er ihn kaum als menschlichen Fuß identifizieren kann.

»Okay. Ihr seid in Sicherheit. Mein Name ist Howard Caspar vom FBI. Wer seid ihr?«

»Bethany und Jilliane, Sir.« Er hat die Mädchen lebend gefunden.

Howard atmet tief ein. »Wen wollte er zersägen? Er hat noch ein Mädchen bei sich und ist in der Nähe?«

Bethany spricht zuerst. »Er hat ihr den Fuß abgesägt, als er Sie gehört hat, und ist durch diese Tür da mit ihr abgehauen.« Howard entdeckt Schleifspuren am Boden von der Ecke bis zur Tür.

»Howard«, schreit Rick runter. »Bind ein Mädchen ans Seil. Ich hole sie hoch.«

»Geht nicht. Die Ketten am Fuß sind verschweißt. Wir brauchen jemanden mit passendem Werkzeug hier unten«, sagt er über

Funk zurück. »Schick Kathlyn runter. Sie soll sich um die Mädchen kümmern, bis jemand mit dem Werkzeug kommt. Du musst oben nach weiteren Eingängen suchen. Ich versuche die Tür zu öffnen.«

»Verstanden.« Rick zieht das Seil hoch.

»Wen hat der Mann mitgenommen?«

»Emily. Den Nachnamen hat sie uns nicht genannt. Sie wird seit zwanzig Jahren hier unten festgehalten. Oh mein Gott. Ich bin so froh, dass Sie da sind.« Bethany bricht fast zusammen, aber sie hält tapfer ihre Freundin fest.

Emily. Sie ist noch am Leben?

»Was ist mit dem anderen Mädchen? Ashley?«

Bethany schluchzt wieder. »Sie ist tot.«

»Jilliane, hörst du mich? Du brauchst jetzt keine Angst mehr zu haben. Ihr seid in Sicherheit, okay? Ist alles in Ordnung mit dir?«

Bethany senkt den Kopf. »Sie ist vergewaltigt worden«, flüstert sie. Jilliane zuckt bei diesen Worten zusammen. In dem Moment landet Kathlyn auf dem Boden. »Alles klar, Rick. Zieh das Seil wieder rauf.« Besorgt tritt sie auf die Mädchen zu. »Mein Name ist Kathlyn Turner. Ich bin vom FBI und ihr seid jetzt in Sicherheit, okay?« Bethany fällt ihr in die Arme und weint. Jilliane steht teilnahmslos daneben. Dann nimmt Kathlyn auch sie in den Arm und sagt kein Wort mehr.

»Hol dir das Schwein«, sagt sie gedämpft.

Howard weiß, dass die Mädchen in guten Händen sind, als er sich zur Tür umdreht und dagegentritt. Sie springt einen Spalt auf. Das Schwein hat sie nicht mal abgeschlossen. Howard zieht die Glock aus dem Halfter, entsichert den Schlitten und geht in leicht geduckter Haltung durch die Tür. Er betritt eine Art Flur, ein Gang, der mit Holzbalken stabilisiert wurde. An der Decke baumeln nackte Glühbirnen an einem dicken Kabel. Vermutlich eine umfunktionierte Lichterkette, die ursprünglich für draußen gedacht war. Weiter vorne lehnt eine Säge an der Wand, Blut läuft an ihr herunter. Über sich hört er das Bellen der Hunde, hinter ihm spricht Kathlyn mit den Mädchen. Ein paar Meter vor ihm erkennt er eine Öffnung, die offensichtlich zu einer weiteren Höhle führt. Er schleicht sich an die Öffnung und betritt das nächste Loch, das dem Bewohner wohl als Schlafstätte und zur Nahrungsaufnahme gedient hat, denn auf dem Tisch kann er Essensreste erkennen. An Howards Füßen huschen Ratten entlang. Ein Stuhl liegt umgekippt auf dem Boden, der Tisch ist vollgestellt mit Schalen und einer Flasche ohne Etikett. Zum Viertel ist sie noch mit einer dunklen Flüssigkeit gefüllt. Kein Mensch ist zu sehen, aber auch hier gibt es eine Öffnung in der Decke. Eine Strickleiter führt nach oben. Die Höhle ist mit einem weiteren Gang verbunden, der nicht erleuchtet ist.

»How«, ruft Rick von oben.

»Komm runter. Das ist ein verfluchtes Höhlensystem hier.« Howard hört das Knarzen der Seile von der Leiter, die Rick hinunterklettert.

»Unglaublich«, sagt Rick, nachdem er sich umgesehen hat. »Hat wohl auch hier geschlafen. Direkt neben den Mädchen, die er zwanzig Jahre festgehalten hat.« Er deutet auf eine verdreckte Decke, die auf dem Boden liegt. Nicht einmal ein Feldbett oder eine Matte liegt darunter.

»Wie abgebrüht muss man sein? Und dann ganz normal zur Arbeit gehen und so tun, als würde man für die Sicherheit im Park sorgen.«

»Unglaublich, oder? Aber wir müssen uns beeilen. Er hat sich Emily geschnappt. Dort entlang. Du bleibst dicht hinter mir.«

Rick entsichert seine Waffe und hält sie im Anschlag vor die Brust. »Geht klar. Ich bin bereit.«

Howard schaltet die Taschenlampe ein und legt sie direkt über die Waffe, die er mit der anderen Hand stabilisiert. Geduckt betritt er den Gang. Die Wände sind nicht mit Holz abgestützt, Erde rieselt immer mal wieder auf ihn hinab. Er erinnert sich an die Zeit in dem Holzsarg unter der Erde, in dem Alice ihn gefangen gehalten hat. Howard verdrängt den Gedanken daran und konzentriert sich auf jedes Geräusch, was darauf hindeutet, wo der Mistkerl ist. Chaska kann nicht schnell vorankommen. Er hat Emily dabei. Sie muss extrem viel Blut verlieren und die Zeit ist knapp.

Er leuchtet nach unten. Eine helle Blutspur führt von ihm weg. Sie erreichen eine Stelle, an der sich der Gang noch einmal teilt. Eine Wand aus Erde türmt sich vor ihnen auf. Als Howard dort ankommt, leuchtet er wieder auf den Boden. Rechts ist eine Schleifspur, links nichts. Howard geht nach rechts, von wo aus er auch einen Schrei vernimmt. Emily. Er beschleunigt seine Schritte. Folgt dem Gang und stolpert in die nächste Höhle. Er kann gerade noch eine Gestalt in einem weiteren Gang erkennen. Emily hängt wie ein nasser Sack in seinen Armen. Sie verdeckt sein Gesicht, aber Howard starrt direkt in den Lauf einer kleinkalibrigen Pistole. Chaska schießt, trifft jedoch die Wand. Erde spritzt Howard entgegen. Er lässt sich zu Boden fallen, in seinen Ohren klingelt es. Als er aufsieht, liegt Emily vor ihm. Howard kann gerade noch so die Füße von Chaska sehen, der den Gang entlang eilt.

»Rick. Kümmere dich um Emily.« Er rennt an Emily vorbei in den Gang. Erneut löst sich ein Schuss. Wieder schießt Chaska daneben. Dann steht Howard erneut in einer Höhle. Von der Decke baumeln Tierkadaver, in einer Ecke steht eine Art Ofen. An der Wand baumelt eine weitere Strickleiter. Howard kann noch Chaskas Bein erkennen. Wenige Augenblicke später zieht dieser die Leiter nach oben.

»Fuck!«, schreit er. Es dauert zu lange, um den Gang wieder zurückzulaufen. Also reißt Howard einen Kadaver von der Decke, fummelt den Haken aus dem Fleisch und klettert die Wand nach oben. Er rutscht immer wieder ab und schlägt den Haken erneut in die Wand. Mit den Fingernägeln krallt er sich in die Erde und zieht sich nach oben. Als er endlich oben ankommt, befindet er sich an einer vertrockneten Stelle am Fluss. Immer noch geduckt dreht er sich langsam in Richtung Bäume. Die Öffnung ist durch Büsche und hohe Gräser geschützt. Anscheinend ist Chaska auf die Bäume zugekrochen, ansonsten hätten ihn die anderen sehen müssen. Auf der Lichtung ist die Hölle los. Überall Sanitäter, Ranger, Leute mit Hunden. Dazwischen sitzt Kathlyn mit einem der beiden Mädchen und spricht mit ihr.

»Bleibt zurück. Ich glaube, Chaska ist zum Wald gelaufen«, sagt er leise ins Funkgerät. Howard geht zu den Bäumen und nimmt aus den Augenwinkeln eine Bewegung wahr. Chaska steht an einem Stamm und starrt auf die Markierung.

»Chaska Benning. Bleiben Sie stehen«, ruft Howard in seine Richtung und geht langsam auf ihn zu. Chaska dreht sich behäbig herum, hebt den Arm und richtet die Waffe auf ihn, doch es löst sich kein Schuss. Chaska wirft die Pistole von sich.

»Sie haben keine Chance, Chaska«, sagt Howard. Der Mann ist knappe fünfzehn Meter von ihm entfernt. Etwas an der Gestalt kommt Howard merkwürdig vor. Auf dem Foto war Chaska wesentlich schlanker gewesen. Oder es ist wesentlich älter und er hat in der Zwischenzeit einiges zugelegt.

»Geh weg. Die Monster. Sie kommen.«

Monster?

Chaska wendet sich zum Wald und macht einen Schritt nach vorne. Dann noch einen. Warum rennt er nicht? Howard eilt auf ihn zu, doch dann erschüttert ein lauter Knall den Wald. Chaska Benning ist in seine eigene Bärenfalle getappt. Der Schrei geht Howard durch Mark und Bein. Er bückt sich, schnappt sich einen Ast und tastet sich bis zu Chaska vor, der auf der Seite liegt. Seine Hand ruht auf der Falle und er zappelt und zuckt. Howard steckt seine Waffe ein, kniet sich auf den Boden und dreht den massigen Körper zu sich. Doch schon als er die Haare sieht, weiß er mit Bestimmtheit, dass es sich nicht um Chaska Benning handelt. Das Gesicht ist der Beweis. Das ist nicht Chaska Benning. Der Mann vor ihm sieht Howard jetzt angsterfüllt an.

»Die Monster. Sie kommen. Haut ab. Schnell.« Howard spricht in sein Mikrofon: »Täter ist gestellt. Chaska Benning noch auf freiem Fuß. Höchste Alarmbereitschaft. Ich wiederhole: Höchste Alarmbereitschaft. Erbitte Sanitäter. Täter schwer verletzt.« Howard holt das Foto aus der Tasche und deutet darauf. »Wo ist Chaska Benning?«

Der Mann wimmert. »Tut so weh. Bitte.« Er hat

vier Mädchen in seiner Gewalt gehabt und wer weiß was alles mit ihnen angestellt. Einer von ihnen hatte er vor wenigen Minuten den Fuß abgesägt, Ashley hat er vermutlich getötet. Sein Mitleid hält sich absolut in Grenzen.

»Wo ist Chaska Benning? Antworte mir, verdammt nochmal.«

»Weiß nicht. Weiß nicht wo. Kenn ich nicht. Habe Angst. Bitte, haut ab.« Dann verliert der Mann das Bewusstsein. Howard schlägt mit der Faust auf den Boden. »Verdammt nochmal.« Hinter sich hört er die Sanitäter und Charles, die auf ihn zukommen.

»Hier ist alles voller Bärenfallen«, sagt Charles und zieht Howard auf die Lichtung zurück.

»Wir müssen Benning finden«, sagt Howard und wirft den Ast von sich.

»Er ist tot.«

Howard dreht sich zu ihm. »Bitte was? Wo haben Sie ihn gefunden?«

»Kommen Sie, Agent Caspar.« Charles geht vor, während Howard ihm folgt. Aus den Augenwinkeln erkennt er, dass Rick mit den Sanitätern spricht, die Emily erstversorgen. Sie sieht aus wie ein Geist, so blass und durchscheinend sieht ihr Körper aus. Ihre Knochen stehen hervor. Jemand legt eine Decke über ihre Schultern.

Charles führt ihn zu einem Baum, an dem ein Holzbrett hängt.

*»Ruhe in Frieden, geliebte Ehefrau und Schwester. 1979«*

Direkt davor ist zwischenzeitlich ein Loch ausgehoben worden und auf der Seite liegt ein Mann. Sein Gesicht ist aufgebläht von den Leichengasen, an den Händen finden sich Leichenflecken. Manche Beulen sind bereits geplatzt. Maden tummeln sich in den offenen Stellen. Ein Mann kniet bei der Leiche, untersucht sie.

»Das ist Chaska Benning?«, fragt Howard.

»Ja. Eindeutig. Die Männer müssen die Stelle aufgraben. Vermutlich befindet sich darunter die Leiche der Frau.« Charles atmet schwer. »Meine Cousine, Alisa Benning. Ich habe das Foto gesehen, dass Sie an Agent Land geschickt haben.«

»Ihre Cousine? Moment mal? Sie kannten die beiden?«

»Natürlich kannte ich sie. Chaska war mein Cousin und hat bis achtundsiebzig mit mir in einem Reservat gelebt. Er war der Bruder von Alisa. Sie haben ... sie hatten ... eine Liebesbeziehung, und als Alisa schwanger von ihm wurde, hat man beide verbannt.«

»Schwanger«, wiederholt Howard tonlos.

»Ja, schwanger. Inzest. Kennen Sie sicherlich, Agent Caspar.« Noch immer feindet Charles ihn an.

»Es tut mir leid, dass Sie Ihre Cousine verloren haben«, sagt er nur.

Charles dreht sich weg. »Dieses Paar war eine Schande für unser Volk. Früher wären sie von ihrem Stamm getötet worden. Wie Vieh, das nicht mehr gebraucht wird, verstehen Sie? Aber heutzutage wird das nicht mehr gemacht. Also wurden sie verbannt. Zwölf Jahre später tauchte Chaska in der Rangerstation auf und bewarb sich um einen Job. Er hat mich angebettelt, ein gutes Wort für ihn einzulegen. Er habe lange gelitten. Alisa wäre bei der Geburt des Kindes verstorben. Er war ziemlich am Ende und er tat mir leid. Er hat genug gebüßt und ich setzte mich für ihn ein.« Charles legt beide Hände aufs Gesicht.

»Wer ist dann der Mann im Wald?«, fragt Howard.

Charles nimmt die Hände runter. Er hat Tränen in seinen Augen. »Es muss sein Sohn sein. Alisas und Chaskas Sohn. Er hat ihren Mund, seine Augen. Oh mein Gott.«

## *Oktober 1978 – In den Wäldern des Yosemite Nationalparks*

# Kapitel 38

Die Blätter der Bäume, die noch an den Ästen hingen, leuchteten in Orange, Rot und Gelb. Die bunten, warmen Farben zeichneten sich kontrastreich vom dunkelblauen Himmel ab. Keine Wolke war zu sehen. Vögel zwitscherten, irgendwo klopfte ein Specht gegen einen Baumstamm, es knackte und raschelte im Unterholz. Dieser Teil des Waldes war voller Leben.

»Mir wird kalt«, sagte Alisa.

»Ich wärme dich.« Chaska zog seine Jacke aus und legte sie über Alisas Bauch. Ihr Blick war voller Wärme und Liebe als er ihr über das dichte, schwarze Haar strich.

»Ich liebe dich, Alisa.«

»Ich dich auch. Was sollen wir jetzt tun, wo sollen wir hin? Wir haben nichts.«

»Wie findest du diese Lichtung? Wir haben hier Platz, Zugang zum Fluss, und wenn unser Kind laufen kann, hat es den größten Spielplatz, den es sich nur wünschen kann.«

Alisa setzte sich auf und zog seine Jacke über. Sie lächelte und ihre Augen funkelten. »Ich meine jetzt. Morgen. Übermorgen. Was essen wir? Wie schützen wir uns vor Bären? Wo bekomme ich mein Baby?«

»So viele Fragen, meine kleine Wildkatze. Ich baue uns hier eine Hütte.« Er stand auf und ging über die Lichtung. Dann blieb er stehen. »Hier kommt die Küche hin und hier«, er ging zwei große Schritte zur Seite, »das Schlafzimmer. Hier essen wir und hier kann unser Baby groß werden. Hier wird die Toilette sein und eine Badewanne. Und ich will einen Raum haben, wo wir beisammensitzen können. Siehst du. Hier.« Chaska fühlte sich so frei wie noch nie. Er konnte bestimmen, wo sie lebten, aßen, sich liebten, wuschen. Niemand würde hier draußen über sie richten. Niemand würde sie davonjagen. Es war sein Platz. Gemeinsam mit Alisa gehörte er genau hierher.

Chaska ging zurück zu ihr, nahm ihre Hand in seine. »Ich werde dich und unser Kind beschützen. Vor Bären, vor den anderen Menschen. Niemand mischt sich mehr in unser Leben ein.«

Sie beide hatten eine schwere Zeit hinter sich. Als Chaska vor einigen Jahren bemerkt hatte, dass er seine Schwester mehr als einen Bruder liebte, hatte er versucht, seine Gefühle zwanghaft zurückzuhalten. Doch eines Nachts fand er sie draußen vor. Sie war verwirrt, hatte einen Albtraum gehabt und er hatte sie in ihr Zimmer begleitet und sie beruhigt und dann war es passiert. Sie küsste ihn. Erst einen normalen

Bruder-Schwester-Kuss. Doch daraus wurde ein leidenschaftlicher Kuss, den sich nur Geliebte geben. Sie hatten gekeucht, sich gestreichelt, überall, waren miteinander verschmolzen. Sie schrien gedämpft in ihre Kissen, lagen eng verschlungen noch lange beieinander und beteuerten sich, wie sehr sie sich zueinander hingezogen fühlten. Chaskas Dad fand als erstes heraus, was seine Kinder ihm verheimlichten. Er versuchte, ihr Verhalten mit Prügel zu unterbinden, aber die Schmerzen waren lange nicht so groß wie ihre Sehnsucht nacheinander. Schließlich hatte er versucht, sie räumlich voneinander zu trennen. Alisa kam zu ihrem Cousin Charles, der sie beschützen sollte. Aber das hielt Chaska nicht davon ab, sie zu sehen, wann immer Charles sie alleine ließ. Sie liebten sich im Wald, in Höhlen, hinter umgestürzten Baumstämmen. Und dann wurde Alisa schwanger. Charles hatte vorgehabt, mit Chaskas Dad das Baby aus Alisas Leib zu holen. Aber Chaska hatte seine Schwester vor ihnen gerettet. Das Geheimnis war keines mehr. Alle wussten, was sie getan hatten.

»Es darf nicht sein. Es ist wider die Natur«, hatten sie geschrien. Chaskas Dad hatte beide verbannt. Sie durften niemals mehr ihren heimatlichen Boden betreten, sollten niemals mehr in die Gemeinschaft aufgenommen werden.

»Ja«, sagte Alisa. »Ich möchte mit dir zusammen sein. Niemand darf etwas gegen unsere Liebe haben, denn sie ist ein wahres Wunder.« Chaska zog Alisa hoch.

»Wir werden es schaffen.«

Doch es war alles andere als einfach. Ohne Werkzeug, ohne Decken, ohne Dach über dem Kopf und ohne Nahrung. Sie mussten die erste Nacht im Freien verbringen, weil Chaska das Dach nicht fertigbekommen hatte. In der Nacht war es eingestürzt und er musste am nächsten Morgen von vorne beginnen. Alisa versuchte Fische zu fangen, aber auch das gelang ihr ohne die richtigen Materialien nicht. Dennoch schafften sie es zu überleben. Chaska schnitzte Pfeile, mit denen er ein Eichhörnchen erlegte, das sie über Feuer grillten. In der zweiten Nacht hatten sie ein Dach über dem Kopf, in der dritten eine Wand und nach einer Woche stand eine wackelige Hütte auf der Lichtung. Chaska bemühte sich, die Konstruktion so gut es ging zu stabilisieren, aber in der zweiten Woche fegte ein heftiger Sturm über die Lichtung und die Hütte fiel in sich zusammen. Glücklicherweise war niemand von ihnen verletzt worden.

Dann entschied sich Chaska eine Höhle zu bauen. Dazu verwendete er einen zurecht geschnitzten dicken Ast, der stabil genug war, um die Erde umzugraben. Mit den Überresten der

Hütte hielt er die Wände stabil. Es war nicht gemütlich, nicht schön, aber sie waren sicher und blieben trocken, wenn es regnete.

Es wurde Winter und Frühling und Alisa kam dem Geburtstermin immer näher. Es ging ihr zusehends schlechter. Chaska wollte einen Arzt holen, aber Alisa erlaubte es nicht.

Als die Geburt kurz bevorstand, schrie sie so laut, dass Chaska weinen musste. Doch sie versicherte ihm, dass alles gut war, dass Frauen Schmerzen haben müssten. Dass es normal wäre. Aber es war nicht normal. Sie verlor zu viel Blut und das Baby kam nicht raus. Alisa war schwach und hatte Fieber.

»Bitte, hole keinen Arzt. Bitte«, flehte sie ihn an. Chaska blieb bei ihr und dann bewegte sich Alisa nicht mehr. Sie lag schlaff auf dem Boden, zwischen ihren Beinen schauten die Haare ihres Kindes heraus. Das Köpfchen. Chaska schrie Alisa an, sie sollte aufstehen, aber sie blieb ruhig liegen. Er wusste nicht, was er machen sollte. Also zog er an dem Kopf. Zerrte und drehte, seine Händen tauchten in Alisas Unterleib und griffen nach den winzigen Schultern, die immer wieder weg glitten. Aber dann machte es ein schmatzendes Geräusch und er hielt das Baby im Arm. Es schrie nicht, die Augen waren geschlossen. Er wusste, dass Babys nach ihrer Geburt schrien. Es atmete, aber es schrie nicht. Chaska schüttelte das Baby leicht, dann etwas härter und endlich schrie es. Schleim flog aus seinem Mund in Chaskas Gesicht. Chaska weinte. Er hielt sein Baby im Arm und weinte bitterlich.

»Sieh nur, Alisa. Unser Baby. Es ist gesund. Es stimmt nicht, was die anderen gesagt haben, es würde krank auf die Welt kommen. Ein Wunder. Wie du gesagt hast.« Aber Alisa antwortete nicht.

»Alisa?« Er schubste sie an, legte sein Ohr auf ihre Brust. Sie atmete nicht mehr.

»Alisa!«, schrie er, legte das Baby auf seine Jacke und wickelte es darin ein. Es war noch mit Alisa verbunden.

»Bitte. Alisa. Öffne die Augen. Bitte.«

Chaska wusste nicht, wie lange er neben seiner toten Schwester gelegen hatte. Irgendwann schrie das Baby. Er nahm es in den Arm, drückte es an sich. Wie sollte er schaffen, dass es überlebte? Ohne Alisa? Ohne ihre Milch? Er musste versuchen, es zu füttern. Er müsste Fleisch so klein zerkauen, dass er es dem Baby geben konnte. Er könnte es so lange wie möglich mit Alisa verbunden lassen.

Verzweifelt verließ er die Höhle. Wie sollte er ein Kind in der Wildnis großziehen? Es würde nicht überleben.

Doch das Kind überlebte. Chaska nannte es Caden, nachdem er Alisa unterhalb eines Baumes begraben hatte. Mit den Jahren bemerkte Chaska, dass Caden kein normales Kind war. Er konnte nicht laufen bis er sieben war, sprach nicht, obwohl er schon lange sprechen müsste, war nicht sauber, sondern pinkelte sich ständig in die Hosen, die Chaska aus Alisas Sachen geknotet hatte.

Als Caden dann endlich etwas sagte, war er schon zwölf und es klang wie »Muscheschen.« Was so viel bedeutete wie: »Ich habe Hunger.«

Caden war dann alt genug, dass Chaska ihn alleine lassen konnte. Er erzählte ihm, dass außerhalb der Lichtung böse Monster seien, die ihn fressen würden, wenn sie ihn sähen. Caden hatte Angst und blieb in der Höhle mit dem Fleisch, das Chaska getrocknet hatte. Er war fünf Tage lang fort und kam mit einem Auto, einem Job, Nahrung, Kleidung und Werkzeug zurück.

Als Caden aggressiv wurde, musste Chaska handeln. Es wurde immer schlimmer. Sein Sohn schlug sich selbst, fügte sich Verletzungen zu, saß mit leuchtenden Augen bei einem fast toten Reh und bohrte in der Wunde herum, um das Tier zu quälen. Chaska beschloss ihm etwas mitzubringen.

## Kapitel 39

Howard starrt in den Wald, in dem die Sanitäter mittlerweile so weit sind, den Mann auf eine Trage zu hieven. Der massige Körper ist so breit, dass er nicht richtig darauf passt. Sie fixieren ihn mit Hand- und Fußschlaufen und schleppen ihn über die Lichtung, auf der mittlerweile zwei Hubschrauber stehen. Howard eilt zu ihnen.

»Er ist noch bewusstlos, Agent«, sagt einer der Sanitäter. Es ist der gleiche Mann, der Bob mitgenommen hat.

»Wie geht es dem Agent, den sie vorhin abgeholt haben?«

»Sein Zustand ist stabil. Er wird momentan operiert, aber er hat eine Menge Blutkonserven verbraucht.« Howard spürt, wie das Adrenalin seinen Körper verlässt. Mit einem Mal fühlt er sich erschöpft, hat Hunger und Durst und würde sich am liebsten ins Bett legen, um zu schlafen.

»Emily wird mit den beiden Mädchen ins nächste Krankenhaus geflogen. Sie haben den Fuß mitgenommen.« Rick steht neben ihm und bläst Dampf aus seinem Mund.

»Hoffen wir das Beste für sie«, sagt Howard. Mittlerweile hat sich auch Kathlyn zu ihnen gesellt und schmiegt sich in seine Arme. Die Lichtung ist immer noch voller Menschen. Es wird vermutlich Wochen dauern, bis die Untersuchungen abgeschlossen sind. Niemand weiß, wie groß das Höhlensystem ist. Howard ruft einem Mann von der Spurensicherung zu: »Denkt an das andere Mädchen. Sie muss hier irgendwo sein.« Der Mann nickt ihm zu und verschwindet in einem der Erdlöcher. Dann gesellt sich Charles zu ihnen. Er wirkt müde, ist lange nicht mehr so angespannt, sondern sieht blass aus, die Schultern hängen runter.

»Ja, also, Sir. Agent ...«

»Sagen Sie Howard. Das sind Rick und Kathlyn«, schlägt Howard vor.

Charles versucht zu lächeln. »Ich muss das erstmal verdauen. Hätte ich gewusst, was Chaska da treibt, ich hätte das niemals durchgehen lassen.«

»Offensichtlich wurden die Mädchen von Chaska entführt. Genaues können uns die Opfer sagen, sobald sie vernehmungsfähig sind. Ob Vater und Sohn sich an den Mädchen vergriffen haben, können wir ebenfalls noch nicht bestätigen«, sagt Rick. »Sie waren eben noch zu aufgewühlt, um Fragen zu beantworten. Emily konnte es nicht glauben, dass sie frei ist. Sie hat es am schlimmsten getroffen.«

»Anscheinend hat Chaska seinem Sohn erzählt, im Wald wären Monster. So konnte er sicherstellen, dass er dieses Gebiet nicht verlässt. Der Mann hat unentwegt von Monstern gefaselt«, sagt Howard.

»Chaska hat sich an die Geschichte drangehängt,

die sein Volk sich geschworen hat«, sagt Kathlyn nachdenklich.

Charles reibt sich über das Kinn. »Das waren doch alles nur Abschreckungen. Niemandem sollte etwas passieren.«

»Was ich nur noch nicht verstehe. Warum hat niemand nach den Mädchen gesucht? Warum gab es keine Akte auf Ihrem Server?«

Charles druckst etwas herum und hält den Blick gesenkt, als er antwortet: »Ja, das war wohl mein Fehler, weil ich es nicht kontrolliert habe. Chaska sollte den Bericht auf den Server laden. Offensichtlich hat er das versäumt. Wir haben die Kleidung und die Rucksäcke der Mädchen aus dem Fluss gefischt, deshalb gingen wir davon aus, dass sie ertrunken waren«, gibt er schließlich zu.

»Und die Mädchen, die kürzlich verschwanden?«, will Howard wissen.

»Wir sind ja noch voll bei der Suche gewesen«, verteidigt er sich. »Jedenfalls, danke, dass Sie uns geholfen haben«, sagt er.

Rick räuspert sich und steckt die E-Zigarette weg. »Chaska muss Adahy bedroht haben. Das hat uns Ihr Sohn gesagt.«

Tränen sammeln sich in Charles Augen. »Das tut mir leid. Adahy war ein guter Mann.«

Howard seufzt und spricht ins Mikro: »Thomas. Wir sind hier fertig.«

»Hab's mitbekommen«, sagt der. »Drei Mädchen und ein Mann sind lebend auf dem Weg ins

Mammoth Hospital. Ich habe Misses Pike bereits informiert.« Sehr gut. Die Mutter weiß also Bescheid.

»Sehr gut. Weißt du, wo Bob ist?«

»Auch im Mammoth. Muss ein ziemlich gutes Krankenhaus sein, laut Aussage der Ranger hier.«

»Wir treffen uns dann alle dort.« Howard trennt die Verbindung.

»Ich schätze, Sie fliegen mit dem Hubschrauber hin«, mutmaßt Charles.

»Ja. Wollen Sie mitkommen?«

»Ich? Nein. Ich habe mit meinen Söhnen zu sprechen. Wir sehen uns sicherlich.«

Howard nickt ihm zu und geht mit Kathlyn und Rick zum Hubschrauber. Demselben, mit dem sie gekommen sind. Der Pilot steht draußen und hat die Füße übereinandergelegt.

»Können Sie einen Umweg zum Mammoth Hospital machen?«

»Klar. Steigen Sie ein.«

# Kapitel 40

Elisabeth reicht den Hörer an Rosie. Sie bringt kein Wort raus, so heftig weint sie.

»Was haben Sie ihr gesagt? Sie ist völlig aufgelöst, Agent Land. Ach so. Okay. Danke.« Rosie legt den Hörer auf, geht um die Theke rum und nimmt Elisabeth in den Arm.

»Ich ... ich wusste es«, japst Elisabeth. »Oh lieber Gott. Danke sehr. Ich muss sofort zu ihr fahren.«

»Ich bringe Sie hin, Ma'am«, sagt Rosie.

»Oh nein. Das müssen Sie nicht. Wirklich.«

»Doch, das muss ich. Und mein Name ist Rosie.« Rosie schiebt sie ein Stück von sich und reicht Elisabeth die Hand.

»Danke, vielen Dank, Rosie.«

»Das mache ich gerne. Außerdem bist du so aufgewühlt, dass es Selbstmord wäre, wenn du dich hinters Steuer setzt.« Rosie reicht Elisabeth ein Taschentuch, die sich damit über die Augen wischt und die Nase putzt.

Rosie meldet sich bei einer jüngeren Kollegin ab.

Sie nehmen Rosies Wagen, der hinter dem Visitor Center auf dem Mitarbeiterparkplatz steht.

»Es sind mehr als zwei Stunden bis zum Krankenhaus«, sagt Rosie und fährt los.

»Ich wusste, dass Emily noch am Leben ist«, sagt Elisabeth plötzlich.

»Mutterinstinkt. Ich habe davon gehört. Ich möchte mir nicht ausmalen, was du in den letzten Jahren durchgemacht hast.«

»Niemand hat mir geglaubt. Freunde haben sich von mir abgewandt, Nachbarn fanden mich seltsam und hier im Park hat mir auch niemand geholfen. Man hat Emily für tot erklärt, obwohl nie eine Leiche gefunden wurde.«

»Das tut mir wirklich leid, Elisabeth.«

»Du kannst dir nicht vorstellen, wie glücklich ich bin. Wie viele schlaflose Nächte ich hatte, wie oft ich mir vorgestellt habe, was Emily gerade angetan wird. Es hat mich wahnsinnig gemacht.«

»Es wird nicht einfach werden«, sagt Rosie ernst.

»Was meinst du?«

Rosie sieht angestrengt auf die Straße vor ihr. »Was auch immer deiner Tochter passiert ist, es wird nicht leicht für sie werden, es zu verarbeiten. Ich freue mich auf jeden Fall wahnsinnig für dich.«

»Ja, das weiß ich. Ich habe Tagebuch geführt. Die letzten zwanzig Jahre habe ich jeden Tag etwas hineingeschrieben. Manchmal ist es nur ein Wort oder Satz. Es hat mir geholfen, die Hoffnung nicht zu verlieren. Danke Rosie. Es ist lange her, dass jemand nett zu mir war.«

Rosie biegt auf die Interstate ab. »Schlaf ein bisschen, Elisabeth. Ruhe tut dir gut.«

Elisabeth nickt, lehnt sich zurück und schließt zum ersten Mal seit zwanzig Jahren mit einem warmen und beruhigten Gefühl die Augen.

»Elisabeth. Aufwachen.« Sie schreckt auf. Im ersten Moment hat sie Angst, alles nur geträumt zu haben, aber dann blickt sie in die freundlichen Augen von Rosie und erleichtert atmet sie durch. Es war kein Traum. Alles wird gut.

»Wir sind da, Liebes.« Rosie reicht ihr eine Wasserflasche.

»Ich kann mich gar nicht genug bedanken.« Elisabeth nimmt einen Schluck daraus und gibt die Flasche zurück.

»Das habe ich sehr gerne gemacht.«

»Kann ich ... möchtest du mit reinkommen?«

Rosie lächelt. »Oh nein. Ich würde nur stören.«

Elisabeth hat Tränen vor Rührung in den Augen. Es kommt selten vor, dass Menschen nett zu ihr sind. Selbst die Nachbarskinder machen einen großen Bogen um sie oder wechseln die Straßenseite, wenn Elisabeth ihre Post aus dem Briefkasten holt. Sie beugt sich zu Rosie und umarmt sie.

»Vielen Dank für alles.«

»So viel war das nicht«, winkt Rosie ab. »Und nun los. Deine Tochter wartet.« Elisabeths Hände zittern, als sie die Tür aufdrückt. »Danke trotzdem.« Sie steigt aus, bleibt noch einen Moment stehen, bis Rosie mit dem Wagen nicht mehr zu sehen ist. Dann geht sie den Weg entlang, der zum Eingang des Krankenhauses führt. Die Türen öffnen sich zischend und als sie den

Empfang betritt, steigt ihre Nervosität. Ohne sich umzusehen, tritt sie an den Check-In Schalter.

»Misses Pike?« Elisabeth dreht sich um. Die Agentin steht vor ihr und lächelt.

»Oh, Sie ... sind auch hier. Verzeihung. Ich habe Ihren Namen vergessen.«

»Nicht schlimm. Ich bin Kathlyn Turner.«

»Hallo. Ist Agent Caspar auch hier?«

»Er ist gerade bei den anderen beiden Mädchen. Er sagte mir, ich soll Sie begleiten, wenn Sie ankommen.«

»Sie haben auf mich gewartet?«

Kathlyn nickt. »Natürlich.«

Wieder steigen Elisabeth die Tränen in die Augen. »Es tut mir leid. Irgendwie bin ich sehr nah am Wasser gebaut im Moment.«

Kathlyn lächelt. Sie hat ein sehr warmes, verständnisvolles Lächeln. Elisabeth fühlt sich sofort wohl. »Dafür habe ich volles Verständnis. Sind Sie bereit?«

»Ja, ja ich bin bereit.«

»Bitte erschrecken Sie nicht zu sehr, wenn Sie Ihre Tochter sehen. Es ist lange her und sie hat sich verändert. Ihr steht heute noch eine komplizierte Operation bevor. Sie wurde gerade vorbereitet aber Sie können Ihre Tochter noch kurz sehen.«

Elisabeths Herz setzt einen Moment aus. »Eine Operation?« Ihre Stimme überschlägt sich.

»Sie hat ihren Fuß verloren. Aber man ist guter

Dinge, dass man das wieder hinbekommt.«

»Geht es ihr gut? Ist sie schwer verletzt? Kann sie mit mir reden?«, fragt sie drauflos.

»Es geht ihr den Umständen entsprechend gut. Sie ist wach, aber ein bisschen benommen wegen der Schmerzmittel. Aber sie hat nach Ihnen gefragt. Wie bereits erwähnt, wird sie gleich operiert.« Kathlyn nimmt Elisabeths Hand und führt sie den Flur lang. Elisabeth lässt sich mitziehen. Sie gehen durch eine große Tür und gelangen zum Liegendbereich des Krankenhauses. Der Empfang ist besetzt. Eine junge blonde Schwester sitzt dort und schreibt etwas. Sie beachtet die beiden nicht weiter. Der Gang, in dem sich die Zimmer befinden, ist leer. Die Türen sind geschlossen. An der vorletzten Tür bleibt Kathlyn stehen und drückt Elisabeths Hände.

»Vielen Dank. Für Ihren Einsatz. Für alles.«

»Das ist unser Job«, antwortet Kathlyn, lässt die Hände los und geht den Flur zurück. Elisabeth legt ihre Finger um den Türknauf. Schließlich atmet sie tief durch, öffnet die Tür und betritt den Raum. Ihre Tochter liegt in einem Einzelzimmer. Neben dem Bett ist ein Überwachungsmonitor und unter einem weißen Laken erkennt Elisabeth ein kleines, blasses Gesicht.

»Oh mein Gott. Emily.« Elisabeth tritt an das Bett und setzt sich auf einen Hocker.

»Mom?«

Elisabeth greift nach der schmalen Hand, im

Handrücken steckt eine Nadel, die mit einem Infusionsbeutel über ihrem Bett verbunden ist.

»Ja, mein Schatz. Ich bin es. Oh Gott. Ich bin so froh, dich zu sehen.« Sie lässt ihre Tränen laufen.

»Oh Mom. Es tut mir so leid.« Emily weint nun auch.

»Was denn, Darling? Du kannst nichts dafür. Alles wird gut. Ich bin jetzt da. Ich werde immer für dich da sein. Ich liebe dich so sehr.«

»Ich liebe dich auch, Mom«, schnieft Emily. »Kannst du mich in den Arm nehmen?«

»Natürlich.« Elisabeth lacht. »Natürlich, mein Liebling.« Elisabeth beugt sich zu ihrer Tochter und legt die Arme unter ihre Schultern. Es tut so gut, sie zu halten. *Ich werde immer für dich da sein.*

Eine Schwester betritt den Raum. »Ich bin hier, um Sie abzuholen, Miss.«

# *Kapitel 41*

»Was haben die Mädchen gesagt?«, fragt Kathlyn, als Howard aus der Station in den Wartebereich zurückkommt. Er berichtet ihr, dass Chaska tatsächlich die Mädchen nur entführt hat und sein Sohn Caden sie als sein Spielzeug betrachtete.

»Und wie hat Elisabeth Pike reagiert? »

»Sie war überglücklich und hat eigentlich fast nur geweint. Kein Wunder. Nach zwanzig Jahren hat sie ihre Tochter wieder. Die Nachricht mit dem Fuß hat sie ganz gut aufgenommen, glaube ich.«

»Rick ist noch bei Bob?«

Kathlyn nickt. »Er kam gerade aus dem OP. Es wird wohl alles gut verheilen, wenn er seine Physiotherapien macht.«

Sie sitzen schweigend nebeneinander, bis Kathlyn das Wort ergreift. »Caden ist noch in der OP?«

Howard nickt. »Ich schätze, wir werden heute keine Gelegenheit mehr bekommen, mit ihm zu sprechen. Aber wir haben unseren Job hier erledigt.«

»Also auf Rick warten und Thomas abholen?«

Howard nickt. »Ich hab Hunger.«

Kathlyn lacht. »Das habe ich mir gedacht. Ich habe dir ein Sandwich da am Automaten geholt.

Und eine Flasche Wasser.«

»Wenn ich dich nicht hätte«, sagt Howard und nimmt das ausgepackte Brot entgegen.

»Ja, mhm.«

Howard legt das Sandwich auf seinen Schoß. »Hör mal.«

»Nein, schon gut. Wir sind alle emotional angespannt.«

»Bitte. Ich möchte, dass du mir zuhörst, okay? Ich mache dir einen Vorschlag, denn ich kann nicht ganz auf dich in meinem Team verzichten.«

»Was soll das heißen?« Kathlyn sieht ihn mit glänzenden Augen an.

»Ich möchte, dass du Marcy adoptierst. Du könntest uns weiterhin als psychologische Beraterin zur Verfügung stehen. Und ich möchte ein neues Leben mit dir beginnen. Ich weiß, das ist nicht der romantischste Heiratsantrag, aber er kommt von Herzen.« Er wühlt in seiner Jacke und holt eine blaue, samtene Schachtel heraus. »Wir können auch einen neuen besorgen. Dieser Ring hat Laura gehört. Ich möchte, dass du ihn trägst. Und Laura hätte das so gewollt, glaube mir.«

Kathlyn ringt um Fassung und starrt auf die nun geöffnete Schachtel. »Du bist ja verrückt, Howard.«

»Willst du meine Frau werden?« Kathlyn lacht, Tränen fließen aus ihren Augen, ihre Lippen zittern. »Ja, Howard Caspar. Ich will. Oh mein Gott, ja.« Howard nimmt den Ring aus der

Schachtel und steckt ihn ihr an den Finger. Dann zieht er sie an sich und küsst sie.

»Hab ich was verpasst?«

»Nö, Partner.« Rick sieht von ihm zu Kathlyn und dann auf das Sandwich. »Wo hast du das her?«

Kathlyn deutet auf den Automaten und Rick stiefelt davon.

»Ich liebe dich«, sagt er zu ihr.

»Und ich dich. Oh und wie ich dich liebe.« Howard nimmt das Sandwich von seinen Beinen und steht auf. An der Tür wartet er auf Rick. »Können wir los?«

»Ich wollte mein Sandwich noch essen«, protestiert der.

»Kannst du im Taxi machen«, sagt Howard.

Rick zieht eine Grimasse und folgt ihnen nach draußen zu dem Taxistand.

»Halt! Warten Sie!« Sie drehen sich um. Vor ihnen steht Elisabeth Pike mit geröteten Wangen.

»Misses Pike. Ist alles in Ordnung?«

»Oh ja. Ich möchte mich noch einmal bei Ihnen bedanken, Agent Caspar«, sagt sie atemlos.

»Gerne. Das ist unser Job.«

»Das mag sein, aber trotzdem haben Sie dafür gesorgt, dass Emily wieder nach Hause kam. Dafür möchte ich Ihnen danken.«

»Sehr gerne, Misses Pike. Wir wünschen Ihnen alles Gute. Wenn Sie unsere Hilfe brauchen, rufen Sie an. Kathlyn ist psychologische Beraterin des FBI.« Howard reicht ihr eine Karte, die sie lächelnd entgegennimmt. »Danke. Alles Gute für Sie.«

Howard nickt ihr zu und dann steigen sie in das Taxi.

»Psychologische Beraterin?«, fragt Rick mit vollem Mund. »Habe ich was nicht mitbekommen?«

Kathlyn lacht. »Alles in Ordnung.«

»Zum Yosemite Valley«, gibt Howard an den Taxifahrer weiter, der zustimmend nickt und losfährt.

»Iss dein Sandwich, Partner«, sagt Howard zu Rick gewandt und legt seinen Arm um Kathlyns Schulter. Dann beißt er in das weiche Brot.

***

Nach zweieinhalb Stunden kommen sie im Park an, wo Thomas bereits in der Station auf sie wartet. Charles ist ebenfalls anwesend. Bei ihm sind Keoma und Alexander. Sie sehen zufrieden aus. Anscheinend haben sie sich ausgesprochen. Thomas macht einen ernsten Eindruck, ebenso wie Charles.

»Was ist los?«, fragt Howard alarmiert.

»Charles. Das ist Ihr Einsatz«, sagt Thomas an Charles gewandt.

Verwirrt sieht Howard zu Charles, der sich räuspert. »Ich möchte, dass Sie sich um einen Fall kümmern.«

Nicht schon wieder, seufzt Howard innerlich.
»Es geht um meine Frau. Sie ist vor sechzehn Jahren spurlos verschwunden.«

## *Vorschau*

## *Highway des Todes*

Unzählige Frauen verschwinden seit Jahrzehnten entlang des Highway 16 in Kanada. Viele von ihnen wurden getötet, die Dunkelziffer laut Amnesty International allerdings ist viel höher. Die meisten von ihnen sind Indianerinnen.

Alles deutet darauf hin, dass es sich nicht um einen einzigen Serienkiller handeln kann, da die Zeitspanne zu groß ist. Doch was wäre, wenn ein Verrückter seit über vierzig Jahren scheinbar wahllos Frauen abschlachtet und ihm noch niemand auf die Spur gekommen ist?
Howard Caspar nimmt sich der Sache an und reist mit seinem Team nach Kanada.
Was sie dort vorfinden, könnte ihre gesamte Wertevorstellung auf den Kopf stellen.

*Winter 2018/2019*

Inspiriert von den Ereignissen um den „Highway of Tears". In Gedenken an all die toten und vermissten Frauen.

## *Leseprobe 1. Kapitel*

## *Oktober 2017 – Prince Rupert – Kanada, am Golf von Alaska*

Einer der beiden Verbrecher höhnte: »Bist du nun der Messias oder nicht? Dann hilf dir selbst und auch uns!« Doch der andere fuhr ihn an: »Nimmst du Gott immer noch nicht ernst? Du bist doch genauso zum Tod verurteilt wie er, aber du bist es mit Recht! Wir beide bekommen den Lohn für das, was wir getan haben, aber der da hat nichts Unrechtes getan.« Dann sagte er: »Jesus, denk an mich, wenn du deine Herrschaft antrittst!« Jesus erwiderte ihm: »Ich versichere dir: Heute noch wirst du mit mir im Paradies sein.«

– Lukas, 23,39-43.a

# *Kapitel 1*

Jeder bekommt seine gerechte Strafe und wird dem Richter vorgeführt, der ihnen ihre Schuld nimmt und ihnen Einlass gewährt in ein besseres Reich, um eine zweite Chance zu nutzen.

Ricky Allistor, eigentlich Riccarda, aber jeder, der sie kennt, sagte Ricky zu ihr, strich mit ihren Fingern über die Worte, die sie normalerweise verinnerlichte, daran glaubte und ihr ganzes beschissenes Leben danach ausgerichtet hatte. Doch es waren nur Buchstaben, die irgendjemand niedergeschrieben hatte, die Worte bildeten, aber für Ricky keinen Sinn mehr ergaben.

Eine Träne fiel auf das dünne Papier und wellte es auf. Sie klappte das Buch zu. Die Bibel. Das meistgelesene Werk der Erde. Und wer nicht lesen kann, hat sie irgendwo im Schrank oder in einer Schublade im Nachtschränkchen.

Im Haus war es still. Nicht einmal Olli schrie in seinem Bettchen, weil er hungrig oder seine Windel nass war. Nicht einmal der Fernseher war angeschaltet, denn den hatte Ricky vor einer halben Stunde ausgeschaltet. Es war nach Mitternacht. Rickys Mom war zu spät von ihrer Nachtschicht gekommen, ihr Dad war noch in ihrem Zimmer aufgetaucht, der Fernseher lief im Wohnzimmer. Irgendeine dämliche Quizshow. Die Werbung dazwischen war immer viel zu laut.

Ricky hatte längst geschlafen. Es war ein unruhiger Schlaf, in dem sie mit ihren Dämonen gekämpft hatte. Wach wurde sie, weil Dad sie unsanft geweckt hatte. Und weil der Geruch von hochprozentigem Alkohol, Zigaretten und vergammeltem Fleisch zwischen seinen Zähnen in ihr Gesicht geweht war.

Es war dämmrig in ihrem Zimmer, nur der schwache Schein der Straßenlaterne blitzte durch ihr Fenster. Sie wusste, was ihr Dad wollte. Er wollte es jede Nacht, wenn ihre Mom Nachtdienst hatte, aber selbst, wenn sie sich um Olli kümmerte, kam ihr Dad zu ihr. Es war ihm egal, dass ihre Mom etwas ahnte. Sie sah ja weg. Sie tat einfach so, als würde sie es nicht bemerken. Der Blick, den ihre Mom ihr aber zuwarf, wenn sie morgens das Haus verließ, um zur Schule zu gehen, verriet Ricky, dass sie es wusste.

»Meine kleine, heiße Raubkatze«, hatte ihr Dad gemurmelt und ihr Nachthemd nach oben geschoben. Mit seinen schmutzigen Fingern drückte er ihre Beine auseinander und stieß in sie, als wolle er sie aufbohren. Schneller, fester, schneller mit einem feuchten Stöhnen an ihrem Ohr. Mit einem letzten Zucken und lautem Grunzen, das wie »Ohagggg« klang. Dann war ihr Dad aus ihrem Zimmer geschlichen, ins Wohnzimmer geschlurft und hatte die Sendung zu Ende geguckt. Ricky war ins Bad gegangen und hatte sich abgeschrubbt, bis ihre Haut rot war und schmerzte.

Es regnete. Sie wandte sich von ihrem Tisch ab und ging in Ollis Kinderzimmer. Er lag in einem viel zu großen Bett, klein und nichts ahnend, in was für eine Welt er hineingeboren worden war. Sein Schnuller war ihm aus dem Mund gefallen. Ricky nahm ihn auf, steckte ihn in ihre Jeanstasche und strich ihrem Bruder über den warmen, weichen Kopf. Er schlief so fest, dass er die Berührung nicht bemerkte. Seine kleinen Hände waren zu Fäusten geballt und ruhten oberhalb seiner Schultern, fast berührten sie seine Ohren. Im Zimmer roch es nach vollen Babywindeln. Rickys Mom entsorgte sie über Wochen in einer übergroßen Mülltonne, die neben einem Tisch stand, den sie als Wickeltisch benutzte. Der Deckel war runtergerutscht, weil die Tonne überquoll. Dennoch störte Ricky der Geruch nicht. Er gehörte zu ihrem Bruder.

»Pass auf dich auf, kleiner Mann«, flüsterte sie, beugte sich zu ihm und küsste ihn auf die Stirn.

Ricky ging zurück in ihr Zimmer, schnappte sich den Rucksack mit den wenigen Dingen, die sie mitnehmen wollte, und verließ es. Alles, was hier drin passiert war, ließ sie hinter sich. Ihr Weg führte an ihrem Dad vorbei, der auf dem alten, fleckenübersäten Sessel saß und laut schnarchte. Unter ihren Füßen knackte das Holz, doch das weckte ihn nicht auf. Sie würde ihm gerne ein großes Messer mitten in sein Herz rammen, aber es würde nichts ändern, wenn er tot wäre. Es würde nichts ändern daran, dass sie von ihm und seinen Flüssigkeiten beschmutzt worden war. Es würde ihr keine schöne Kindheit zurückbringen, die es nie gegeben hat. Die Vergangenheit war, was sie war. Ricky könnte sie nicht ungeschehen machen. Aber sie konnte vor ihr fliehen. Vor den Dämonen in diesem Haus.

Ricky warf nicht mal einen Blick zurück, als sie die Tür hinter sich schloss. Die frische verregnete Luft half ihr, den Gestank von Ollis alten Windeln aus ihrer Nase zu vertreiben. Der Regen prasselte wie Bindfäden auf sie hinab. Es war ihr egal, nass zu werden, egal, ob sie fror, sie musste gehen. Und sie durfte nie mehr zurückkehren.

Die Straße wirkte um diese Uhrzeit noch trostloser, als morgens, wenn sie zum Schulbus ging. Einige Straßenlaternen waren ausgefallen. Schon seit Wochen gab es Beschwerden hierzu, keiner kümmert sich darum. Genauso wenig, wie es niemanden interessierte, dass immer wieder junge Frauen vergewaltigt wurden. Dass Frauen spurlos verschwanden, nur um ein paar Tage später tot am Straßenrand gefunden zu werden. Prince Rupert war kein Ort für Dichter und Denker, wie es die Tourismusflyer glauben machen wollten. Es herrschte Armut, Gewalt, Inzest, Bigamie und Pädophilie. Prince Rupert war das Sodom und Gomorra aus der Bibel, die Hölle auf Erden, die Zwischenstation, in der der Teufel seine nächsten Höllenopfer fand. Ricky wollte kein Teil mehr dieser Stadt sein. Einer Gemeinschaft, die sich gegenseitig nicht gut tat. Wie oft hatte ihr Dad seine Freunde mit nach Hause gebracht und wie oft hatten sie ihr in ihrem Kinderzimmer einen Besuch abgestattet. Niemand redete darüber, aber alle wussten davon, sahen fort. Warum?

Ricky blieb stehen und hielt ihr Gesicht in den Regen. Heiße Tränen vermischten sich mit dem Wasser, das aus den Wolken auf sie niederging. Warum sprach niemand darüber? Warum hatte jeder Angst, einen Schritt aus ihrer Komfortzone zu wagen, und alles hinter sich zu lassen? Ricky wusste es nicht.

Sie hatte sich mit ihrer besten Freundin Ally unterhalten. Auch Ally wurde von ihrem Vater vergewaltigt. Ab und zu brachte der ihren Onkel mit. Ally hatte einmal gesagt: »Ich werde ihn töten. Ich habe im Internet eine Falle gefunden. Sie kommt aus China. Man setzt sie in die Muschi und sie löst aus, wenn der Penis sie fickt.«

Ricky hatte erstaunt nach Luft geschnappt. »Aber dann verletzt du auch dich.«

»Nein. Sie schnappt zu wie eine Bärenfalle und löst sich nicht, auch, wenn der Täter seinen Schwanz rauszieht.« Ally hatte bösartig gelacht. »Das wäre ein Spaß, wenn mein Vater und mein Onkel ins Krankenhaus müssten, um sich die Teile entfernen zu lassen. Ich wette, sie können danach nicht mehr vögeln.«

Was hätte es ihr genutzt? Auch Ally war beschmutzt.

Einmal war sie mehrere Wochen nicht in der Schule gewesen. Ricky hatte sie besucht und Ally hatte ihr erzählt, dass man einen Riss in ihrem After zunähen musste. Das alles blieb, selbst wenn ihr Daddy nur noch einen halben Schwanz hätte.

Ricky ging weiter die Straße hinunter. Wenn sie die Abkürzung durch den Wald nähme, könnte sie schneller am Highway sein und per Anhalter in eine der größeren Städte Kanadas fliehen. Dort würde sie untertauchen. Sie könnte arbeiten gehen. Vielleicht sogar ein Nagelstudio aufmachen. Ricky liebte es, ihre Fingernägel kunstvoll zu schmücken. Sie wollte schon immer etwas Kreatives machen.

Ricky entschied, von der Straße runter zu gehen und stiefelte kurz darauf in den Wald. Hier konnte sie niemand sehen und ihr nichts antun. Da es aber zwischen den Bäumen viel dunkler war, musste sie sich sehr konzentrieren, nicht hinzufallen. Angst hatte sie keine. Würde sie jemand töten, wäre ihr Leben zwar zu Ende, aber dann müsste sie auch nicht mehr weglaufen.

Ricky verfing sich in einem Ast und musste stehen bleiben. Ein Schwall eiskalten Wassers ergoss sich über ihrem Kopf, als sie an dem Ärmel zerrte. Aus dem Ast ragten dicke, scharfe Dornen hervor, die ihre Jacke zerrissen. Ein Stofffetzen blieb an ihnen hängen.

»So eine verdammte Scheiße«, fluchte sie und wrang ihr langes Haar aus, indem sie den Kopf nach unten hängen ließ. Sie war nicht mal zehn Minuten unterwegs. Ricky griff unter die Jacke und zog den Stoff des Pullis darunter hervor, um ihr Gesicht zu trocknen. Dann hob sie den Kopf wieder und ging weiter. Sie hoffte, sie würde sich nicht im Kreis drehen, sondern genau da rauskommen, wo sie hinwollte. Eigentlich kannte sie die Abkürzung. Wenn sie mal wieder den Bus verpasste, hatte sie oft hier lang gemusst, um zur Schule zu laufen. Aber es war mitten in der Nacht und sie konnte kaum etwas sehen. Teilweise war es so dunkel, dass sie ihre Hand nicht mehr erkennen konnte. Ricky legte einen Zahn zu. Ihr wurde kalt und wenn sie nicht unbedingt von einem Freund ihres Dads aufgegabelt werden wollte, sollte sie lieber so weit wie möglich weg von Prince Rupert sein.

Trotz der schlechten Wirtschaft fuhren natürlich auch riesige Trucks in die Hafenstadt, um Restaurants, Snackbars und Lebensmittelläden zu beliefern. Ihre Hoffnung lag darauf, dass ein Truck sie mit nach Edmonton oder noch besser Calgary mitnehmen könnte. Nur sollte sie dafür zunächst so lange es ging, den Highway vermeiden.

Nach mehr als einer Stunde, schmerzten Ricky die Füße, ihr war eiskalt, trotz des strammen

Schrittes und sie war müde und durstig. Sie ging mittlerweile auf dem Seitenstreifen des Highway 16, aber ihr war bislang noch kein Auto entgegengekommen, geschweige denn ein Truck. Noch hatte irgendjemand sie überholt. Es regnete noch immer sehr stark und feiner Nebel legte sich auf die breite Straße und kroch über das Feld. Der nächste Ort war Terrace, aber der war noch mindestens zwei Stunden zu Fuß entfernt. Ricky wusste nicht, ob sie so lange weiterlaufen könnte. Verzweifelt blieb sie stehen, beugte sich vor und legte ihre Hände auf die Oberschenkel, um ihren Rücken zu entlasten.

»Wer fährt auch bei so einem Scheiß Wetter mit dem Auto«, murmelte sie und streckte sich den Rücken durch. Sie musste in Bewegung bleiben. Irgendwann würde irgendjemand hier langfahren und sie wenigstens bis nach Terrace mitnehmen. Ricky vergrub die Hände in ihren Hosentaschen. Ihre Finger berührten Ollis Schnuller. Was wohl aus ihm werden würde? Ob er auch so ein Dreckskerl werden würde, wie sein Daddy?

Nach einer weiteren halben Stunde wollte Ricky schon aufgeben und sich irgendwo einen Baum suchen, unter dem sie sich schlafen legen konnte, aber endlich hörte sie hinter sich ein lautes Motorengeräusch. Ricky drehte sich um und erkannte im ersten Moment nur riesige Scheinwerfer, die sie blendeten. Schnell zog sie ihre Hände aus der Tasche und wedelte mit den

Armen, um auf sich aufmerksam zu machen. Es war ein Truck, so weit sie es erkennen konnte, der näher kam und die Geschwindigkeit drosselte. Ricky sprang auf und ab. »Endlich«, rief sie und freute sich schon auf die warme Kabine, aber der Truck hielt nicht, sondern hupte einmal laut und schoss an ihr vorbei.

»Fick dich doch!«, schrie sie ihm wütend nach. »Verdammt!« Zitternd steckte sie ihre Hände wieder in die Hosentaschen und ging weiter. *Wenn ich nicht darüber nachdenke, geht die Zeit bestimmt ganz schnell rum.*

Doch dann hört sie wieder ein Geräusch. Ein Auto fuhr langsam an den Seitenstreifen, hielt an. Ein Auto, kein Truck. Ricky wusste nicht, ob sie sich freuen sollte. Die Fahrertür wurde geöffnet und jemand stieg aus, kam auf sie zu. Sein Gang hatte nichts Bedrohliches an sich.

»Hey«, sagte eine Männerstimme und kam ihr näher. »Suchst du ne Mitfahrgelegenheit?«

»Ja. Wo fährst du hin?«

»Old Remo und dann Terrace.« Der Mann war mittlerweile bei ihr angekommen. Er war wesentlich älter als sie, bestimmt um die fünfzig, das erkannte sie an den tiefen Falten um seine Augen. Das schwarze Haar war durchzogen von einigen grauen Strähnen. Er lächelte freundlich und hielt ihr seine Hand hin. »Adam Consteen.« Ricky zog ihre Hand aus der Tasche und legte sie in seine. Sie war warm und trocken. Der

Händedruck nicht zu fest.

»Ricky.« Sie dachte nach. Sie wollte ihm nicht ihren Nachnamen nennen. Wer wusste schon, ob er nicht vielleicht ihre Eltern kannte. »Saunders«, log sie deshalb.

»Schön, dich kennenzulernen, Ricky Saunders.« Er klang so, als würde er ihr kein Wort glauben, dass sie tatsächlich so hieß. Er wackelte mit dem Kopf. »Also? Wollen wir hier draußen im Regen bleiben, oder soll ich dich mitnehmen?«

»Ja wäre toll, wenn du mich mitnimmst.« Adam stand für einen Moment vor ihr, dann wendete er sich zu seinem Auto und ging zurück. Ricky folgte ihm. Adam öffnete die Beifahrertür und ließ Ricky einsteigen. Es war warm und roch nach Vanille. Der Innenraum war sauber. Nicht mal ein Krümel lag im Fußraum. An seinem Schlüsselbund im Zündschloss baumelte ein Minion, der sie angrinste und den Daumen nach oben zeigte. Ricky zog die Tür zu und schnallte sich an, während Adam das Auto inzwischen umrundet hatte und hinter dem Lenkrad Platz nahm. Auch er zog seine Tür zu, schnallte sich aber nicht an. Aus dem Radio plärrte ihr irgendein Country Song entgegen. Ricky mochte kein Country. Es klang immer alles so nach Friede-Freude-Eierkuchen.

Adam schlug den Lenker ein und rollte zurück auf den Highway.

Eine Weile sagte keiner ein Wort. Ricky war froh, dass die warme Luft aus dem Gebläse sie trocknete und ihr langsam wieder warm wurde und Adam starrte konzentriert auf die Fahrbahn.

»Warum läufst du mitten in der Nacht auf dem Highway rum?« Dazu hatte sich Ricky schon eine Geschichte überlegt.

»Ich hatte Streit mit meinem Freund. Wir waren auf dem Weg nach Prince Rupert zu einer Party, aber er hat mir erst kurz vorher gesagt, dass seine blöde Ex-Freundin auch da sein wird.«

»Party, eh?«, machte Adam und drehte die Lautstärke runter.

»Ja. Ich fand die Idee ja ziemlich dumm, weil Rupert echt ein Drecksloch ist. Ich bin froh, nicht dort zu sein.«

»Ganz schön rücksichtslos von ihm, dich mitten auf dem Highway rauszulassen.« Adam kontrollierte den Rückspiegel.

»Ja, mhm. Ich wollte aussteigen. Ich dachte, sind ja genug Autos unterwegs.« Sie lachte gekünstelt. »Habe ich mich wohl geirrt.« Immer wieder blickte Adam nach oben zum Spiegel, so als würden sie verfolgt. Ricky überkam ein mulmiges Gefühl.

»Und du kommst aus Terrace?«

»Ja.«

»Wo da?«

Mist. Ricky war noch nie in Terrace gewesen. Sie wusste lediglich, dass der Ort viel größer war, als Prince Rupert und zu einem Skigebiet gehörte.

»Du kannst mich einfach in der City rauslassen. Von dort aus kann ich laufen.«

»Darf ich fragen, wie alt du bist?« Ricky zuckte zusammen. Wozu wollte er das wissen? Sollte sie ihm sagen, dass sie erst fünfzehn war oder sollte sie sich wesentlich älter machen? Sie probierte es mit der Mitte: »Siebzehn.«

Adam wandte den Blick nicht von der Straße ab, aber sie konnte erkennen, dass er nachdachte. Plötzlich fühlte sich Ricky nicht mehr so wohl und verteufelte sich, dass sie bei ihm eingestiegen war.

Nervös knetete sie ihre Hände zwischen den Beinen. Sie hatte keine Angst zu sterben, aber was wäre, wenn der Tod nicht schnell käme? Wenn es wehtun würde? Wenn er sie über einen längeren Zeitpunkt quälen würde?

»Die Gegend ist nicht gut, um per Anhalter mit einem fremden Mann mitzufahren«, sagte er.

»Ja«, murmelte sie und legte langsam die Finger in den Griff. Er fuhr nicht schnell, aber könnte sie aus einem fahrenden Auto springen? Lieber dann sofort tot sein, als vielleicht von einem Verrückten ermordet zu werden.

»Aber du dachtest, dass dir schon nichts passieren wird, nicht wahr?« Seine Stimme klang definitiv anders als vorhin. Verbittert, fast schon so, als wäre er böse auf sie. Ricky wusste nicht, was sie sagen sollte. War dies bereits eine brenzlige Situation? War sie in Gefahr?

»Etwas Schlimmes passiert ja nur den anderen, richtig?« Er neigte den Kopf zu ihr und seine Lippen teilten sich zu einem Lächeln. Es wirkte keineswegs freundlich.

»Ich möchte einfach nur nach Hause«, log sie und hoffte, sie klang nicht wie ein verzogenes Gör.

Adam richtete den Blick wieder auf den Highway und grinste.

»Das wollen sie alle. Nach Hause. Erlaube mir, dir noch eine Frage zu stellen.«

Aus Rickys Mund kam ein atemloses »Hm?«

»Warum lassen dich deine Eltern mitten unter der Woche auf Partys gehen?«

Scheiße! Er hatte sie erwischt.

»Ich muss mal«, sagte sie rasch. »Könntest du da vorne anhalten?« Adam gab Gas. Jetzt sollte sie sich auf jeden Fall sorgen machen. Er antwortete nicht mehr. Verbissen starrte er aus dem Fenster, drehte die Musik wieder lauter und erhöhte noch einmal die Geschwindigkeit. So konnte Ricky nicht aus dem Wagen springen, auch wenn sie sich vor dem Tod nicht fürchtete, hatte sie große Angst vor Schmerzen. Sie rutschte ein Stück zur Tür. Das Wageninnere wurde ihr langsam zu eng. Ihr Herz pochte in ihrer Brust und schnürte ihr den Atem ab. Sie fing an zu schwitzen, in ihren Ohren rauschte das Blut.

Plötzlich bremste Adam scharf ab und bog in einen Feldweg ein. Dann gab er wieder gas, so dass Ricky durch den unebenem Weg auf und ab gerüttelt wurde. Der Wagen flitzte mit einer ungeheuerlichen Geschwindigkeit über den Weg in Richtung Wald und Berge. Ricky schrie und hielt sich an der Halterung oben am Dach fest. Steine knirschten unter den Reifen, der Wagen klapperte und sie biss sich auf die Zunge. Blut lief ihr in den Mund. Es schmeckte metallisch. Die Fahrt dauerte eine gefühlte Ewigkeit, bis der Wagen schließlich zum Stehen kam. Adam wandte sich ihr zu. Seine Augen glitzerten, sein Gesicht war übersät mit roten Flecken.

»Wir sind da.«

»Wir sind nicht in Terrace«, sagte sie überflüssigerweise und er lachte. Er löste den Gurt, beugte sich über sie und öffnete die Tür.

»Raus«, befahl er. Er hatte sich verändert. Seine Stimme hatte sich verändert. Vom freundlichen Mann hatte er sich in einen Psychopathen verwandelt.

»Ich kann nicht«, gab sie zittrig zurück.

»Ich helfe dir, meine Schöne, oder sollte ich sagen: Meine kleine heiße Raubkatze.« Ricky blieb fast das Herz stehen. So nannte ihr Dad sie. Kurz bevor ...

»Was jetzt? Steigst du freiwillig aus oder soll ich nachhelfen?«

Ricky stieg aus dem Auto. Der Regen hatte nicht aufgehört. Im Gegenteil. Er war stärker als zuvor und durchnässte sie innerhalb weniger Sekunden erneut bis auf die Haut. Sie sah sich um. Adam hatte sie auf eine Farm gebracht. Sie konnte eine Scheune entdecken, ein Farmhaus, das beleuchtet war und einen alten roten Truck, der aufgebockt auf Steinen stand, weil die Reifen fehlten. Ein Hund bellte irgendwo. Sie konnte ihn nicht sehen.

»Willkommen in meinem kleinen Paradies.«

»Woher kennst du meinen Dad?«, fragte sie mutiger, als sie sich fühlte.

Er nahm sie am Arm und antwortete ihr nicht, sondern zog sie zu der Scheune. Das Tor war geöffnet. Adam schubste sie vor sich her. Ricky kam vorbei an Schweinen und Ziegen. Es stank entsetzlich. Die Tiere gaben quiekende Geräusche von sich, so als würden sie Ricky warnen wollen. Dann kamen sie an eine Stahltür, die Adam mit einem Schlüssel öffnete. Ricky blickte sich unauffällig um, suchte nach einem Fluchtweg, aber er würde sie vermutlich sofort einholen. Er schubste sie durch die Tür, wo Ricky fast gestolpert wäre, weil sich unter ihren Füßen eine Treppe auftat.

»Nicht so schnell«, sagte Adam und hielt sie an ihrer Jacke fest. Ricky tastete sich vor. Eine Lampe an der Wand spendete ihr Licht. Die Treppe führte nur schätzungsweise zehn Stufen nach unten. Dort machte ein Gang einen Knick nach rechts und sie befand sich in einem langen Flur, an dessen Ende wieder eine Tür war. Ricky ging langsamer. »Mach schon«, sagte Adam. So musste sich ein Tier fühlen, das zur Schlachtbank geführt wurde.

Der nächste Durchgang war offen. Als Ricky hindurchging, stockte ihr der Atem. Sie bekam kaum Luft. Es war stickig und roch noch schlimmer als vorhin in der Scheune. Wieder gab es einen Flur, aber von dem gingen mehrere Gefängniszellen ab. Zellen, in denen Frauen auf dem Boden kauerten, sich vor und zurück wiegten oder, als sie Ricky sahen, anfingen zu schreien. Eine Frau kam an die vergitterte Tür. Ihr Gesicht war entstellt, alte Narben zogen sich quer von der Augenbraue bis runter zum Kinn. Neue Verletzungen bluteten und der Eiter lief aus ihnen hinaus. Aber was sie sagte, erschütterte Ricky zutiefst. »Frischfleisch. Ja. Du kommst gerade recht. Willkommen in der Hölle.«

Ricky machte einen Satz rückwärts und stolperte über Adam, der sie auffing. »Wer hat gesagt, dass du stehenbleiben sollst? Weiter«, sagte er und schob sie durch den Flur. Vor der vorletzten Zelle machte er Halt, entriegelte das Schloss, öffnete die Tür und schob sie unsanft hinein. Ricky befand sich in einer Schockstarre. Sie konnte weder etwas sagen noch etwas tun, sondern stand einfach nur in der Zelle und starrte hinaus.

»Wir werden viel Spaß haben, wenn du dich an die Regeln hältst. Dann kannst du lange überleben.«

Ricky fand ihre Sprache wieder. »Regeln? Was soll das bedeuten?«

»Bald wirst du ein Teil von uns sein.« Adam wandte sich der Zelle zu, die ihrer gegenüber lag und sprach mit jemanden darin, den Ricky nicht erkennen konnte. Sie hörte, wie Adam lachte, gegen die Gitterstäbe schlug und über den Flur diesen unterirdischen Kerker verließ.

Plötzlich erschien am Gitter ein Gesicht. Eine Frau, die kaum noch Haare auf dem Kopf hatte und die, die ihr geblieben waren, hingen ihr wie Stroh in den Augen, die blind zu ihr hinüber starrten.

»Ich werde mir etwas einfallen lassen für dich. Etwas einfallen lassen«, wiederholte sie und leckte sich über die trockenen Lippen. Sie lachte. Sie lachte so laut und so lange, dass Ricky sich auf den Boden fallen ließ und sich die Ohren zuhielt.

ENDE DER VORSCHAU

*Geplant 2017/2018*

## *Hinweise, ein letztes Wort*

Vielen Dank, dass Sie das Buch bis zum Ende gelesen haben. Die Howard-Caspar-Reihe ist noch nicht vorbei. Es gibt noch viele weitere, spannende Fälle für Howard Caspar und sein Team. Bleiben Sie auf dem Laufenden, wie es weitergeht, folgen Sie mir gerne auf meiner Facebook-Seite und auf Amazon und natürlich freue ich mich sehr über Ihr Feedback, gerne auch als kurze Bewertung auf Amazon.

Einige Schauplätze habe ich etwas geändert, damit sie zu der Geschichte passen. Ähnlichkeiten zu Personen oder realen Fällen sind zufällig und nicht gewollt.

**Facebook-Seite**
https://www.facebook.com/HowardCaspar
**Amazon-Seite**
http://amzn.to/2oHgJZ9
**E-Mail schreiben an**
andrew.holland@gmx.net

Ich möchte mich an dieser Stelle bei meinen Vorableserinnen bedanken:

Annika Schmidt, Angelika Bungarten, Susanne Barr, Mona Müllerin, Emi Emilia.
Der Austausch vorab mit euch hat Spaß gemacht.

## *Quellen*

Informationen zum Yosemite Nationalpark:
https://www.nps.gov/yose/planyourvisit/upload/german-brochure.pdf

Informationen zu den Missing 411:
https://www.mysteryblog.de/us-nationalparks-das-raetsel-der-vermissten-menschen-319371.html

20559452R00195

Printed in Poland
by Amazon Fulfillment
Poland Sp. z o.o., Wrocław